講談社文庫

名花散る

宗元寺隼人密命帖（三）

荒崎一海

講談社

目次

宗元寺隼人密命帖　三

名花散る

第一章　いくつもの死

一

文政《ぶんせい》六年（一八二三）晩春三月は大の月で三十日が晦日《みそか》である。

二十九日、雲におおわれた闇夜の底でいくつもの死があった。

九段坂《くだんざか》の北面に飯田町《いいだまち》がある。武家地のなかにぽつんとある町家だ。築地《つきじ》の南飯田《みなみいいだ》町《ちよう》と区別するさいは元《もと》飯田町という。

南飯田町は町人地で、元飯田町はそもそもが武家地だったので〝町〟の読みかたにちがいがある。

御堀（外堀）は、しだいに幅がせまくなっていき、飯田町のさきで堀留になっている。九段坂のしたで御堀に架かっているのが俎橋《まないた》だ。堀留までの通称を飯田川といい、ちかくに江戸城台所の者が多く住む御台所町《おだいどころまち》があったことにちなみ俎橋なんだとの珍説があるがさだかではない。

晦日の明六ツ（春分時間、六時）まえ、裏長屋から木戸をあけてでてきた年寄が、両手をうえにあげて夜明けまえのすがすがしい大気を胸いっぱいに吸いこみ、俎橋のたもとよこにある屋台に眼をとめた。

「そんなとこにおきっぱなしにしやがって、盗まれちまってもしらねえぞ」

足をむけた年寄は、数歩といかぬうちに屋台のむこうに倒れている人影に気づいた。

「て、て、てえへんだ」

踵《きびす》を返した年寄は、震えだした脚をののしりながら自身番屋へいそいだ。

おなじころ、大川をわたった亀戸村《かめいどむら》でも百姓の女房が悲鳴をあげた。

亀戸村の梅屋敷は臥竜梅《がりょうばい》で知られる。六間（約一〇・八メートル）ほどの地を這《は》う幹の姿が竜を思わせる名木である。

水戸《みと》光圀《みつくに》が愛《め》でて名づけたとも、八代将軍吉宗《よしむね》があずけた梅だとも、ほかにも説がある。

ちかくには、藤の名所として名高い亀戸天満宮がある。

横川《よこ》から十町（約一・一キロメートル）ほど東を流れる横十間川《よこじっけん》や、その北端で向《むこう》島《じま》との境を流れる北十間川などがあり、舟がつかえるので商家の寮が多い。

梅屋敷からさらに三町（約三二七メートル）ほど東へ行った北十間川ぞいにひろい庭を竹垣でかこった寮がある。地所持ちのとなりの百姓家が留守もみている。

百姓の女房が、家をでて寮に行った。

水口《みずぐち》は雨戸がしめられ心張り棒（つっかい棒）がしてあった。

女房は戸口へまわった。

「旦那《だんな》さま」

返事がない。もういちど、おおきな声で言う。やはり返事がない。

女房は格子戸に手をかけた。

あいた。

「不用心だねえ」

土間へはいり、おおきな声をだした。

「ありますよ」

廊下の有明行灯《ありあけあんどん》は消えていた。暗い厨《くりや》へもっていき、無《む》双《そう》窓をあける。下《げ》駄《た》をつっかけて土間へおり、水口の腰高障子をひいて心張り棒をはずし、雨戸をあけた。

囲炉裏《いろり》で火をおこして有明行灯にともし、奥の寝所へ行った。有明行灯をおき、膝《ひざ》をおる。

「旦那さま」

返事がない。

「あけますよ」

襖《ふすま》に手をかけて、ゆっくりとひく。

昨日《きのう》の夕刻、床をふたつ延べたが寝たようすがない。

女房は、首をかしげ、となり部屋のまえにうつった。有明行灯をおき、襖をあける。

嗅《か》いだことのないみょうな臭《にお》いが襲ってきた。

女房は顔をあげた。

へんな恰好《かっこう》で男と女がよこたわっている。食膳がひっくり返り、皿が散らばり、畳には赤黒いしみ。ふいに、女房は、見ているものがなにかをさとった。

「ぎゃあーっ」

膝をはねあげ、うしろにひっくり返り、壁に脳天をぶつけた。気をうしないかけ、痛みで正気をとりもどす。が、立ちあがれない。

「あわわわわ」

ふらふらする頭をふり、四つん這いで戸口へむかう。

江戸城北の駿河台《するがだい》は武家地である。明六ツの鐘がなりおわり、家士は寝所のまえで膝をおった。

「殿、おめざめにござりましょうや」

しわぶきひとつ聞こえない。静まりかえったままだ。

「ご無礼つかまつりまする」

障子をあける。

布団によこたわったままであった。雨戸をあける音で眼をさましているはずである。

寝所にはいって膝をおり、障子をしめて膝をめぐらす。かるく低頭して、眼をあげる。主《あるじ》の顔は天井をむいたままだ。その顔が、朝のうす明かりのなかでさえ蒼白《あおじろ》く見える。

家士は、首をかしげ、ついで胸騒ぎをおぼえ、枕もとへすすんだ。

「殿ッ」

額に手をあてる。

冷たかった。

深川《ふかがわ》の永代橋《えいたいばし》たもとから大川河口へ流れる大島川《おおしま》の三蔵橋《さんぞう》をすぎたあたりまでは、川岸に道がないので船宿が多い。

大島川の南岸、江戸湊《みなと》がわはおおむね武家地ばかりだ。北岸は、河口から相川町《あいかわちょう》、枝川《えだ》、中島町《なかじまちょう》、黒江川《くろえ》、大島町とつづく。

明六ツの鐘がなってほどなく、大島川と黒江川とのかどにある大島町の船宿の桟橋に、黒江川ぞいの道から艪《ろ》を担ぎ、棹《さお》をもった船頭がおりてきた。

桟橋には、幾艘《いくそう》もの猪牙舟《ちょきぶね》や屋根船が舫《もや》ってある。

船頭は、眉《まゆ》をひそめた。てまえの桟橋のうちに舫ってある屋根船がいくらか傾《かし》いでいる。足もとに艪と棹とをおき、艫《とも》から屋根船にのる。

身をかがめて障子をあけた船頭は、顔をしかめ、あわてて懐から手拭《てぬぐい》をだして鼻と口とをおおった。

船縁《ふなべり》に若い男女《なんにょ》がもたれかかっていた。頭をよせあい、男の左腕が女の肩を抱いている。ふたりとも、左手首が切れ、着物も畳も赤黒い血で染まっていた。

深川の永代寺周辺、両国橋西広小路《りょうごくにしひろこうじ》をはさんだ薬研堀《やげん》と柳橋《やなぎ》、吉原《よしわら》への通い路《じ》である山谷堀《さんや》かいわいは花柳《かりゅう》の町である。船宿や料理茶屋が軒をつらね、夜になると三味《しゃみ》の音《ね》がながれ、芸者の色香が花ひらく。

明六ツすぎ、神田川《かんだ》河口の柳橋から四町（約四三六メートル）ほど離れた浅草福井町《あさくさふくいちょう》三丁目の棟割長屋の女房が、住まいをでて斜めまえの二階建て長屋の水口の雨戸をあけた。

二階建て長屋は路地にめんしている。路地は一間（約一・八メートル）幅で、両側にちいさな二階建てがならんでいる。

竈《かまど》うえの無双窓をあけ、沓脱石《くつぬぎいし》で下駄をぬいで板間にあがる。毎朝、ご飯を炊き、掃除をして、洗濯物があれば井戸ばたで洗う。

廊下の無双窓もあけ、居間の障子をあけた女房は、腰をぬかして尻餅《しりもち》をついた。

赤黒い血のしみがひろがった居間に、雇い主の芸者がつっぷしていた。眼をみひらき、左首の血脈あたりが血に染まっていた。

月番の北町奉行所につぎつぎと報《しら》せがもたらされた。

はじめに九段坂飯田町の自身番屋書役《かきやく》が駆けこんできた。すぐさま、宿直《とのい》の臨時廻りが若い同心二名と小者をともなってむかった。

深川大島町、浅草福井町と自身番屋の者が息せききって報せをもたらす。宿直の年《ねん》番方《ばんかた》は、八丁堀《はっちょうぼり》に小者を走らせ、持ち場の定町廻りに指示をあたえた。

四件めは亀戸村からであった。そのころには、騒ぎを知った臨時廻りや年番方が詰所にでてきていた。

亀戸村は寺社奉行の領分である。月番の寺社奉行へ使いが走って御番所（町奉行所）でよろしく処置するようにとの了解をえて、臨時廻りが御用聞きと手先とをしたがえて猪牙舟にのった。

まずは殺しか否かをはっきりさせねばならない。

ながい一日になりそうであった。

もう一件、駿河台でも死があったことを、北町奉行所は知らない。死んだのは旗本であり、目付《めつけ》の領分である。

報せをうけ、目付がやってきた。

寝所も夜具も乱れておらず、物音を聞いた者もいない。眼と口をとじた顔に不審をいだかせるものはなかった。

年齢《とし》が五十五歳。だが、もっと若い者でも寝ているあいだに死ぬことはある。

目付は、納得してひきあげた。


昼九ツ半（一時）をすぎたころ、豆腐売りの茂助《もすけ》が声をかけて水口の腰高障子をあけた。頭は霜降りで、目尻や額に皺《しわ》があり、痩《や》せているから老けてみえるが五十四歳だ。豆腐売りなら、毎日朝夕やってきてもあやしまれない。

鵜飼弥生《うかいやよい》は、部屋で食べ終えた食膳をもってきてかたづけさせ、囲炉裏ばたで茶を喫しているところだった。

下働きの寅吉《とらきち》とかね夫婦も孫のすずも、ただの豆腐売りではないと察しているだろうがなにも言わない。主の宗元寺隼人《そうげんじはやと》からして得体がしれないのだ。御番所の役人がしばしばやってきてていねいな言葉遣いをするので身分ある人にちがいない。

三人が知っているのはそのていどである。それでも、宿坊で見聞きしたことは余所《よそ》で口にしてはならないと釘をさしている。

弥生は、立ちあがり、土間ちかくで膝をおった。

茂助が懐から書状をだしてささやく。

「お返事をとのことです」

「わかりました」

書状をうけとり、腰をあげる。

隼人は縁側の障子をあけて書見をしていた。

二十五日に居合の遣い手に斬られた右腕の疵《きず》は医者に診せるほどではなかった。焼酎《しょうちゅう》で疵口を洗い、膏薬《こうやく》をぬって晒《さらし》で巻いた。その晒もすでにはずし、疵口は瘡蓋《かさぶた》ができている。

弥生は、膝をおって書状をだし、言った。

「お返事をとのことにございます」

うなずいた隼人が、うけとり、封をひらいて脇におき、書状をひろげる。

見る見る顔色が変わる。しばし、瞑目《めいもく》していた。眼をあけ、包み紙ともども書状を裂く。顔をむける。

「今宵《こよい》まいる、とつたえよ」

弥生は短冊状に裂かれた束をうけとった。

「かしこまりました」

厨へもどる。

板間に腰かけていた茂助が、立ちあがって躰《からだ》をむける。

弥生は、なにも言わず、下駄をつっかけて水口から厨をでた。屋根つきの釣瓶《つるべ》井戸のよこまで行ってふりかえる。

「なにがあったのです」

「昨夜《さくや》、柳橋芸者の小菊《こぎく》が殺されました」

弥生は小首をかしげた。

茂助が言った。

「杉岡栞《すぎおかしおり》にございます」

弥生は、とっさに眼をおとした。表情を隠すためだ。

「今宵おでかけになるとのことです。兄上にそうつたえなさい」

「承知いたしました」

一礼した茂助が、ふり返ってもどり、水口のよこにおいてある豆腐のはいった柄樽《えだる》を天秤棒《てんびんぼう》で担いで去っていった。

杉岡栞は一つしたの二十四歳。鵜飼一族で、又従妹《またいとこ》にあたる。年ごろになるにつれ、その美しさが評判になった。それが嫁にいかず、江戸で芸者になったには理由《わけ》がある。

名を騙《かた》られ殺された小野大助《おののだいすけ》が一件で、隼人はしばしば朝のうちからでかけるようになった。当人は気づかれていないと思っているようだが、弥生は着物についている女の匂いですぐにわかった。

心がかきむしられた。だからこそ、知らぬふりをしていた。

そのあいてが、杉岡栞だった。

弥生は、はっとなった。

かぞえるほどしか見たことがない。だけど、似ている。どこがどうということではないが、どことなく、たしかに似ている。

弥生は、栞を憎んだ。

いくたびも息を吸ってはき、心をおちつかせて厨にもどり、裂かれた書状の束を囲炉裏で燃やした。

二

隼人はおのれを責めていた。

——おまえが殺したようなものだ。

色欲《しきよく》におぼれ、かよった。肌をあわせるほどに、愛おしさがつのった。だから、心を乱し、くじけさせるために酷《むご》い殺しようをしたのだ。平静をうしなえば、ひそんでいる気配を察することもかなわない。

これまで襲いくる伊賀忍《いがしのび》と雇われ刺客とをしりぞけてきた。正面からしかけてだめなら、側面から弱みを突く。考えてしかるべきなのに思いつきさえしなかった。あさはかであった。

右腕に一寸（約三センチメートル）余の疵がある。女色《にょしょく》に迷い、修行をおろそかにした天罰である。

師の無心斎《むしんさい》がくふうした構えを月影《つきかげ》と名づけた。

月影は、後《ご》の先《せん》をもとにした防《ぼう》の構えである。新堀《しんぼり》川の河原で神道一心《しんどういっしん》流の遣い手戸倉十善《とくらじゅうぜん》との立合ではこの構えで勝ちをえることができた。それが、居合の疾《はや》さにはおうじることができなかった。まるで気配をしめさず、気づいたときは切っ先が右腕をかすめていた。

仕合には勝つ。が、刺客に身を堕《お》とすなら死をえらぶ。次男が辻斬《つじぎり》にみせかけて町人を斬ったであろうことをさとった深沢兵太夫《ふかざわひょうだゆう》の覚悟だ。

そのおかげで、おのれは生きている。

まだまだ未熟である。

いつのまにか晩春の暖かな陽が西空にきていた。そろそろ夕七ツ（四時）だ。隼人は、弥生を呼び、小四郎《こしろう》が迎えにきて通夜へ行くゆえしたくをと言った。

麻布《あざぶ》の妙善寺《みょうぜんじ》から浅草福井町まで二里（約八キロメートル）ばかりを一刻（二時間）に小半刻（三十分）ほどのこしてかよっていた。いそぎ足で女のもとへむかう。見張っている者に女を狙えと教えていたようなものだ。

着替えて待つ。

夕七ツの鐘が鳴ってほどなく、小四郎がおとないをいれた。

弥生が見送りについてきた。夕餉《ゆうげ》は小四郎と食するとつたえてある。式台におり、草履《ぞうり》をはいて刀を腰にさし、ふりかえる。弥生が三つ指をついて低頭した。隼人は、顎《あご》をひき、踵を返した。

さきになる。小四郎が、右斜めうしろをついてくる。

妙善寺まえの通りから東の新堀川のほうへおれずにまっすぐ行く。早く会いたさに近道もおぼえた。それが死をまねいた。むなしさと怒りとが埋み火《うずびび》となる。

武家地を東北の方角にすすみ、御堀にでた。二町（約二一八メートル）余さきに虎《とら》ノ御門がある。御堀ぞいを東へむかう。御堀は幸橋《さいわい》で北へおれる。まっすぐは土橋《ど》からさきが汐留《しおどめ》川で浜御殿《はまごてん》（浜離宮《りきゆう》）にいたる。

土橋、京橋、日本橋をすぎ、室町《むろまち》通りから本石町《ほんこくちよう》三丁目の通りにはいった。

本石町四丁目のつぎが鉄炮町《てつぽうちよう》、牢屋敷がある小伝馬町《こでんまちよう》一丁目、二丁目、三丁目をすぎると浜町川《はまちよう》。橋をわたれば、両国橋西広小路まで旅籠《はたご》通りの馬喰町《ばくろちよう》が一丁目から四丁目まである。

三丁目から横道をはさんだ四丁目のかどに古着屋の近江屋《おうみ》がある。甲賀《こうが》の忍宿だ。

馬喰町の通りにはいったところで、小四郎がさきになって足を速めた。

隼人は、近江屋の暖簾《のれん》をわけて土間にはいった。

手代から深編笠《ふかあみがさ》をうけとってかぶり、顎紐《あごひも》をむすぶ。

腰かけて待つ。

すこしして、奥から小四郎がでてきた。

町人の髪型に変え、肩をおとしぎみにしているだけだが、まるで別人である。柳橋かいわいでは近江屋手代の清吉《せいきち》でとおっている。

腰をかがめぎみにして案内にたつ清吉に、隼人はついていった。

浅草橋をわたり、福井町へ行く。

格子戸はあけられていた。

清吉につづいて敷居をまたぎ、深編笠をとった。

戸口にめんした八畳間と居間の六畳間との襖がとりはらわれ、簞笥《たんす》などとともに奥にあつめられて屏風《びょうぶ》で隠されている。そのまえに、小菊の亡骸《なきがら》があった。

隼人は、焼香して香典《こうでん》をおいた。

小菊に膝をめぐらす。

顔は白い布におおわれ、首にも白い布がかけられていた。生前の、声と、ほほえみと、瞳と、唇と、しぐさとを憶《おぼ》えておけばよい。

合掌《がっしょう》して瞑目し、頭《こうべ》をたれる。

弔問客には芸者が何名もいる。そのひとりが、横顔を見ている。

隼人は、合掌をといた。

上座に近江屋の主久兵衛《きゅうべえ》とおぼしき小柄な年寄がいる。あとは、男よりも女のほうが多い。

隼人は、左右に顎をひき、腰をあげた。

横顔をうかがっていた芸者が、清吉を手招きして厨へ行った。

隼人は、深編笠をかぶり、表で待った。

ほどなく、清吉がでてきた。

「お待たせして申しわけございません」

清吉がさきになる。

浅草橋のたもとよこの桟橋に舫ってある屋根船の一艘を清吉がしめした。隼人は、うなずき、桟橋におりて舳《みよし》から屋根船にのって座敷にはいった。

上座と下座とに一膳ずつ漆器の弁当箱をのせた食膳があった。膝をおって刀を左におき、深編笠をとる。

腕をくんで眼をとじ、待つ。

やがて、屋根船が揺れ、艫の障子があけられた。武士にもどった小四郎が、左手に刀と風呂敷包みをさげてはいってきた。

「お待たせいたしました」

屋根船が桟橋を離れる。

「まずは腹ごしらえを」

隼人は、顎をひき、弁当箱の蓋をとった。

一口大に浅草海苔《のり》で巻かれた握り。だし巻き卵。鯛《たい》の切り身の照焼。椎茸《しいたけ》と牛蒡《ごぼう》の煮染《にしめ》、昆布巻《こぶまき》、煮豆などがあった。

箸《はし》をおいた小四郎が、茶を淹《い》れてもってきた。

「冷めていて申しわけござりませぬが」

隼人は、笑みでこたえ、茶を喫した。

小四郎の書状には、小菊が座敷衣装のまま居間で喉《のど》を斬られて殺されたことと、通夜と明日《あす》の葬儀の刻限が書かれていた。

――ご身分からして弔問は通夜のみ。伊賀はそう考え、帰路をこれまでにない人数で待ちぶせるでありましょう。ならば、こちらも相応のてくばりをせねばなりませぬ。通夜へおでかけになられるか、ご返事をたまわりたくぞんじまする。

茶碗をおき、顔をあげる。

小四郎が言った。

「さきほど上座におりました近江屋久兵衛が、町方より話を聞いておりまする」

夜五ツ（八時）まで座敷があった。表で客を見送ったあと、小菊はほかの芸者たちとともに茶漬けを食べ、ぶら提灯《ぢょうちん》を手にひとりで帰った。

住まいについたのは夜五ツ半（九時）じぶんだと思われる。夜の出入りは、厨の水口と裏長屋の木戸だ。

戸口の雨戸は、竪猿《たてさる》や送猿《おくりさる》といった溝の穴に突き刺す仕掛けか、心張り棒がしてある。用心ぶかければ、仕掛けをほどこし、なおかつ心張り棒もあてる。

厨の土間から板間にあがり、となりの居間の障子をあけてなかにはいったところで、頸《くび》の血脈を斬られた。

得物は刀か匕首《あいくち》、庖丁《ほうちょう》かもしれない。

小菊は料理茶屋の屋号いりぶら提灯をもっていた。暗いから居間までもってきたはずだ。居間は六畳しかないのに、ひそんでいる者に気づかなかった。しかも、そのぶら提灯がなくなっている。

居間にはいってきた小菊は、長火鉢にぶら提灯をおいた。そして、腰をのばし、ふりむきかけたところを斬られた。

賊は、小菊の財布を盗り、ぶら提灯をもち、去った。

「……町方はそのように申しておったそうにございまする。座敷で飲んだ酒のせいで、箪笥の陰にいる賊に気づかなかったのでは、と。小菊もひととおりの心得がござりまする。ただの賊であれば、せまい六畳間にひそんでいるをさとれぬはずがござりませぬ。気配を消せる手練《てだれ》のしわざと思われまする」

「賊にみせかけるために財布を盗ったわけか」

小四郎がうなずく。

「船頭も手練にござりまする。そのほか、要所にえりすぐった者を配しておりまする。いまひとつ、申しあげまする。今宵、伊賀の芸者を二名、始末いたしまする」

隼人は、胸腔いっぱいに息を吸い、はいた。

「際限がなくなるぞ」

「しかけたは伊賀にござりまする。見すごしにはできませぬ」

「伊賀は仕返しにそなえておろう」

「たとえさらに味方を失うことになろうとも、やらねばしめしがつきませぬ」

「やむをえまい」

「本日までは北町奉行所が月番にござりまする。首尾をお報せいたしますゆえ、甲賀と伊賀との争いであるむねをごぞんじの定町廻りにお告げ願いたくぞんじまする。小菊の件も今宵の件も、探索はむだにござりまする」

「そうしよう。ところで、わたしの横顔を見ておった芸者が、そなたを厨へともなったが」

小四郎が眼をおとす。

「お話ししてよいものか……」

「よけいに気になるではないか」

小四郎が顔をあげる。

「申しあげまする。甲賀の者で、深川芸者の鶴吉《つるきち》、小菊とおない歳にござりまする」

深川芸者は、男名《おとこな》を通り名にする。深川が江戸城の巽《たつみ》（南東）の方角にあたることから辰巳《たつみ》芸者ともいう。

江戸芸者発祥の地で、延宝《えんぽう》（一六七三～八一）のころまでさかのぼる。寛保《かんぽう》年間（一七四一～四四）に禁令をうけると、女ではありません、男です、と羽織を着て男名にした。延享《えんきょう》（一七四四～四八）のころに羽織を禁じられる。

幕府のたびかさなる禁令にめげず、見栄と気っ風をしめすために冬でも足袋《たび》をもちいずに男物の東下駄《あずまげた》をはき、男名を通り名にするのが伝統としてのこった。

小四郎がまをおいた。考えをまとめているふうであった。

眼をあげる。

「まずはどのような者が芸者になるかから話さねばなりませぬ。弥生が縁談を断ったことは申しあげました。兄の小太郎《こたろう》が、江戸で芸者になるか、千寿尼《せんじゅに》さまがおられる京の冬林庵《とうりんあん》で暮らすか決めろと申しわたしたそうにござりまする」

小太郎が芸者をもちだしたのも、弥生が美人だからだ。だれでも芸者になれるわけではない。

三味線《しゃみせん》や踊りが好きで、京、大坂、江戸という三都のはなやかさにあこがれてなる者。弥生のごとく縁組を嫌っていづらくなった者。嫁ぎはしたが子ができぬなどの理由で離縁された者。

「……鶴吉がこれにあたりまする。そして、もうひとつが掟破《おきて》りの科人《とがにん》にござりまする。それがしは京におりましたゆえ、そのような騒動があったというのをあとで知ったのみにござりまする」

小菊こと杉岡栞は、男と逐電《ちくでん》をくわだてとらえられた。おない歳の男は生涯もどることのない長崎《ながさき》行きを、栞は江戸で芸者になることを命じられた。

「……そのあいての男が、どことなく、宗元寺さまに似ているそうにござりまする」

途中で推測がついた。隼人はつぶやいた。

「そうか。小菊は、わたしにひき裂かれた思い人を見ていたわけか」

「申しわけござりませぬ」

あいての男のことをふくめくわしく語らぬのは小四郎のおもいやりだ。

「あやまることはない。正直、がっかりしたが、納得もした」

大川から江戸湊にでると、波をうけ、船が揺れた。

やがて、揺れがやんだ。新堀川にはいったのだ。河口から一之橋《いちの》までは半里（約二キロメートル）ほどだ。

小四郎が、風呂敷包みのむすびめをほどいた。草鞋《わらじ》二足、棒手裏剣を巻いたなめし革、革袋などがあった。

「羽織をおあずかりいたしまする」

隼人は、羽織をぬいだ。

草鞋を手にしてやってきた小四郎が、うけとってもどる。そして、みずからも羽織をぬいで草鞋をむすんだ。革袋を右腰にさげ、棒手裏剣の束を懐にしまう。二枚の羽織をたたんで風呂敷でつつみ、腰に巻く。

すわりなおした小四郎が、顔をあげる。

「それがしがさきにまいりまする。宗元寺さまはなかを、うしろを船頭がかためまする」

「承知」

屋根船が桟橋につけられた。

腰をあげようとすると、小四郎が手で制した。

船頭が桟橋におりた。舫っているようだ。舳へやってくる。やはり縄で桟橋につないでいるのであろう。艫にのってきた船頭が、背をかがめる。

「だいじござりませぬ」

隼人は、刀を手にしてふり返り、障子をあけた。草履がなくなっている。六尺（約一八〇センチメートル）棒を手に、石段をあがっていく船頭の背の帯に草履がはさまれている。隼人は、腰に刀をさした。

艫から弓張提灯《ゆみはりぢょうちん》を手にした小四郎が桟橋におりた。

小四郎が川岸にあがるまで待ち、隼人は桟橋へおりて石段をのぼった。

月はなく、雲間にわずかな星があるだけだ。

新堀川は一之橋で直角におれている。かどには、出羽《でわ》の国上山《かみのやま》藩三万石松平家（藤井《ふじい》松平）の六千三百坪余の上屋敷がある。藤井松平家は、始祖が家康曾祖父の季子《きし》（末子）で、婿養子の三代目が家康の甥《おい》という名門譜代である。

道をはさんだ北には、飯倉新町《いいぐらしんまち》と新網町《しんあみちょう》一丁目がある。このあたりを俗称で麻布十番《あざぶじゅうばん》という。

数軒ある食の見世《みせ》の腰高障子が、通りへあわい灯《あか》りの帯をひろげている。あとは小四郎がもつ弓張提灯の灯りだけだ。

小四郎が行く。隼人は、二間（約三・六メートル）あまりあけてつづいた。おなじくらいのあいだをおき、船頭がついてくる。

裏店《うらだな》への木戸口にひそむ気配があった。味方だ。通りへではなく、背後や屋根へ眼をくばっている。ほかにも、ところどころに眼があった。

新網町一丁目かどの四つ辻を妙善寺の参道がある通りへおれる。

隼人は、胸騒ぎがした。宿坊には弥生とすずのふたりしかいない。弥生ひとりなら戦える。だが、すずを護らねばならぬとなると――。

小四郎がふり返る。隼人はうなずいた。小四郎が足を速める。

参道へおれる。やはり襲ってこない。境内で待ちぶせているのか。

山門まえでたちどまる。暮六ツ（日の入）をすぎた出入りはくぐり戸からだ。小四郎が、弓張提灯を背にまわす。船頭が、ゆっくりとくぐり戸を押しあける。

一呼《ひと》吸、二呼《ふた》吸、三呼《み》吸待ち、船頭が右足をいれる。かがんで上体をいれ、左足。船頭がよこへよる。隼人は、鯉口《こいぐち》をにぎり、またいではいった。小四郎がつづき、くぐり戸をしめた。

境内にひそんでいる気配はない。

隼人は、おおきく息をして胸騒ぎを鎮めた。小四郎と顔を見あわせる。

小四郎がさきになる。いそぎ足だ。

宿坊の廊下に有明行灯のあかりがある。

罠《わな》か。かまわずいそぐ。

背後に眼をくばりながら、船頭が小走りについてくる。

式台につくまえに、厨の板戸があけられ、手燭《てしょく》をにぎった弥生がでてきた。

小四郎が顔をむけた。眼をおおきく見ひらいている。

「宗元寺さま」

「早く行くがよい」

「ご無礼つかまつりまする」

腰の風呂敷包みをはずして式台においた小四郎が、船頭をうながし、駆け去っていく。

戦《いくさ》をしかけるなら、まずは敵の手勢を減ずる。芸者を襲う甲賀を待ちぶせ、返り討ちにする。

隼人は顔をもどした。

やってきた弥生が、膝をおって手燭をおき、三つ指をつく。

「お帰りなさいませ」

見あげる表情がつねより硬い。

「なにかあったのか」

「いいえ。用心していただけにございます」

「そうか」

隼人は、身をかがめて風呂敷包みをとり、草鞋をぬいだ。

部屋には床がのべてあった。着替えをてつだう弥生に、隼人は言った。

「風呂敷包みはわたしと小四郎の羽織だ。すこし考えごとがしたい。銚子のはんぶんほど酒をたのむ」

「かしこまりました」

ほどなく、弥生が、食膳に銚子と杯と香の物の小鉢をのせてはこんできて酌をして去った。

隼人は、飲み、杯をおいた。腕をくみ、沈思する。

女を殺せば、男は通夜にくる。多勢で待ちぶせ、仕留める。罠を警戒してあらわれなければ、つぎの策《て》をうつ。さらに、女を殺せば、男は心を乱す。心を乱せば、隙《すき》がしょうじる。

仕返しにきた甲賀を返り討ちにする。これまでに失いし手勢の意趣返し。だが、それでは戦をしかけていることになる。

なにか不可解で、釈然としない。

床についても、なかなか寝つけなかった。

翌初夏四月朔日《ついたち》は更衣《ころもがえ》だ。この日から綿《わた》をとった袷《あわせ》を盛夏五月四日まで着る。五月五日の端午《たんご》の節句から仲秋八月晦日《みそか》までは一重《ひとえ》にする。そして、晩秋九月朔日から八日までは袷を着て、九月九日の重陽《ちょうよう》の節句から晩春三月晦日までは小袖《こそで》（絹の綿入れ）か布子《ぬのこ》（木綿の綿入れ）を着る。なお、五月五日から九月八日までは足袋をはかない。

朔日の朝、小四郎から書状がとどいた。

柳橋芸者と深川芸者の住まいを襲ったが、待ちぶせはなかったとしるされていた。

――しばらくのご他出をおひかえ願いまする。なお、船頭がおあずかりしたままの草履をお返しいたしまする。

隼人は、眉をひそめた。

おびきだして待ちぶせるためでないのなら、なにゆえ小菊の命を奪ったのだ。

翌々日の三日朝、竹次《たけじ》がきた。御用聞き文蔵《ぶんぞう》の手先である。

北町奉行所定町廻りの秋山平内《あきやまへいない》が文蔵と晋吉《しんきち》親子をともなって夕刻にたずねたいとのことであった。

隼人は、承知した。

夕七ツ（夏至時間、四時四十分）から小半刻（三十五分）あまりがすぎたころ、平内たちがきた。弥生が客間に案内して厨へ行った。

宿坊では着流しの腰に小脇差《こわきざし》のみだ。隼人は、客間にはいり、床の間を背にした。いつものように、下座の廊下よりに平内がいて、一歩ほどさがった縁側よりに文蔵と晋吉とがいた。

秋山平内は三十七歳。浅黒く陽焼けし、五尺六寸（約一六八センチメートル）のしまった体軀《たいく》をしている。文蔵は五十九歳。晋吉は三十一歳だ。

弥生とすずが食膳をはこんできた。いったんもどり、さらに二膳はこんできて文蔵と晋吉のまえにおく。

食膳をはさんで腰をおった弥生が、銚子をもつ。隼人は杯を手にしてうけた。銚子をおいた弥生が平内にも酌をする。文蔵と晋吉にはすずが酌をした。

弥生とすずが障子をしめ、廊下を去っていった。

厨の板戸が開閉されるまで耳をすまし、隼人は平内に顔をむけた。

「浅草福井町の殺しを、調べにきた北町奉行所の者は賊のしわざと考えておるように申しておったそうな」

「まずはお悔やみを申しあげまする。お気持ちを思いますれば、しばらくは遠慮すべきであろうと思うておりました。たしかに、持ち場の定町廻りは賊のしわざとみておりまする。ですが、それは宗元寺さまとのかかわりを知らぬからであって、それがし、気になり、おじゃまさせていただきました」

「賊のしわざではない」

平内が、わずかに眉根をよせる。

「断言なさる理由《わけ》をお聞かせ願えましょうや」

「小菊の名は杉岡栞。弥生や小四郎の又従妹にあたる。小四郎によれば、忍としてのひととおりの心得があるゆえ、座敷で多少飲んでいたにせよ、せまい六畳間にひそむ賊に気づかぬはずはないと申しておった」

「つまり、宗元寺さまを誘いださんがために伊賀が殺したと」

隼人は、鼻孔から息をもらした。

「そう思っていた。晦日が通夜で、でむいた。小四郎ともうひとりの手練が送ってくれ、一之橋から参道までの要所に甲賀の者たちを配していた。が、襲われなかった。おなじ夜、柳橋芸者と深川芸者とが殺《あや》められたであろう。伊賀の忍だ。小四郎が、小菊殺しをふくめて探索はむだだと申しておった。甲賀と伊賀との血で血を洗う諍《いさか》いになるやもしれぬ」

「お奉行に申しあげねばなりませぬ」

「かまわぬ」

北町奉行は、榊原主計頭忠之《さかきばらかずえのかみただゆき》、五十八歳。気骨があり、公明迅速な裁きで江戸庶民に人望があった。

「せっかくの料理をのこし、まことに申しわけございませぬがこれにて失礼させていただきまする。すぐにも御番所へまいらねばなりませぬ」

隼人は、うなずいた。

平内が脇の刀を手にして立ちあがる。

隼人は玄関まで送った。一礼した三人があわただしく去っていった。

三

翌四日朝、竹次がきた。昨日《さくじつ》とおなじ刻限にまた三人でたずねたいという。

夕刻、三人がきた。食膳をはこんできた弥生に、平内がわびた。弥生が笑みをうかべ、お気になさらずに、と言った。

弥生とすずが去った。

平内がかたちをあらためた。

「お奉行より言付けがござりまする」

隼人は背筋をのばした。

「うけたまわろう」

「申しあげまする。公儀は忍などという不届き者がおるを認めておらぬ。なにゆえかは、ご老中和泉守《いずみのかみ》さまにおたずねになられれば……」

「聞いておる。ご公儀そのものが御庭《おにわ》……」

「申しわけござりませぬ。それがしも、お奉行よりなにもお聞きしておらぬことになっておりまする。と、ここまでが表向きで、あとはお耳においれするよう申しつかりました。忍は陰の者ゆえ、表沙汰《おもてざた》にいたさば不都合がしょうじかねぬ。ゆえに捕物帳にもその痕跡は残さぬことになっておる」

平内が、肩の力をぬき、表情をやわらげた。

「二十九日の浅草福井町の一件は押込み強盗による殺し。晦日の芸者二件も賊による殺しとしてかたづけまする。以降もごぞんじの件はそれがしにお教え願いまする」

「そうしよう。それにしても、小菊が一件はどうにも釈然とせぬ。なにか裏がありそうな気がする」

「それがしもみょうに思いまする。殺しまでして誘いだしながらなにゆえにしかけなんだか。また、仕返しを考えてしかるべきだとぞんじまする。まっさきに狙われるは、おなじく芸者をしている忍でござりましょう。のちほど申しあげますが、護りをかためていたとは思えませぬ」

「油断させるためかとも思うのだが、いまひとつ、わからぬ」

「じつは、二十九日の夜はほかにも殺しが二件、相対死《あいたいじに》が一件ござりました。お聞き願いまする。まずは、もうひとり、芸者が殺されておりまする。そのことにつきましてはなにか」

隼人は首をふった。

「いや、なにも聞いておらぬ」

「また木場《きば》がらみにござりまする。材木問屋の主が首を絞めて芸者を殺し、厨からとってきた出刃庖丁でみずからの喉を突いて死んだ。そのような死にざまであったとのことにござりまする。おなじ夜に、おなじく芸者の死。なにかかかわりがあるのではあるまいかと思うたしだいにござりまする。くわしく申しあげまする」

亀戸村の梅屋敷ちかくに木場の材木問屋紀州《きしゆう》屋の寮がある。木場でも五指にはいる大店《おおだな》で、主の名は善右衛門《ぜんえもん》、四十七歳。女の名は糸次《いとじ》、十九歳。この春、蕾《つぼみ》が花開くように美しくなり、深川で一、二をあらそう売れっ子になった。

そんな糸次が、善右衛門の眼にとまった。

売れっ子だからほかから座敷がかかる。座敷をえらぶこともできる。じらして高く売る。花柳の女がよくつかう策《て》である。

善右衛門は遊びなれている。はじめのうちは鷹揚《おうよう》にかまえていたが、いっこうになびいてこない。そうなると、木場の大店主《おおだなあるじ》としての意地がある。

二十九日の朝、糸次からの使いがあった。言付けを聞いた善右衛門は、とたんに機嫌がよくなり、その夜あった寄合の断りに番頭を行かせ、永代寺門前東仲町《えいたいじもんぜんひがしなかちょう》の仕出屋丸亀屋《まるがめや》に手代をやった。

昼九ツ半（春分時間、一時）じぶん、善右衛門は迎えにきた屋根船ででかけた。

寮についてすぐにであろうがとなりの女房が呼ばれ、掃除と奥の部屋にふたりぶんの床をのべるよう言われている。

丸亀屋の庖丁人が、下拵《したごしら》えをした料理を猪牙舟ではこんできて厨でしあげ、部屋にふたりぶんの食膳をととのえて帰った。

それが夕七ツ半（五時）ごろだ。

「……ここまでは、わかっておりまする。ごぞんじの本所深川《ほんじょ》を持ち場にしております岡本弥一郎《おかもとやいちろう》が、紀州屋、丸亀屋、船宿、百姓の女房とたしかめさせておりまする。ところが、紀州屋へ糸次の言付けをつたえに行ったのが誰か、糸次が寮まで駕籠《かご》で行ったのか、舟で行ったのかがわかっておりませぬ」

「こういうことか。糸次は善右衛門に抱かれるを承知した。だから、寮へ行くを隠した」

平内が首肯した。

「使いをたてたあとも、迷っていたのかもしれませぬ。顔なじみの船宿や駕籠屋をつかっておりませぬ。辻駕籠をひろったのであれば、見つけるのはむつかしゅうございまする。とにかく、気が変わった。約定しておりますゆえ、詫びに行った。かわいさあまって憎さ百倍。糸次は、髪が乱れ、着物の襟がはだけられ、左頬にはてのひらで張られた痕《あと》がのこっていたそうにございまする。よほどに逆上したのでござりましょう。われに返り、厨から出刃庖丁をとってきた。そのようななりゆきのように思えまする」

「ちがうかもしれぬと考えておるわけか」

平内が顎をひく。

「これが日本橋あたりの大店の若旦那ならありえましょう。ですが、材木問屋は気の荒い川並《かわなみ》、木場の筏人足《いかだにんそく》の呼び名にござります、その川並をたばねなければなりませぬ。岡本も、紀州屋善右衛門のひととなりを調べると申しておりました」

隼人は、つぶやいた。

「木場でも指折りの材木問屋ともなれば豪商であろう。年齢《とし》も四十七。よほどに短気でなければこうするのではあるまいか」

糸次が詫びる。

善右衛門が告げる。

——帰るのなら、となりの百姓家へ行って、舟でも駕籠でも呼んでもらえばよかろう。二度と座敷には呼ばぬ。おまえに声をかけるところは、料理茶屋をふくめていっさいつきあわぬ。

「……小野大助が一件で、母親の実家《さと》である塩問屋の多摩屋《たまや》は、材木問屋の木曾屋《きそや》にさからえば商《あきな》いにさしつかえると申しておったそうな。堅気の商家でさえそうだ。料理茶屋や芸者は客商売。さて、糸次はそれでも帰るであろうか」

平内が首をふる。

「帰れますまい。糸次は十九歳。十五、六の見習芸者とはちがいまする」

「だが、人はわからぬ。一、二をあらそう売れっ子ならかなりの美形ということであろう。いい歳をした大店の主が分別をなくすほど本気で懸想《けそう》していたのやもしれぬ。ようやくわがものになったと思うたら、その気がなくなったという。愚弄《ぐろう》されたと逆上し、われを失う。それもありうる」

人は失ってはじめて知る。小菊も美人であった。あのほほえみ。濡れた瞳。甘い声。白い肌。やわらかさ。吐息。おのれは身代りにすぎなかった。そのむなしさはある。だが、それでも、かけがえがないものを失ってしまった。

まがあった。

平内が言った。

「たしかに人はわかりませぬ。もう一件の殺しが、じつにうんざりさせられまする。九段坂の俎橋よこで屋台の二八蕎麦売りが殺されました。得物は匕首と思われまする。刃をうえにして水月《みぞおち》を一突き。巾着《きんちゃく》を奪われておりまする。一杯十六文の夜鷹《よたか》蕎麦、三十杯売れても五百文（六百文で一万円見当）にもなりませぬ」

殺されたのは、麻次郎《あさじろう》、三十四歳。飯田町中坂通《なかさかどおり》にある理兵衛《りべえ》長屋の店子《たなこ》で、二十八歳の女房と、七歳と四歳の子がある。

「……働き者で、売れ残ると、殺されたところで夜四ツ（春分時間、十時）ごろまで客待ちをしていたとのことにござりまする。北御番所にとって厄日にござりました。やはり明六ツ（六時）すぎ、大川河口から大島川をはいった大島町の桟橋で、屋根船の座敷で若い男女《なんにょ》が相対死をしているのを船頭が見つけました」

女は、黒江川の大島橋から二軒めの紙屋大森《おおもり》屋の娘きよ、十五歳。男は、手代の定《さだ》吉《きち》、二十一歳。

「……商家の娘と手代。よくある話にござりまする。岡本が念のために調べさせております。その晦日の晩に、またしても芸者が二名殺されました。読売（かわら版）は大騒ぎにござりまする」

ひとりは、永代寺門前山本町《もんぜんやまもとちょう》の芸者友吉《ともきち》、二十三歳。独り暮らしの芸者は、たいがいおなじようなところに住んでいる。路地に格子戸がある二階建て長屋造りで、夜は厨の水口から裏長屋の木戸を出入りする。

友吉も二階の居間で座敷衣装のまま喉を斬られて死んでいた。つまりは帰ってきたところを襲われた。

もうひとりが、薬研堀埋立地の路地に住む小舞《こまい》、二十二歳。やはり座敷衣装のまま居間で喉を斬られていた。

ふたりとも、家捜しされたようすはなく、料理茶屋から借りて帰った屋号入りのぶら提灯がなくなっている。

「……小菊殺しでも提灯がなくなっておりまする。したがいまして、提灯をもち去ったはあえてだと思われまする。さきほども申しあげましたが、なにゆえ用心させなかったか、不可解にございまする」

隼人は言った。

「いくつか考えられる。ひとつは、小菊の死に伊賀はかかわりがない。殺されたを知らなかったというのもありえなくはない。殺されたと知ったが、配下の芸者忍らに報せて用心させればおのれらのしわざとなってしまうゆえ見殺しにした。ふたつめは、配下伊賀が殺した。それを隠すか、惑わすために、甲賀に仕返しをさせた。やはり、配下の芸者忍を見殺しにしたことになる。ならば、狙いはなんだ。それがわからぬ」

「将を射んと欲すればまず馬を射よ、と申しまする。搦手《からめて》からの策とも考えられまする」

「それも考えた。良策は、通夜にでかけた留守の宿坊を襲う。弥生は遣い手だが、多勢をあいてにすずを護りながらとなるともつまい。だが、なかった」

文蔵が、かすかに低頭した。

「よろしいでやしょうか」

隼人はこたえた。

「かまわぬ。思いついたことがあれば、遠慮せず申してくれ」

「ありがとうございやす。盗人《ぬすっと》もうめえ奴だと、薄暗《うすぐれ》え部屋の隅で気づかれずにうずくまってることができるそうでやす。札差が小菊に横恋慕したことがございやした。表向き堅気の商売《しょうべえ》をしてる盗人一味の頭《かしら》がいたとしやす。そいつが、小菊に一目惚《ぼ》れした。ちょいとさぐれば、宗元寺さまのことがわかりやす。惚れた女に男がいたら、そいつを殺しててめえのもんにする。それができそうにもねえんで、てめえのもんにならねえならばと始末させた」

眉根をよせていた平内が、文蔵に顔をむけた。

「深川で、料理茶屋の板前《いためえ》が、身請け話がもちあがった見習芸者を殺した一件があったな」

「へい。四年めえでやす。町内《ちょうねえ》の裏長屋の娘だったんでよく憶えておりやす。口をきいたことさえねえのに、ほかの男の囲い者《もん》にはさせねえって泣いてたそうで」

平内が、文蔵から顔をもどした。

「慶庵《けいあん》……口入屋《くちいれ》のことにございまする。口入屋の裏の顔が押込み強盗一味だったという一件がござりました。ありうるやもしれませぬ。さぐらせてみたくぞんじまする」

隼人はうなずいた。

平内が、ふたたび文蔵に顔をむける。

「宗元寺さまがらみだ、話をとおしておくからおめえもあたってみな。ここしばらくでいい、小菊が呼ばれた座敷でおんなし名がねえか、あるいは、しばしば呼ぶようになったか、急に呼ぶのをやめたか。そんなところだな」

「わかりやした」

平内が、顔をもどす。

「お通夜の夜は、甲賀のてくばりを見て思いとどまったということもありえまする。ご用心を願いまする」

「かたじけない」

それからほどなく、三人が帰った。

五日後の九日朝、竹次が平内の言付けをもってきた。夕刻に三名でたずねたいとのことであった。

隼人は、夕七ツ半（夏至時間、五時五十分）じぶんに夕凪《ゆうなぎ》にでむくとこたえた。

芝増上寺《しばぞうじょうじ》よこを流れる新堀川の東海道に架かる橋が金杉橋《かなすぎ》で、その北岸河口までが湊町《みなとちょう》だ。

両岸とも川ぞいに道がないので船宿が多い。

湊町の横道をはいったつきあたりに船宿夕凪がある。平内の供をしている晋吉の女房さわが女将《おかみ》としてきりもりしている。

妙善寺から夕凪までは半里（約二キロメートル）ほどだ。夕七ツ（四時四十分）の鐘が鳴り、隼人は古着にきがえて宿坊をでた。

朝稽古《げいこ》で月影のくふうをし、書見のあいまに小菊を殺した敵の意図が那辺にあるかを思案している。月影のくふうはできつつある。〝防〟ではなく〝攻〟の構えも考えた。だが、敵の狙いはさっぱりである。

初夏四月。新堀川土手の柳が薫風《くんぷう》にたわむれ、小鳥のさえずりも聞こえた。増上寺裏門から駆け足ででてきた男の子《こ》らが、笑いざわめきながら赤羽橋《あかばね》をわたり、町家の路地に消えていった。

金杉橋をこえて湊町の表通りから横道へおれた。

腰高障子はあけてあった。暖簾をわけて土間にはいる。声をかけると、すぐにさわがでてきた。

心からの笑顔で板間に膝をおる。

三人はすでに二階座敷にいるという。隼人は、うなずき、腰の刀をはずした。座敷に案内したさわが、女中に食膳をもたせてもどってきて、酌をして去った。

平内が言った。

「まずはお聞かせ願いまする。お帰りが夜分になりまする」

「あれから十日になるがなんのうごきもない。宿坊にこもっているからやもしれぬ。出歩いてもなにもなければ、狙いはわたしではないことになる」

「たしかにそのとおりにはございますが……」

平内が得心した表情になる。

「弥生どのと小四郎どのとで背後をかためる」

隼人は首をふった。

「伊賀はふたりの腕を知っておるゆえ、それでは餌《えさ》にならぬ。それに、弥生が宿坊を留守にすればすずがかどわかされかねぬ」

「しかしそれでは……」

「心づかい、かたじけなく思う。だが、虎穴《こけつ》に入《い》らずんば、ともいう」

文蔵が眉をよせた。

「申しわけございやせん」

平内が文蔵に顔をむける。

「虎穴に入らずんば虎児《こじ》を得ず。虎穴は虎の穴、虎児は虎の子のことよ。虎の子がほしいんなら虎の穴にへえるしかねえって意味だ。なんかをなしとげてえと思ったら、命を的《まと》にするくれえの覚悟がなけりゃあってことだな」

平内が顔をもどした。

「宿坊にお帰りになられるころまで、それがしはここでひかえておりまする」

「いたみいる」

隼人は低頭した。

「どうかおなおり願いまする。ご自身のことでたいへんなおりにははなはだ恐縮にぞんじますが、本所深川が持ち場の岡本弥一郎が困惑し相談にまいりました。お知恵を拝借願えれば幸甚《こうじん》にぞんじまする」

「世話になっておる。わたしにできることがあれば申してくれ」

「かたじけのうございまする。岡本はしくじったやもしれぬと申しておりまする。こういうことにござりまする」

先月晦日の朝、弥一郎は、宿直《とのい》の年番方がつかわした小者の報せをうけると、迎えにきていた御用聞きとともに大島町へむかった。

潮の満ち引きや雨の有無によって川は水嵩《みずかさ》がちがう。栈橋は、二本の柱に横板をならべた浮橋《うきはし》の縄を杭にかけて沈まない造りになっている。そんな栈橋が、ちいさな船宿には一基《き》、おおきな船宿には三基から四基もあって、両側とあいだに屋根船や猪牙舟、荷舟などが舫ってある。

川岸は人だかりであった。

御用聞きがわけ、弥一郎は栈橋におりていった。蒼い顔で艫の船縁に腰かけていた船頭が立ちあがってぺこりと辞儀をした。

弥一郎は訊《き》いた。

——なにもさわっちゃあいねえな。

——へい。障子をあけて、すぐにしめ、自身番へ走りやした。

——そうか。あとでくわしく聞く。そこで待ってな。

川岸には野次馬がいる。弥一郎は、舳へまわり屋根船にのった。

御用聞きが片膝をつき、障子をあける。血の臭いがおしよせてきた。いったん顔をよこにむけておおきく息をすい、身をかがめて座敷にはいった。

座敷をざっと見る。提灯がない。弥一郎は、昨夜の空を思いうかべた。月はない。

が、雲間に星明かりがあった。

逢引《あいびき》に灯りは人の眼をひく。夜の川面《かわも》は、わずかな星明かりさえ映して揺れる。しばしば逢引していたのであれば、闇夜であっても手探りでこれる。

ふたりに眼をやる。

かしいだ男の左頬に女が頭をあずけ、男の左腕が女の肩を抱いている。ふたりとも左手首を切っていた。

ふたりのあいだで船縁の障子が一尺（約三〇センチメートル）ほどあいている。男が女の左手首を切り、おのれの左手首も切った。相対死でまちがいないように思える。

弥一郎は、男の右手に眼をおとした。得物がない。剃刀《かみそり》だろうが、見あたらない。御用聞きにも言い、まわりをあらためたがなかった。

あいている障子に眼をやる。

男が、おのが左手首を切ったあと、川へ投げすてた。相対死でまちがいなければそういうことになるのだが、なにゆえ。持ち主に迷惑がかかるのをはばかったのか。

あらためて座敷を見まわす。

気になるものはなかった。

座敷をでて艫へいき、船頭に顎をしゃくる。辞儀をした船頭が桟橋におりてきた。

御用聞きが、船頭のうしろにまわって、帯にさした矢立《やたて》をとり、懐から四つ折にした半紙の束をだした。

名と住まいとを訊き、見つけたようすを話させた。

船宿の亭主を呼び、なくなっている舟がないかをたしかめ、あとでひとりずつ話を訊くので住込みの奉公人をのこらずあつめておくように言って去らせた。

川岸に顔をむけ、身内の者がいないか声をかける。

商家の主と番頭とがおりてきた。主はいまにも倒れるのではないかとあやぶむほどに蒼ざめ、番頭のほうが気丈そうであった。

弥一郎は、舳へすすみ、ふりむいて番頭に言った。

——手拭で鼻と口とをおおってから死骸《ほとけ》をあらためてくんな。

——かしこまってございます。

番頭が懐から手拭をだした。御用聞きが舳にのって座敷の障子をあけた。おそるおそる身をかがめた番頭が、唾《つば》を飲みこむ。眼をとじてあけ、ふたたび喉仏を上下させてからおりてきた。

——まちがいございません。おきよお嬢さまと手代の定吉にございます。

弥一郎は、思案をめぐらせた。

不審な点があれば、このままにしておくか、自身番屋へ死骸をはこばせて、吟味方《ぎんみかた》の検分をえなければならない。手首を切った刃物がないのが気にはなる。だが、九段坂の俎橋で殺しがあり、柳橋のほうでもあったようだ。

主は立っているのがやっとのようすで、番頭に肩をささえてもらっている。

弥一郎は、番頭にふたりをひきとるように言って船宿へ行った。

船宿で、ひとりずつ座敷へ呼んで、昨夜《さくや》変わったことはなかったか物音を聞かなかったかとただしているところに、御番所からの使いがきた。

木場の材木問屋紀州屋の主が、亀戸村梅屋敷ちかくの寮で芸者を殺して自害したという。寺社方の許しをえて、臨時廻りがでむいたので、めどがついたら亀戸村の寮へ行くようにとのことであった。

両替商、呉服商、材木商が江戸の三大豪商である。紀州屋は、木場の材木問屋でも五指にはいる。

木場の者は余所者に口が堅い。見まわりをしている定町廻りにたいしてさえそうだ。臨時廻りを行かせたにもかかわらず、持ち場の弥一郎にまで行けとの命があったのは、木場がらみの一件はそれだけあつかいがむずかしいからであった。

弥一郎は、てばやく話を聞きおえると、亭主に猪牙舟を一艘だすように言って亀戸村へいそいだ。

「……さきに紀州屋の一件から話させていただきまする。芸者の糸次は舟をつかっておりませぬ。すくなくともかいわいの船宿ではのせておりませぬ。噂《うわさ》をはばかったやもしれませぬので、大川ばたの船宿までさぐらせておるそうにござりまする。駕籠屋もおなじにござりまする。したがいまして、いまのところ、辻駕籠をひろったのではあるまいかと思いまする」

わからないのは、紀州屋をおとずれた糸次の使いが見つからないことだ。紀州屋の者によると、身の丈五尺四寸（約一六二センチメートル）くらいで二十代なかばすぎ、料理茶屋か置屋の若い衆《しゅ》に見えたという。

使いが見つかれば、糸次の口上をふくめていろいろと分明になる。ところが、置屋をふくめて糸次に使いをたのまれた者がいない。

「……数日、岡本は使いをした者をさがさせたそうにござりまする。思わぬなりゆきに臆病風《おくびょうかぜ》にふかれて口をつぐんでいるのやもしれぬと申しておりました。ひきつづき手分けしてあたらせているそうにござりますが、相対死の一件も捕物帳の記述をまとめ、綴本《とじほん》にしてけりをつけねばなりませぬ」

弥一郎は、大島町の紙屋大森屋をたずねて線香をたむけ、主の作左衛門《さくざえもん》から思わぬ話を聞いた。

きよはひとり娘だという。弥一郎は、あの朝、桟橋で見せた作左衛門の嘆きを想いだした。

驚いたのは、定吉がただの手代ではないことだった。

商家では倅《せがれ》を同業や懇意の店《たな》にあずけて商いの修業をさせることがままある。嫡男は店を継がせるためだが、次男三男などは修業のほかに婿入りがらみのばあいもある。

作左衛門と内儀、番頭のみが知っていたが、定吉は南伝馬町《みなみてんまちょう》二丁目にある紙問屋山《やま》本《もと》屋の三男であった。作左衛門と山本屋の主とが懇意で、ふたりのあいだでは定吉のようすを見て気にいれば婿にとの思惑があった。作左衛門との約定で、山本屋の主はそのことを定吉には教えていなかった。

大森屋の奉公人には、定吉は川越《かわごえ》城下の紙屋の嫡男で商いの修業にきていることにしていた。

ひとり娘のきよには、十五歳になったこの春からいくつも縁談がもちこまれるようになった。

なかでも、ふたりが熱心に足をはこんできた。どちらも、義理あるあいてであり、たがいに競っているふうもあってなかなかに断りにくかった。

──手前の優柔さのせいでふたりを死なせてしまいました。山本屋さんにもまことに申しわけなく、合わせる顔がございません。

作左衛門が、うつむき、懐からだした手拭で顔をおおった。

ふたつも縁談がもちこまれて作左衛門が迷っているようすに、きよと定吉は追いつめられ、相対死をえらんだ。そのように思えた。

弥一郎は、ひかえている番頭に、ふたりが手首を切ったのは剃刀だと思うが、二、三日したらまたくるから、なくなっている刃物がないか調べておくように言った。

「……ところが、剃刀から庖丁のたぐいまでなくなっているものはないそうにござりまする。出入りの廻り髪結《かみゆい》にもたしかめております。ただいまは、定吉に刃物を売った打物屋《うちもの》がないかを手の者にさがさせているそうにござりまする。糸次の使いをした者。相対死の刃物。岡本が首をひねり、相談にまいりました」

隼人は言った。

「二十九日の朝、紀州屋に糸次からの使いがあった。紀州屋善右衛門に、その気になったらいつでもよい、いろよい返事を待っておる、じかに言うのが恥ずかしいのなら使いをよこせばよい、というようなことを言われていたのだとしよう。前夜か、その朝、寮へ行くことにしたということだな」

平内が首肯する。

「まえの晩に、二十九日の夕七ツ（春分時間、四時）から夜五ツ（八時）までの座敷に断りがあったそうにござりまする」

「そういうことはよくあるのか」

「それがしが商家の主で、幕府のお役人、もしくは国持大名家あたりのご重役をお招きしたといたしまする。座敷は一《いっ》刻（二時間）にござりまする。夕七ツまえからお待ちして夕七ツ半（五時）じぶんにお見えになられますと、一刻で暮六ツ半（七時）。芸者は夕七ツより座敷がかかっておりますゆえ、一刻に半刻（一時間）のなおしがはいったことになりまする。ご機嫌うるわしくあれば、あと小半刻（三十分）から半刻ほどおすごしやもしれませぬ」

「つまり、二《ふた》刻（四時間）か。なにゆえあいては武家だときめつけるのだ」

「寄合などの商人《あきんど》仲間であれば、たいがい一刻の座敷にござりまする。糸次は売れっ子にござりますれば、しばらくまえにおさえてあったはずにござりまする。ふいに暇ができた。いまは売れっ子でも、いずれは座敷がかからなくなる。みずからのゆく末に思いをはせたのではあるまいかと愚考いたしまする」

「断った者と招いたあいてはわかっておるのか」

「聞いておりませぬ。岡本にたしかめておきまする」

平内が、眉をひそめ、眼をみひらく。

「つまり、糸次に座敷がかからぬように、あえて前夜になって断りをいれたと」

隼人は顎をひいた。

「使いも、寮までの舟なり駕籠なりも、たのんだのが糸次でなければ、さがしても見つからぬ謎が解ける」

平内が眉間に縦皺をきざむ。

「痴情がらみにみせかけた殺し……」

「もうひとつ。女が十五歳。男が二十一歳。惚れあっていた。この世でむすばれぬならあの世でむすばれんと黄泉《よみ》へ旅立つ決意をした。ならば、死ぬまえにたがいを求めあうものではあるまいか。どうであろう」

眉間の縦皺を消してわずかに小首をかしげた平内が眼をあげる。

「仰せのとおりとぞんじまする。岡本に申しつたえまする。あの屋根船は血を洗い、畳をかえ、売りにだされまする。すでに船大工のところでありましょうが、なにか気づいたことはないか。さらには、きよの部屋と、定吉の持ち物、ひととなりなども調べるよう申しておきまする」

「話を聞いて気になったは、いまのところその二点だ」

「お礼を申しまする」

それからほどなく、隼人は夕凪をあとにした。

料理は食べたが、酒は飲まなかった。

四

あたりはすっかり夜の帷《とばり》がおりていた。

初夏の蒼い夜空では、きらめく星と、皓皓《こうこう》とかがやく弦月《げんげつ》とが綿雲を白く浮かびあがらせていた。

隼人は、持参した小田原提灯《おだわらぢょうちん》の柄《え》を左手でにぎり、東海道の金杉橋から金杉同朋町《どうぼうちょう》の通りにおれた。

いつでも抜刀できるように右手はあけておく。武士の心得だ。

金杉橋の両岸わきにも、一町半（約一六四メートル）ほど上流の将監橋《しょうげん》の両岸わきにも、屋台の灯りがあった。

将監橋からつぎの赤羽橋ちかくの町家までは武家屋敷の塀だ。新堀川ぞいは空き地で、北岸は増上寺の土手がつづく。

屋根船が、川面をすべるようにおいこしていった。将監橋から一町半ほどで、道は南へふくらむなだらかな弧を描いている。

北岸が増上寺への入堀になっている南岸に桟橋がある。屋根船がその桟橋へつけられた。

隼人は、背後へ眼をやった。

半町（約五四・五メートル）ほどのところをよこひろがりにならんだ袴姿《はかま》の四名がやってくる。

提灯をもたず、羽織もなしだ。

隼人は、顔をもどして羽織の紐をほどいた。歩きながら、右腕をぬき、小田原提灯をもちかえて左腕もぬく。小田原提灯を左手にもどし、右手で襟をつかんでまえにもってきて手早くまるめて左脇にはさむ。

屋根船舳の障子があけられ、羽織なし袴姿が三名でてきた。

桟橋から岸へあがり、空き地を斜めにつっきってくる。

隼人は、大名屋敷の海鼠《なまこ》壁により、まるめた羽織をおいて小田原提灯の柄をさした。草履をぬぎ、小田原提灯が右になるように二歩すすみ、塀を背にする。

この日は豊後《ぶんご》を腰にしてきた。豆州下田《ずしゅうしもだ》の山里でつねに腰にしていた差料である。二尺三寸（約六九センチメートル）の重厚な造りで、手になじんでいる。

師が編みだした月影は、両足を肩幅の自然体《じねんたい》にとるか、左足を足裏のはんぶんほどひいた右半身にとる。これで、正面、左右いずれの敵にも対することがかなう。だが、居合の疾《はや》さにおうじることができなかった。

月影は下段におとした刀身を右ではなく左へ返す。隼人は、おおきく半歩ひいた左足をややひらいた右半身の構えをくふうしている。右肩がかなりまえにでるので、ひっきょう、敵はこちらの右を狙うことになる。敵の斬撃に、左足を踏みこむか、右足をひくことで後《ご》の先《せん》をとる。

これが、〝防〟すなわち〝陰《いん》〟の構えである。〝攻〟すなわち〝陽《よう》〟の構えも考えた。

おなじく左足を半歩ひいて右肩をだす右半身にとる。鍔《つば》のしたを右手で握り、左手は親指と人差し指とで柄頭《つかがしら》をはさむようにしてそえ、棟を左の二の腕から肩にあてて刀身を隠す霞《かすみ》にとる。これを〝霞月《かすみづき》〟と名づけた。

朝稽古で習得につとめている。が、はたして、じっさいの敵に対することができるのか。

左から三名、右から四名の敵が迫りつつある。左右ともにおおよそ十間（約一八メートル）。いまだ影絵のごとくで表情が読めない。

油断のない足はこびでちかづいてくる。

多勢に対するには、仕掛け、数を減じるが常道である。左手を鞘《さや》にあてて鯉口を切り、豊後を抜く。

さそわれて敵七名がいっせいに抜刀。小走りになる。

敵の並びが乱れる。

豊後を霞月にとり、右へ上体をむける。一歩、二歩めで小田原提灯を跳びこえ駆ける。

敵四名が悪鬼の形相となり、白刃を上段へもっていく。

間合を割る。

右端が突っこんできた。

「死ねーッ」

大上段からの白刃が夜気を裂く。

隼人はとびこんだ。豊後が左肩から右斜めうえへ奔《はし》る。上段から薪割《まきわ》りにくる敵白刃の鎬《しのぎ》を叩く。

——キーン。

甲高い音が夜陰を震わせて尾を曳く。

左足をおおきく踏みこみ、左肩を敵にぶつけて上体を捻《ひね》る。二番手の一撃が右肩さきを落下。上体を反転させながら蒼白く光る豊後が夜を薙《な》ぐ。

二番手の左肘《ひじ》を断ち、左胸から心の臓を裂いて奔る。豊後が背に抜ける。ひいた右足を立てて躰をのせ、右脚を軸にして回転。

豊後が唸《うな》る。ふり向きながら白刃を上段にとった一番手の右胸から左胸へ、一文字に着衣と肉とを裂き、肋《あばら》を断つ。

二番手がくずおれ、一番手の眼から光が失せる。

隼人は、背後へ跳んだ。

「こやつめッ」

三番手が、右斜めから両手をのばして突きにきた。白刃の切っ先が喉に迫る。

右足が地面をとらえる。左下段から豊後が疾風と化す。牙を剝《む》かんとする白刃を弾く。そのまま弧を描かせ、左からの逆袈裟懸《ぎゃくけさが》け。

切っ先が敵の右脇したに消える。着衣が裂け、豊後が奔り、斬り口が石榴《ざくろ》の実と化す。

「ぎゃーあっ」

三番手が右肩からくずおれていく。

豊後にさっと血振りをくれ、青眼にとる。とびこみかけた四番手が思いとどまる。

残り三名が駆けてくる。

青眼から霞月へ。左足、右足と四番手へ迫る。

四番手が、青眼から上段へ白刃をもっていく。せつな、隼人は、左足で地面を蹴り、間合を割ってとびこんだ。

大上段からの白刃。豊後が斜めうえに奔る。左足、右足と地面につく。豊後の切っ先が四番手の左胸を薙ぐ。柄頭から左手を離し、左足をひいて上体をひらく。敵の白刃が左胸さきを落下。

敵の左脇したを抜けた豊後の切っ先で天を刺す。柄頭に左手をもっていく。敵がまえのめりになる。豊後が雷《いかずち》と化す。背から左胸と左二の腕を両断。

四番手が声を発することもなくつっぷす。

豊後にすばやく血振りをくれ、さっ、さっ、さっとさがり、青眼にとる。

駆けてきた三名が、立ちどまり、肩を上下させる。怠惰な暮らしで日々の鍛錬をないがしろにしている。だが、それでも遣える。あきらかに人を斬り慣れている。やはり人数の多いほうが技倆《ぎりょう》でおとっていた。挟み撃ちを崩すなら人数のすくないほうをえらぶ。そう読んでいたのだ。三名で対峙《たいじ》、四名で背後を襲う。もくろみが狂い、三名の眼に抑えた怒りの炎《ほむら》がある。

だからひらかない。囲めば後背を狙う利があるが、個別に対する不利もある。たがいの間隔を二間（約三・六メートル）ほどにとり、こちらを要《かなめ》にした半開き扇子《せんす》のかたちで、刀を青眼に構えて、じりっ、じりっと詰めてくる。

正面が痩身狐眼《そうしんきつねめ》、左が長身なで肩、右が蝦蟇《がまがえる》のごとき短軀《たんく》ぎょろ眼だ。

隼人は、左足を半歩ひき、豊後の棟を左肩にあてた。右肩をまえにだし、刀を左肩霞にもっていく構えに、三名が足をとめる。

狐眼が眉根をよせて眼をほそめ、青眼にとった刀をわずかにひいた。なで肩とぎょろ眼とが、用心ぶかく左右にひらいていく。

隼人は、右肩が正面の狐眼と右へうつりつつあるぎょろ眼とのまんなかにくるようにした。

なで肩とぎょろ眼とがとまる。ほぼ直角に扇子をひろげたかたちになった。

三名が腰をおとして摺《す》り足になる。

隼人は、狐眼の足に眼をおとした。ゆっくりと息を吸ってしずかにはき、臍下丹田《せいかたんでん》に気をためる。

三名が迫る。

待つ。

初夏の夜風に、羽織に柄をさした小田原提灯が揺れた。

三名の影がうごき、白刃がいっせいにはねあがる。蒼穹《そうきゅう》を突き刺し、三方向から夜を裂く。

左右が速い。いや、まんなかの狐眼がまをとった。策だ。焦ったこちらが左右いずれかにかかれば、後背を襲う。

右肩をつきだして刀を左霞にとった右半身の構えゆえ、敵は右のぎょろ眼にかかるとみている。が、こちらも刀をまじえるは初めてではない。

隼人は、右のぎょろ眼に殺気を放った。ぎょろ眼が眦《まなじり》を決して両腕を突きあげる。そのぶん、寸毫《すんごう》のまがあく。

左足をおおきく狐眼へ踏みこみながら豊後を薙ぐ。

豊後が一文字に剣風を曳き、狐眼からぎょろ眼へ蒼白い稲妻《いなずま》を放つ。とびこみかけたふたりがとどまる。

左足で爪先立ち。右足を勢いよくひく。左脚を軸に躰をまわす。右足をつけ、左足に弧を描かせる。豊後が吼《ほ》える。

まっ向上段から面を狙ったなで肩の白刃鎬《しのぎ》を弾く。刀身を返し、袈裟懸け。なで肩の右二の腕を両断。左肩先から右脾腹《ひばら》へ、豊後が奔る。

なで肩が顔を歪《ゆが》め、口をひらく。が、声にならない。右腕から血が迸《ほとばし》る。左肩からくずおれていく。

隼人は、後方へとんだ。

倒れてくるなで肩を、狐眼とぎょろ眼とが避ける。

豊後を左したに血振り。左足を半歩ひき、刀身を左に返して月影の構えをとる。

突っ伏したなで肩をまわった狐眼とぎょろ眼が、足を止め、いぶかしげに眉根をよせる。つねならば右に返す刀身を左に返す構えにとまどっている。

素早く眼をあわせたふたりが、かすかに顎をひく。やや腰をおとし、摺り足で左右にひらいていく。

隼人は、ゆっくりと息をすって、しずかにはいた。顔は狐眼にむけ、右肩はぎょろ眼にむける。狐眼の肩のうごきを見る。右足をひらき、躰をのせて左足をひく。ぎょろ眼も、青眼の切っ先をむけて右へひらきつつある。

二間半（約四・五メートル）。なお、ひらかんとしている。挟み撃ちにする気だ。

狐眼が右足をひらき、躰をのせる。

静から動。

豊後を高八相《たかはっそう》にもっていきながら、ふたりのまんなかにとびこむ。

「なにっ」

意表をつかれた狐眼が声をあげる。

「こやつッ」

右足をひいて躰をむけたぎょろ眼が上段に振りかぶる。

駆けぬけんとしたは見せかけ。踏みこんだ左膝をおって躰をのせ、上体をそらせて右斜め後方へ跳ぶ。

「おのれッ」

躰をむけなおしたぎょろ眼が、あらためて振りかぶる。

右足が地面をとらえ、左足もついた。左足に躰をのせ、とびこむ。

上段から薪割りに敵の白刃。豊後が雷光と化して袈裟にきらめく。敵の左腕を両断。左胸に消えた切っ先が右脾腹に奔る。

ぎょろ眼の顔が苦悶《くもん》に歪み、口をあける。が、心の臓を断たれ、眼から光が失せる。血が滲《にじ》み、泡となり、噴きだす。

隼人は、後方に跳んだ。

柄《つか》を握る左腕とともに白刃が落ち、ぎょろ眼が左肩から崩れる。

左から殺気と剣風。

下段の豊後を左に返し、滝登り。渾身の一撃を弾きあげる。狐眼が白刃を八相にもっていく。

豊後の切っ先が燕返《つばめがえ》しに飛翔《ひしょう》。敵の左頸、血脈を断つ。石榴の実となった頸から血《ち》飛沫《しぶき》。

隼人は、うしろへおおきく跳んだ。

狐眼が右肩からくずおれる。

口をすぼめて、息をはきだす。残心の構えを解き、豊後に血振りをくれる。懐紙をだして、刀身をていねいにぬぐい、鞘にもどす。

いまいちど、肩で息をする。

背をむけ、小田原提灯のところへ行く。着衣を見おろす。小袖も袴も、血の跡が赤黒いしみになっている。

手拭をだして顔にあてた。

顔にはついていない。

手拭を懐にしまう。

小田原提灯をとって柄《え》をくわえ、羽織の埃《ほこり》をはたいて着る。嚙《か》んでいた柄を左手にもち、道のまんなかを夕凪へいそぐ。

橋よこの屋台の者も、夜道を足早にすぎる武士の姿にちらっと眼をくれただけだった。

夕凪の腰高障子はあいていた。

暖簾をくぐって土間にはいり、声をかける。さわがでてきた。眼をみひらき、板間に膝をおる。

二階で、三名が廊下に音をたてた。

左手で刀をさげた平内がおりてきた。

顔をこわばらせている。

「幾人《いくたり》にござりましょう」

「七名」

「いずこにて」

「将監橋から三町（約三二七メートル）ほどのところだ」

平内が、ふりかえった。

「文蔵はついてきな。晋吉、おめえは手先をあつめてきてくんな」

ふたりが、うなずく。

さわがもってきた弓張提灯をうけとった文蔵が、草履をはいて土間におりた。平内がつづく。

文蔵がさきになる。横道から表通りにでたところで、半歩左斜めうしろにいた平内が声をかけた。

「おそばをよろしいでしょうか」

「むろんだとも」

平内がならぶ。

「どういうことにござりましょう」

隼人は首をふった。

「通夜のおりは、こちらも用意をととのえておった。意表をついたのやもしれぬが、わからぬ」

金杉橋をおれると、股引《ももひき》に法被《はっぴ》姿の者が駆けてきた。文蔵を見て、安堵《あんど》の表情をうかべる。

「お、お、親分、そ、そこで大勢死んでおりやす」

「わかってる。いまから行くとこよ」

法被姿が道をあけ、平内に低頭した。

七名ともすでに死んでいた。

平内が言った。

「あとはそれがしが始末いたしまする。どうぞお帰りください」

「雑作をかける」

隼人は、一揖《いちゆう》して帰路についた。

第二章　伊賀忍

一

翌初夏四月十日。

夕七ツ（四時四十分）になろうとするころ、小四郎がおとないをいれた。

毎朝顔をだす使いに弥生が言付けなり文《ふみ》なりをたくしたのであれば、一両日のうちにおとずれるであろうと思っていた。

客間に案内した弥生が、声をかけ、障子をあけたまま厨《くりや》へむかった。

隼人は、部屋と客間との障子をしめて、小四郎の正面で膝《ひざ》をおった。

暖かいので縁側の障子は両側にあけてある。竹林《ちくりん》に明るい陽射しがふりそそぎ、鶯《うぐいす》や小鳥のさえずりが聞こえた。

かるく低頭した小四郎が上体をもどす。

「今朝、弥生より文がございました。殿は、城中におきまして北町奉行主計頭《かずえのかみ》さまよりお聞きしたとのことにござりまする。ご下城なされ、すぐにお召しがございました。たびたび襲われしをご案じになっておられまする。再度、ご存念をおたずねするよう申しつかりました」

「ご高配ありがたくぞんじます、と叔父上におつたえしてくれ。以前にも申したが、武運つたなくして敗れることになろうとも、敵に挑まれて背をむけるわけにはゆかぬ。ただ、解せぬことがある。なにゆえ総力でこぬ」

小四郎が、眉根《まゆね》をよせて小首をかしげる。

顔をあげた。

「たしかに。これまで、つねに小人数にござりました。ご府内、しかも御堀（外堀）ぞいや、増上寺《ぞうじょうじ》の近傍《きんぼう》ゆえ、多人数をはばかったのではござりますまいか」

「かもしれぬ。が、釈然とせぬ」

すずが盆で茶をもってきた。茶碗をおいて廊下にさがり、盆を右横において三つ指をつき、障子をしめて去った。

隼人は、茶を喫して茶碗をもどした。

「仕返しを覚悟で小菊を殺《あや》めたは、わたしに平常心を失わせ、誘いだしていっきに決着をつけんがためであろう」

「そう思うておりました」

「そのつもりでいたが、不都合がしょうじたのやもしれぬな」

「どういうことにござりましょう」

「今朝から中食《ちゅうじき》のあとまで、これまでのなりゆきをあらためて考えてみた。そもそもはわたしの父母に非がある。父親が約定したのであれば、母は許嫁《いいなずけ》の身であり、輿《こし》入《い》れはまだでも妻と同然だ。わたしがらみの藤堂《とうどう》家については弥生もくわしいゆえ、いくつかたしかめた。まちがってることがあれば教えてくれ」

伊勢《いせ》の国久居《ひさい》藩五万三千石藤堂家は、高虎《たかとら》を藩祖とする津《つ》の藤堂家三十二万三千石の分家である。

ただし、津の石高は久居の石高をふくんでいる。したがって、文献によっては津の石高を二十七万石と記載しているものもある。

久居の十一代高矗《たかなお》は、寛政《かんせい》二年（一七九〇）晩秋九月二日に久居で死去する。享年二十歳。翌初冬十月二十九日、本家からまねかれた九歳の高兌《たかさわ》が跡を継いで十二代となる。

「……久居の老臣らは、十一代の無念と、父と母、西尾《にしお》松平家への恨みを年若い十二代にくりかえし説いたとしよう。十二代は久居から本家の津を継いだあともそれを忘れなかった。ここまではよいか」

小四郎がうなずく。

隼人はつづけた。

「だが、分家のできごと、しかも三十五年余も昔のことだ。それをいまだに根にもち、配下の伊賀者をつかってお藤元でわたしの命を狙わせておる。江戸にて、老中が甥《おい》の命をたびたび狙う。津の老臣らはどう思うておるのであろうか」

「つまり、小菊を殺めて宗元寺さまを誘いだし、総掛りでお命をちょうだいせんとしたが、あまりのなりゆきに老臣のどなたか、あるいはそろって異をとなえた」

「主君に忠実な者もおろう。が、主君よりお家だいじと思う者もおるのではあるまいか。それで、あらかじめ申しておくがむりをしてはならぬ、藤堂家当代和泉守《いずみのかみ》のひととなりと、上屋敷の老臣らがことをさぐってもらえぬか」

「承知つかまつりました」

茶を喫した小四郎が辞去した。

翌々日の十二日朝、竹次が、夕刻に秋山平内が文蔵と晋吉とをともなってたずねたいとの言付けをもってきた。隼人は承知し、弥生に告げた。

夕七ツ(四時四十分)の鐘から小半刻(三十五分)ばかりがすぎたころ、三人がきた。

すぐに、弥生とすずが食膳をはこんできて、酌をして去った。

平内が言った。

「やはり品川宿《しながわじゆく》かいわいの用心棒どもにござりました。いなくなったは八名で、数があいませぬが、まず、まちがいあるまいとぞんじまする。そのことにからみまして、高輪《たかなわ》から品川宿にかけて用心棒代の相場があがっているそうにござりまする。そのため、内藤新宿《ないとうしんじゆく》や板橋《いたばし》宿、千住《せんじゆ》宿あたりから、用心棒稼業の浪人どもが品川宿にあつまってきているよしにござりまする」

隼人は、鼻孔から息をもらし、ちいさく首をふった。

「斬って冥土《めいど》へ送ることで、かえって刺客を招来しておるわけか。際限がないな」

平内が、眉間《みけん》に懸念をきざむ。

「大勢斬っておられまする。それが噂になっているということにござりまする。自惚《うぬぼ》れをふくめ、腕におぼえがある者どもにござりましょう。お気をつけ願いまする」

「かたじけない」

隼人はかるく低頭した。

「昨夜《さくや》、八丁堀《はっちょうぼり》の居酒屋で本所深川《ほんじょふかがわ》が持ち場の岡本弥一郎《おかもとやいちろう》と一献かたむけました。木場の材木問屋紀州屋《きしゅう》善右衛門《ぜんえもん》と芸者糸次《いとじ》の一件と、大島町《おおしまちょう》の紙屋大森《おおもり》屋の娘きよと手代定吉《さだきち》の一件につきまして、岡本よりくれぐれもお礼をとたのまれました。それと、岡本が酒に誘ったは、いささか気になることをつかみ、それがしにもらすことでお耳にいれんがためと思われまする」

平内が、諸白《もろはく》（清酒）で喉《のど》をうるおしてつづけた。

「深川へはしばしばおいでになっておられるのでごぞんじと思いますが、富岡八幡《とみがおかはちまん》宮《ぐう》の鳥居を背にした正面は栈橋がいくつもある船入《ふないり》で荷揚場になっておりまする。右には蓬莱《ほうらい》橋があり、大島《おおしま》川ぞいに道がござりまする。船入の右が永代寺門前《えいたいじもんぜん》町《ちょう》、左が永代寺門前東《ひがし》仲町《なかちょう》にござりまする。左は川ぞいに道がなく、料理茶屋や船宿などがならんでおりまする。かどに万年楼《まんねんろう》という料理茶屋がござりまする」

平内が、眼でといかける。

隼人は、眉をよせ、すぐに想いだした。

「材木問屋の木曾《きそ》屋が、駕籠《かご》でやってきて、裏木戸から大島川の栈橋に待たせておいた屋根船にのった料理茶屋……まさか」

平内が首肯する。

「そのとおりにござりまする。糸次をふくむ五名の芸者を夕七ツ（春分時間、四時）からふた座敷、夜五ツ（八時）までおさえ、前夜に断りをいれたは木曾屋にござりまする。言いしぶる亭主を、御番所へしょっぴくと脅して口をひらかせたそうにござりまする。木曾屋がまねいたあいては二名。ひとりが沼津《ぬまづ》水野《みずの》家江戸家老土方縫殿助《ひじかたぬいのすけ》。いまひとりが浜松《はままつ》水野家の江戸家老拝郷兵衛《はいごうひょうえ》にござりまする」

隼人は腕をくんだ。

沼津水野家とは、老中首座の駿河《するが》の国沼津藩四万石水野家だ。浜松水野家は、遠江《とおとうみ》の国浜松藩六万石で寺社奉行の水野家である。城主の和泉守忠邦《いずみのかみただくに》は、のちに老中となり、天保《てんぽう》の改革をおこなう。おのが野心を隠そうともしない出世亡者であった。

平内がつづけた。

「亭主は、座敷代を固辞し、ふた座敷（四時間）と直し半刻（一時間）ぶんの芸者たちの花代はあずかったとのことにござりまする」

「料理茶屋へは行ったことがないゆえ教えてくれ、座敷の断りをいれるにはそこまでせねばならぬものなのか」

平内がかすかにほほえむ。

「このように申しておきまする。人によりまする。殺しがらみゆえ、岡本は木曾屋へまいったそうにございまする。木曾屋は、先様のつごうで断らざるをえませんでした、つぎのおりに、芸者たちに機嫌よく座敷をつとめてもらうためにございます、とこたえたそうにございまする。糸次につきましては、先様より呼んでくれとの仰せがあったとか」

「なるほど。非の打ちどころがないな。だからこそ、勘ぐれなくもない」

「岡本もそう申しておりました。それがしもきな臭さをおぼえまする。ですが、あいてがあいてゆえ、詮索《せんさく》いたしかねまする」

「あいわかった。沼津水野家と浜松水野家の江戸家老、双方もしくはどちらかが先月の二十九日に深川の料理茶屋万年楼に行くはずであったかを、鵜飼小四郎にさぐれるか訊《き》いてみよう」

「お願いいたしまする。やりようがあからさますぎる気もいたしまする。まさかと思わせんとしているのであれば、かなりの策士にございまする」

「紀州屋も木曾屋も木場で五指にはいる材木問屋であったな」

平内がうなずく。

「岡本が、木場をさぐるのに文蔵の手をかりたいと申しますので承知いたしました。それと、紙屋の娘きよと手代定吉につきましてわかったことがござりまする」

定吉は南伝馬町《みなみてんまちょう》二丁目の紙問屋山本屋《やまもと》の三男である。手先をやり、ひととおりは聞いている。

昨日《さくじつ》、岡本弥一郎は、朝のうちの見まわりを臨時廻りにたのみ、みずから山本屋へでむき、主《あるじ》の利兵衛《りへえ》に会った。

大森屋作左衛門が、いずれ定吉を婿にむかえたいと申しいれてきた。山本屋利兵衛は、ありがたい話であり、きちんと育てたつもりではいるのだが、まだよそさまへだしたことがない、商いの修業ということでしばらくあずかってようすをみていただきたいと言った。それで、これならばということであれば、あらためて話をうけたまわりたい。

「……川越《かわごえ》城下の紙屋嫡男というのも山本屋の思いつきだそうにござりまする。嫡男とひとり娘。それではむすばれる道理がござりませぬ。双方で相談して、婿にする気がないので嫡男ということにしたのではないか。定吉はそのようにうけとり、思いつめたのではあるまいか。次男か、三男にしておけばまちがいはおきなかったかもしれず、あさはかにございましたと、山本屋はくやんでいたそうにござりまする」

「嫡男を江戸へやって修業させる。次男三男よりもっともらしく聞こえる。人は、おのがこしかたをふりかえり、ああすればよかった、こうすればよかった、とくやむ。ところで、ふと思いついたにすぎぬのだが、何者かがたくらみ、紀州屋善右衛門と芸者糸次とを寮で殺めたのだとする。夜分でもあり、駕籠は考えにくい。つかったは屋根船であろうな」

「そう思いまする」

「きよと定吉は屋根船で逢引《あいびき》をしていた。寮での殺しはひとりのしわざではあるまい。一味をのせた屋根船は、大島川から大川にでることにした。その桟橋で屋根船からおりようとしたのやもしれぬ。すると、灯《あか》りのない屋根船の座敷によもやの若い男《なん》女《にょ》がいて、でくわしてしまった」

わずかなまがあり、平内が畳におとした眼をあげた。

「ありえまする。岡本に申しつたえまする。いまひとつ、ご報告したきことがござりまする。文蔵」

「へい。申しあげやす。手先もつかい、柳橋の置屋や料理茶屋などをあたりやした。小菊は馴染客《なじみきゃく》がほとんどで、気になる客はおりやせんでした。見おとしってこともありやすんで、気の利いた手先にひきつづきあたらせておりやす」

それからしばらくして、暮六ツ（七時）の鐘が鳴った。料理を食べた三人が、持参した小田原提灯《おだわらぢょうちん》の蠟燭《ろうそく》に火をともし、挨拶《あいさつ》をして去った。

翌々日の十四日の朝、小四郎より文があり、叔父が夕餉《ゆうげ》をともにとのことであった。隼人は、承知したと使いにつたえさせた。

麻布《あざぶ》の妙善寺から大名小路《だいみょうこうじ》の上屋敷まで一里（約四キロメートル）余。夏の昼は一刻がながいので半刻（一時間十分）たらずだ。

夕七ツ（四時四十分）の鐘でしたくして宿坊をでた。叔父が声をかけ、やってきた若侍たちがさしむかいで三の膳までの料理を食べた。

食膳をさげた。

叔父が背筋をのばす。柔和さが消え、老中松平和泉守の表情になった。懐から二つ折りにした半紙をだして手をのばす。

隼人は、膝行《しっこう》してうけとり、もどった。

叔父が言った。

「他聞をはばかるゆえ、小四郎にしたためさせた。まずは見るがよい」

隼人は、眼をおとした。

・間宮筑前守信興《まみやちくぜんのかみのぶおき》、七百石、五十五歳。文政《ぶんせい》五年（一八二二）晩夏六月十三日、長崎奉行より作事奉行。

・佐野肥後守庸貞《さのひごのかみつねさだ》、七百石、六十八歳。本年初夏四月十二日、普請奉行より作事奉行。

・大河内肥前守政良《おおこうちひぜんのかみまさかた》、五百石、七十三歳。同日、小普請奉行より普請奉行。

・夏目左近将監信平《なつめさこんしょうげんのぶたみ》、七百三十石、七十六歳。同日、西丸留守居《にしのまるるすい》より小普請奉行。

『新訂　寛政重修諸家譜《かんせいちょうしゅうしょかふ》』（平成八年六月三十日　第七刷）に、夏目信平は安永《あんえい》九年（一七八〇）初夏四月四日に三十三歳で遺跡を継いだとある。『寛政譜以降旗本家百科事典』によれば、死亡は天保四年（一八三三）初春一月二十日。享年八十六歳。二年まえの天保二年（一八三一）に、御三卿一橋《ごさんきょうひとつばし》家の家老になっている。記述を鵜呑みにするなら、高齢まで矍鑠《かくしゃく》としていたことになる。

さらにたどると、夏目信平は婿養子で、山本八右衛門邑旨《やまもとはちえもんむらむね》の七男である。邑旨は宝《ほう》暦《れき》元年（一七五一）初冬十月二十四日に八十六歳で他界している。父子《おやこ》そろって八十六歳の長寿だ。しかも、信平は、邑旨八十三歳での子である。

文献をひもといているとまさかと思う話にでくわす。ある旗本は、まぐわいがきらいだった。しかし、世の習いなので、妻《めと》を娶り、ふたりの子をえた。したがってそれがしは二度しかなにをしたことがござらぬ、とのたまい、自慢げに房事《ぼうじ》を開陳していた同輩らを、呆然絶句、沈黙させた。狙った獲物をはずさぬ百発百中の名人芸である。

虚偽はもっともらしさをよそおう。まさかと思うからこそ、この逸話は事実であろう。八十三歳での子というのも、にわかには信じがたいが、まあ、そういうこともありうるのかもしれない。

隼人は、いまいちど眼をとおした。作事奉行であった間宮筑前守の転出先が書かれていない。病などによる致仕か、お役御免か、死去。

顔をあげる。

「間宮筑前守どののそのごがしるされておりませぬ」

「三月三十日の朝、急病《きゅうやまい》の届けがあったそうな。くわしくは知らぬ。が、目付が検分にまいったであろうゆえまちがいはあるまい。……小四郎より聞いた」

知らぬまに眉を曇らせていた。隼人は、眼をおとした。

「殺めた者を見つけて存分にいたすがよい」

声にいたわりがあった。

隼人はこたえた。

「ぜひとも見つけたく思います」

まがあった。

「ほかに気づいたことは」

「ご公儀のお役についてつまびらかではございませぬが、西丸留守居は閑職と聞きおよびます。ならば、夏目左近将監どのを間宮筑前守どのが後任として作事奉行に任ずればすむように思います」

叔父がうなずく。

「西丸留守居をふくめ、いずれも役高二千石だ。そなたが申すがごとく、夏目左近将監を作事奉行にすればほかはうごかさずともすんだ。西丸留守居は十数人おり、人数はさだまっておらぬ。げんに、左近将監がぬけたままだ。あるいは、有能な者を抜擢《ばってき》してもよい。このうごかしかた、いささか腑《ふ》におちぬ。すでに小四郎にはさぐるよう命じてある。そなたも力をかしてくれ」

「かしこまりました。この書付はいただいてもよろしゅうございますか」

「かまわぬが、心やすくしておる町方とて、むやみと見せるでないぞ。北町の主計頭がかならずしも味方だとはかぎらぬ」

「こころえております」

隼人は、半紙を四つ折にして懐にしまい、辞去した。

鍛冶《かじ》橋御門まで、弓張提灯《ゆみはりぢょうちん》を手にした若い家臣が案内にたった。

枡形《ますがた》の御門をぬけると、御堀に架かる鍛冶橋がある。

隼人は、御堀ぞいを南へむかった。

左手に老中大給《おぎゅう》松平家の家紋いり弓張提灯をにぎっている。が、夜空にはまるいおおきな月と満天の星とがあり、提灯がなくとも歩ける明るさだ。

増上寺の裏をまわれば近道だが、ほとんどが武家地である。ひとけがなく、せまい道が多いので挟み撃ちに遭いかねない。

数寄屋《すきや》橋のてまえで左にまがり、町家のかどをおれながら東海道にでた。

芝口《しばぐち》橋をわたる。新堀《しんぼり》川に架かる金杉《かなすぎ》橋までは半里（約二キロメートル）たらずだ。

表通りのところどころに、一膳飯屋や蕎麦《そば》屋など食の見世《みせ》の灯りがある。横道には縄暖簾《なわのれん》からの灯りがある。提灯をもたない人影は、町内の裏長屋の住人だ。

金杉橋よこの両岸に、屋台があり、縁台がおかれている。

文献の用例をみていると、水茶屋や食の見世においてある半畳から一畳大のものが〝腰掛台〟で、それよりもちいさく脚を固定したものが〝縁台〟、脚が折りたためるものは〝長床几《しょうぎ》〟というようだ。〝床几〟との例もあるが、それだと一人掛けになってしまうので〝長床几〟の省略であろう。屋根のあるちゃんとした造りの仮設水茶屋を〝腰掛茶屋〟というのも、けだし〝腰掛台〟にちなむ。

さらに述べるなら、江戸も初期のころは、地べたに筵《むしろ》を敷いて茶を淹《い》れ、一文で飲ませていた。いつしか、かんたんな葦簾《よしず》囲いや屋根までもうけたものが造られるようになり、腰掛台がおかれた。そして、しだいに緋毛氈《ひもうせん》がかけられて、看板娘が愛嬌をふりまくようになった。

食の見世に行く銭《ぜに》がない裏長屋の独り者は、屋台の田楽《でんがく》や蕎麦と茶碗酒とですきっ腹をなだめる。

隼人は、金杉橋から右へおれた。

一町半（約一六四メートル）ほどさきの将監《しょうげん》橋も背にする。

左が武家地で、右が空き地と川とそのむこうに増上寺。町家を離れると、夜道はいっきにさびしくなる。

大名屋敷の塀がきれ、路地があり、一町（約一〇九メートル）余の町家になった。縄暖簾の腰高障子が、通りに灯りの帯をひろげている。

道はまんなかを歩く。右斜め前方にある赤羽橋《あかばね》のところで、道幅は半町（約五四・五メートル）ほどもある。

赤羽橋の桟橋から灯りがあがってきた。深編笠、羽織袴《はかま》の武士だ。右手で弓張提灯をにぎっている。

身の丈はおのれとおなじ五尺八寸（約一七四センチメートル）ほどだが、肩幅がある。胸板も厚い。

まっすぐにやってくる。隙《すき》のない足はこびだ。が、右手をふさぎ、刀を抜く気がないのをしめしている。

隼人は、立ちどまって躰《からだ》をむけた。

深編笠が、足をとめ、低い声をだした。

「率爾《そつじ》ながら、宗元寺どのにござりますな」

「いかにも。そこもとは」

「百地《ももち》五郎《ごろ》兵衛《べえ》と申しまする」

隼人は眉をひそめた。

「伊賀《いが》の百地か」

「さようにござりまする」

「何用だ」

「立ち話はめだちまする。お供させていただけましょうや」

「よかろう」

五郎兵衛が右横にきた。ならび歩くときは、抜刀して斬りつけることのできる右横が下《しも》だ。

隼人はうながした。

「聞こう」

「柳橋芸者の小菊を手にかけたはわれら伊賀ではござりませぬ」

「それを信じろと」

「甲賀《こうが》の仕返しにそなえるよう達しませんでした。用心させれば、われらがしわざとなってしまいまする。ひとりではなくふたりも殺され、若い者らがいきりたっておりまする。また血が流れますと、おさえきれなくなりまする。いまは、われらがなにを申しても、甲賀は聞く耳もたぬでありましょう。鵜飼小四郎はなかなかの者で、いずれは江戸甲賀の長《おさ》となるであろうと聞きおよびまする。おつたえ願えますでしょうや、伊賀と甲賀とを争わせて漁夫の利をえんとする者がいる、と」

隼人は顔をむけた。

「心あたりがあるのか」

五郎兵衛が首をふる。

「ご府内には多くの忍がおりまする。そのいずれかでありましょう。向後のためにも、かならず見つけ、つぐなわせまする」

「つたえよう。そやつら、見つけたら、教えてもらえぬか。甲賀がさきに見つけたなら、高砂町《たかさごちょう》の奈良屋《なら》にわたしが報せにまいる」

日本橋浜町《はまちょう》川の南岸にある高砂町の古着屋奈良屋は伊賀の忍宿だ。まがあった。

「考えておきまする。さきにしかけさせようとちょっかいをだすやもしれませぬ。死んだ女の身内がおりまする。おさえてはおりますが、懸念がぬぐえませぬゆえお会いしたしだいにござりまする。そのむねも、鵜飼どのにおつたえ願いまする」

「承知した」

「九日宵《よい》の刺客七名も、われらは承知しておりませぬ。ご無礼つかまつりまする」

ちいさく顎《あご》をひいた五郎兵衛が、弓張提灯を左手にもちかえ、足早に去っていく。

中之橋《なかの》よこの桟橋へおりていった。

――半月もたって、命を狙っておるあいてにたのみにきた。逼迫《ひっぱく》しているというこ
とだ。が、そう思わせんとした罠《わな》かもしれぬ。

歩きながらの思案は油断につながる。しかし、弥生にどう告げたものか。

宿坊の玄関で声をかけ、草履《ぞうり》をぬいで式台にあがる。

弥生がやってきた。

蠟燭《ろうそく》を吹き消した弓張提灯をわたす。

部屋にはいり、羽織の紐《ひも》をほどく。

「先月、甲賀忍の芸者が一名、伊賀忍の芸者が二名死んだ」

羽織をぬがす手が、一瞬、とまった。

「ぞんじております」

「百地五郎兵衛と申す者に心あたりがあるか」

「江戸の伊賀忍の長にございます」

袴をぬぎ、帯をといて小袖《こそで》を肩からすべらせる。

弥生が、着替えを肩にかけた。

「その百地が、芸者殺しの件で小四郎につたえてもらいたきことがあると、赤羽橋で

待っておった。明日《あす》、できるだけ早く会いたい」

「これからわたくしがつたえにまいってもよろしゅうございます」

「いや。そなたを誘いだす罠やもしれぬ。明日の朝、使いにいそぎ小四郎につたえるよう告げてくれ」

「かしこまりました」

「すまぬが、銚子のはんぶんでよい、酒をたのむ」

「すぐにおもちいたします」

弥生がぬいだ着衣をもってでていった。

盆に銚子と杯、香の物をもった小鉢をもってきた弥生が、床をのべて去った。

隼人は、注いで飲み、思わぬ敵の出現にたかぶっている気を鎮めた。

二

翌日も朝稽古《げいこ》に汗をながした。連日、刺客との立合を想いだしながら、月影《つきかげ》と霞月《かすみづき》のくふうをしている。

朝五ツ半（八時半）をすぎたころ、小四郎がきた。

客間で対すると、すぐに弥生が茶碗をもってきた。

「兄上、井戸水です」

「ありがたい」

小四郎が、飲みほし、盆に茶碗をおいた。

弥生が盆をもって去った。

隼人は、百地五郎兵衛があらわれてから消えるまでをつまびらかに語った。

「……会《お》うたことはあるか」

「ございませぬ。噂では四十代なかばとのことにございまする。大柄で恰幅《かっぷく》がよいと聞いておりまするゆえ、当人でまちがいあるまいかと。ただ……」

小四郎が小首をかしげる。

「なにが気になる」

「こちらが手にかけた二名の身内はおりましょう。ですが、それをおさえられぬとは思えませぬ。伊賀は甲賀より身分の上下がはっきりしておりまする。江戸伊賀の長である百地が命に、たとえ身内の仇《あだ》とはいえ配下がさからえるものかどうか」

隼人は、記憶を掘った。

「このように申しておった。さきにしかけさせようとちょっかいをだすやもしれませぬ、死んだ女の身内がおりまする、おさえてはおりますが懸念がぬぐえませぬ、と。そのまえに、ひとりではなくふたりも殺され、とも。死んだ女の身内とは、配下ではなくそなたをさしているやもしれぬ」

小四郎が、眉根をよせ、眼をおとす。

ながくはなかった。畳をにらみ、眉間に縦皺《たてじわ》をきざんだままでつぶやく。

「小菊の旦那は、甲賀の忍宿馬喰町《ばくろちよう》近江屋《おうみ》主の久兵衛《きゆうべえ》。が、それは表向きで、思い人は伊賀に命を狙われている老中松平和泉守さまの甥御さま。妙善寺の宿坊にいるのも腕のたつ女忍。ならば、小菊もおそらくは甲賀の女忍。殺めたら、さっそくにも伊賀の女忍と思われるふたりが始末された。だが、それっきりうごきがない。甲賀が一名に伊賀が二名。ならば、ふたたび甲賀の女が狙われれば、伊賀のしわざ」

小四郎が顔をあげた。

「男ならまだしも、女をつづけて狙われたら、それこそおさえがきかなくなりまする。甲賀と伊賀とが殺しあい勢力を失えば、よろこぶは他の忍組。通夜の帰りに宗元寺さまが狙われなんだも合点《がてん》がゆきまする。殿より命じられたことをご相談せねばと思うておりましたが、いそぎ近江屋へまいり、てくばりせねばなりませぬ。ご無礼をお許し願いまする」

「行くがよい」

「はっ。失礼いたしまする」

小四郎が、左脇の刀をとった。

隼人は、玄関まで見送った。

三日後の十八日朝、使いがあり、夕刻に小四郎がやってきた。

疲労の色が濃かった。かつてなかったことだ。

すずとともに食膳をはこんできた弥生も気づかわしげだった。障子がしめられ、ふたりが去った。

隼人は、唇をしめらせて杯をおき、言った。

「なにかあったようだな」

小四郎が、鼻孔から息をもらした。

「殿にお許しをいただき、十五日の夜より近江屋につめておりました。深川芸者の鶴《つる》吉《きち》を憶《おぼ》えておいででしょうや」

隼人は眉をひそめた。

「通夜のおり、わたしの横顔を見つめ、そなたを厨へともなった芸者だな」

小四郎がうなずく。

「昨夜《さくや》襲われました。くわしく申しあげまする」

永代寺と富岡八幡宮との裏を流れる十五間川《じゅうごけん》は、南へおれて一町半（約一六四メートル）余で堀留になる入堀と、北西への本流とに枝分かれしている。本流は油堀《あぶら》と名をかえて大川にそそぐ。

油堀の南岸は、黒江町《くろえちょう》、一色町《いっしきちょう》、加賀町《かがちょう》、佐賀町《さがちょう》とつづく。

鶴吉は、一色町の路地にある二階建て長屋に住んでいる。料理茶屋が軒をつらねる入堀の門前仲町《もんぜんなかちょう》からは二町（約二一八メートル）余だ。

昨夜は、一ノ鳥居がある大通りにめんした門前仲町で座敷があった。半刻（五十分）の直しがあり、客を送ったあとで亭主と女将《おかみ》に挨拶をして料理茶屋をでた。

町木戸がしめられる夜四ツ（十時二十分）までには小半刻（二十五分）あまりもあった。座敷をつとめた表通りの料理茶屋から一色町の住まいまでは三町（約三二七メートル）余である。

途中でほかの芸者たちと別れた。鶴吉には三味線箱をかかえた置屋の若《わか》い衆《しゅ》がしたがっていた。むろん、甲賀忍だ。

油堀にめんした黒江町は、黒江川に架かる黒江橋によってむすばれている。

黒江橋は、長さ六間（約一〇・八メートル）、幅九尺（約二・七メートル）だ。川は水路であり、黒江橋もたもとは盛り土がされてまるみをおびている。

夜空には月があり、星もあった。鶴吉は、左褄《ひだりづま》をとり、右手で料理茶屋の屋号がはいった小田原提灯の柄をにぎっていた。

初夏の川風がここちよかった。

鶴吉がなだらかな橋をのぼりおえると、うしろから灯りがちかづいてきた。一歩斜めうしろをついていた若い衆は首をめぐらした。

舳《みよし》にぶら提灯の柄をむすびつけた屋根船だ。座敷には灯りがない。刻限からすれば客を送った帰りをいそいでいるように見える。

若い衆は顔をもどした。鶴吉がいただきからくだりにかかる。追いこした屋根船が、川面《かわも》をすべっていく。

船頭が身をかがめるのと、艫《とも》の障子があけられるのが同時だった。

若い衆はとびだした。迫る黒い稲妻。一本を、鶴吉が左袖で巻いて受けた。二本を、若い衆が三味線箱で受けた。

船頭が棹《さお》をつかい、屋根船がすべるがごとく去っていく。

若い衆は、三味線箱をまわし見た。伊賀の十字手裏剣が刺さっていた。

斜めうしろの鶴吉に顔をむける。

――だいじないか。

鶴吉が、左腕をくるっとまわしながらよこにのばした。弧を描いてのびた袖がたれ、十字手裏剣が落ちた。

右手は小田原提灯の柄をにぎったままだ。左手で褄をとりなおし、不敵な笑みをこぼした。

――商売物の衣装がだいなし。誰に弁償してもらおうかしら。

隼人は言った。

「ほう。たのもしいな」

「弥生は別格にござりますが、鶴吉も江戸の女忍のなかでは達者なほうにござります。しかしそれも、狙われるやもしれぬとわかっていたからにござりまする」

隼人は察した。小四郎の疲労は、躰よりも心なのだ。百地五郎兵衛の忠告がなければ、今宵あたりから甲賀と伊賀との血で血を洗う諍《いさか》いがはじまっていた。

「早いほうがよかろう。明日《あす》の朝、高砂町の奈良屋へまいり、礼を述べるとしよう」

「申しわけござりませぬ」

「百地五郎兵衛から忠告を聞いたは、わたしだ。だから、わたしが礼にまいる。それだけのことだ。それに、伊賀の忍宿も見ておきたい」

小四郎が、懐から革袋をだして、畳においた。

「手拭《てぬぐい》でくるんだ十字手裏剣が三本ございまする。伊賀のものでまちがいないはずにございますが、おたしかめ願いたくぞんじまする」

「あいわかった」

「それがしは近江屋におりまする。奈良屋のあとでおより願いまする。よろしければ、たまたまやもしれませぬが、いささか気になることがございますゆえ、先月二十九日の宵から晦日《みそか》の朝にかけて亡くなった間宮筑前守さまのお屋敷をご案内いたしまする」

「想いだした。北の定町廻り秋山にたのまれたことがある。おなじ二十九日の夜、木場の材木問屋紀州屋の主善右衛門と深川芸者の糸次とが亀戸村にある紀州屋の寮で死んだ」

ふたりの死について詳細に語った。

「……糸次は、当夜座敷があったのだが、前夜になって断りがはいった。断ったのが、そなたもぞんじておる材木問屋の木曾屋だ。そして、料理茶屋が、先月、木曾屋が駕籠できて裏木戸から屋根船にのった万年楼だ。木曾屋がまねいたあいてが、沼津水野家家老の土方縫殿助と寺社奉行の浜松水野家家老の拝郷兵衛だそうだ。町方では調べようがないので、両名、もしくはかたほうでもよい、万年楼へ行くことになっていたかをできればさぐってもらえぬか」

「わかりましてござりまする。藤堂家当代につきましては郷里《さと》の小太郎《こたろう》に書状を送ってござりまする。江戸表での評判にはいまだ手をつけておりませぬ。まずは殿よりご下命をいただきました件をかたづけねばなりませぬ。ただいまの件も明日《あす》には回状をまわしますが、しばしの猶予を願いまする」

「それでかまわぬ」

それからほどなく、小四郎が辞去した。

翌朝、隼人は古着姿で宿坊をでた。

敵の塒《ねぐら》へのりこむにはきちんとした身なりにすべきだが、ほかにも行くならめだたぬほうがよかろうと思案した。

近道をして増上寺の裏を行き、寺域の北部分をわける切通《きりとおし》をくだる。途中に増上寺の時の鐘がある。

坂をおり、武家地をぬい、御堀のかどにでて土《ど》橋をわたった。

昨日《さくじつ》、道順を小四郎に聞いた。

京橋川をこえ、日本橋のてまえを川しもへむかう。対岸は魚河岸だ。江戸橋で日本橋川をこえ、すぐ右の荒布《あらめ》橋をわたる。

一町（約一〇九メートル）余さきの親仁《おやじ》橋をわたってまっすぐすすみ、つきあたりを左へおれて、つぎの四つ辻を右へ行けば、新和泉町《しんいずみちょう》のさきが高砂町だ。

奈良屋は間口五間（約九メートル）の土蔵造り二階屋だった。

隼人は、暖簾をわけて土間へはいった。番頭と手代だけで、客はいなかった。手代がきて、膝をおり、見あげた。

「お侍さま、どのようなお品をおもとめにございましょう」

「宗元寺隼人と申す。主に会いたい」

名字で笑みが消えて眼をふせた。肩がこわばる。

帳場で番頭が腰をあげた。手代も番頭も心得がある。手代のよこで膝をおった。

「ご用向きをお聞かせ願います」

「手荒なことをしにまいったわけではない。見てもらいたきものがあるだけだ」

番頭が、眼をおとし、小首をかしげた。

「お待ち願います」

一礼して腰をあげ、奥へ去った。

ほんらいであれば、このような事態のために、甲賀の忍宿近江屋と伊賀の忍宿奈良屋とは所在をつまびらかにしている。が、おのれをはさんで、両者は諍いのさいちゅうにある。小菊の死を、甲賀は宗元寺隼人がらみに相違ないときめつけ、ただちに伊賀の女忍二名を始末した。

小四郎なり甲賀の者がたずねれば、おのれらが非を認めたことになる。

奥から中背痩身があらわれた。五十代なかばくらいであろう。眼光がするどい。一歩斜めうしろに、番頭がしたがっている。

やってきたふたりが、かるく低頭して膝をおった。

「主の次左衛門《じざえもん》と申します。ご用向きをうけたまわります」

隼人は、懐にゆっくりと手をいれ、革袋をだした。身構えていた番頭と手代が肩の力をぬく。

「十字手裏剣がはいっておる。伊賀のものかたしかめてもらいたい」

次左衛門が両手でうけとった。

「拝見いたします」

次左衛門が、紐をほどいて口をひろげ、手拭包みを慎重にだす。革袋を膝におき、手拭をのせ、親指と人差し指とでつまんでひらいていく。

十字手裏剣を見て、すぐに眼をあげた。

「相違ございません」

「一昨日《いつさくじつ》の夜四ツ（十時二十分）まえ、深川の油堀、黒江町の橋で、芸者がそれで襲われた。甲賀の者が三味線箱をもってしたがっており、芸者も用心していたのでふせげた。百地五郎兵衛につたえてもらいたい。礼を申す」

「うけたまわってございます」

「じゃまをした」

隼人は、踵《きびす》を返した。

浜町川にでて川ぞいの道を上流へむかう。五町（約五四五メートル）ほどさきの土橋をわたれば馬喰町の通りだ。

ひとつてまえの緑《みどり》橋をわたる。通《とおり》塩町《しおちょう》、横山町《よこやまちょう》が一丁目から三丁目までつづき、両国橋西広小路《りょうごくばしにしひろこうじ》にでる。

隼人は、二丁目と三丁目との横道にはいった。

つぎの通りの右かどに近江屋がある。

暖簾をわけて土間にはいる。手代が腰をあげて奥へむかう。七、八歳くらいの女児をつれた裏長屋の女房が顔をむけ、もどした。板間に幾枚もの子どもの着物がひろげてある。

左手で刀をさげた小四郎のうしろから主の久兵衛がついてきた。久兵衛が膝をおり、小四郎が土間へおりて刀をさした。

隼人は、小四郎に言った。

「待たせたな。まちがいなかった」

「ご雑作をおかけしました」

久兵衛に顎をひく。

横道ではなく表通りのほうの暖簾をわけた。両国橋西広小路にでたところで、右斜め半歩うしろにしたがっていた小四郎が、てのひらで上流をしめした。

浅草御門から十四町（約一五二六メートル）ほど上流にある筋違《すじかい》橋御門までの神田《かんだ》川南岸を柳原《やなぎわら》土手といい、まえの通りを柳原通という。土手を背にしてさまざまな床《とこ》見世《みせ》がならんでいる。ゆきかう者も多い。

筋違橋御門を背にしたところで、小四郎が右半歩斜めまえにでた。

しだいに坂道になる。駿河《するが》台《だい》の武家地だ。大名家の上屋敷や幕臣の屋敷が密集している。

道なりに坂をのぼり、二度かどをおれた。

小四郎が、横顔をむけてささやいた。

「左が間宮筑前守さまがお屋敷にござりまする」

とおりすぎ、つきあたりを右におれ、ふたつめのかどを左へ行くと、二町半（約二七三メートル）ほどで神田川の土手にでた。

右まえに稲荷があり、そのさきに水道橋《すいどう》がある。

水道橋から下流の昌平橋《しょうへい》までは渓谷《けいこく》になっており、江戸名所のひとつにかぞえられる。そして、水道橋の対岸は、十万坪余もある水戸《みと》徳川家の上屋敷かどだ。

稲荷社の裏にまわる。

川は水路であり、水道橋の両岸には桟橋がある。

小四郎が言った。

「ここにひそんでいたとします。上流の牛込御門《うしごめ》か市ヶ谷《いちや》御門の桟橋で待っていた屋根船がくだってきてそこの桟橋でひろう。そのままくだり、福井町《ふくいちょう》にちかい桟橋でさらにひろう。いかがでござりましょう。忍が三名いれば、躰をおさえつけ、痕《あと》をのこさず死にいたらしめることができまする」

やりかたを語った。ひとりが両膝で顔をはさみ、濡れた紙で鼻と口とを塞《ふさ》ぎ、片手で紙をおさえ、片手で声がだせぬように顎をおさえる。ふたりめが腹に尻をのせ、両膝で腕をおさえ、片手で胸を、もう片手でひとりめを助勢する。さんにんめが両膝に尻をのせて脚をうごけなくする。

これを、三名で息をそろえてやる。

「殺しかもしれぬわけか」

「できなくはござりませぬ。間宮さまにつきまして、さらに調べておりまする」

「うむ」

隼人は、ほかのことを考えていた。

「もどろうか」

間宮のとなり屋敷よこの道が坂になっていた。隼人は、そこをくだっていった。二町（約二一八メートル）余の丁字路《ていじろ》で左右を見る。右の道が二十間（約三六メートル）ほどでつきあたり、左におれている。

おれたさきに橋があった。隼人は、橋のたもと右横にたちどまった。顔をむけ、よこにくるよう小四郎をうながす。

橋の左の川幅はひろくなっていき、右はせまく、一町半（約一六四メートル）ほどで堀留になっている。

「この橋の名をぞんじておるか」

「蟀《こおろぎ》橋と申しまする。二町（約二一八メートル）ほど左の橋が俎《まないた》橋、わたったさきが九段坂《くだんざか》で町家は飯田町《いいだまち》にござりまする。屋敷より、水道橋までと俎橋までが、いずれも六町（約六五四メートル）ばかり。俎橋のほうがいくらかちかいように思いまする。ですが、町家はおそくまで縄暖簾などがあいておりまする。屋敷より去るなら、水道橋のほうではあるまいかと愚考いたしました」

「そうやもしれぬ。さきほど想いだしたのだが、おなじ夜、俎橋よこで屋台の蕎麦売りが殺された。歩きながら話そう」

隼人は、川しもへ躰をむけた。小四郎がよこにならぶ。

屋台の蕎麦売りが水月《みぞおち》を刺されて巾着《きんちゃく》を奪われていたことと、名などわかっていることを語った。

一膳飯屋で中食《ちゅうじき》をすませ、呉服《ごふく》橋のまえで上屋敷へ行く小四郎と別れた。

隼人は、湊町《みなとちょう》の夕凪《ゆうなぎ》によって宿坊へ帰った。

三

夕七ツ半（五時五十分）じぶんに秋山平内と晋吉とがきた。文蔵は深川に行っているとのことであった。

弥生とすずとが、食膳をはこんできて、酌をして去った。

隼人は、平内に顔をむけた。

「都合も訊かず急にきてもらい、礼を申す」

「いつなりともご遠慮なく。おじゃまできぬさいは竹次を走らせまする」

「かたじけない。きてもらったはあらたなことがわかったからだが、順をおって話す。十四日の宵、上屋敷にて叔父と夕餉をともにしての帰り、赤羽橋で江戸伊賀の長が待っておった」

百地五郎兵衛とのやりとりを詳細に語った。そして、十七日の宵、くわしい場所と名とをふせ、深川芸者が十字手裏剣で狙われたことを話した。

「……今朝、伊賀の忍宿へまいり、十字手裏剣をたしかめてもらった。伊賀のものに相違ないとのことであった。むろん、しめしあわせての芝居というのもありえなくはないが、信じてもよいと思う。つまり、何者かが甲賀と伊賀との殺しあいをたくらんでおる。それがひとつ。そのあと、鵜飼小四郎に会い、駿河台へまいった。先月晦日の朝、駿河台にある作事奉行間宮筑前守屋敷から急病の届けがでた」

平内が、眉をひそめ、眼をほそめた。

隼人は首肯した。

「あの朝だ。小四郎は、殺しやもしれぬと示唆《しさ》しておった。屋敷から六町（約六五四メートル）ほどで神田川の水道橋がある。小四郎が水道橋に眼をつけたは、下流に柳橋があるからだ。わたしは、よもやと思い、小四郎をともなって屋敷へもどり、南へくだってみた。掘割があり、二町（約二一八メートル）ほど下流に俎橋があった。小四郎によれば、俎橋までも六町ほどだ。忍が三名おれば、濡れた紙で口と鼻とをふさいで声をだせぬようにおさえ、手足もうごかせぬようにすれば、痕をのこさずに殺せると申しておった。俎橋の桟橋に屋根船が舫《もや》われていて、屋台をかついでやってきた蕎麦売りの麻次郎《あさじろう》が忍一味を見たとしたらどうであろうか。あるいは屋台をおいて客待ちをしていたのやもしれぬ」

「お話をおうかがいしていて思いいたったことがござります。蕎麦売り、柳橋芸者、紙屋の娘と手代、亀戸村の寮。いずれも、川のちかくで舟がつかえまする」

「駿河台でよもやと思うたのがそのことだ。逃げるための舟を用意しておき、屋台の蕎麦売りを殺して巾着を奪う者はおるまい。巾着が狙いなら、とおりすがりか、かいわいの者のしわざだ。飯田町の者とはかぎらぬ。武家屋敷の中間《ちゆうげん》あたりやもしれぬ。つまり、巾着狙いと思わせんとした」

胸を錐《きり》が刺した。表情にでるのをこらえて眼をおとし、諸白をついで飲んだ。

杯をおいて顔をあげる。

「紙屋のふたりと寮のふたりとはまだはっきりせぬが、屋根船であれば、自身番や辻番で見とがめられずにすむ」

「そのことにつきましてはのちほど申しあげまする。文蔵はながいこと御用聞きをいたしておりますゆえ顔がききまする。岡本も、それゆえ木場をさぐるのに文蔵を借りたいと申してきました。ために、毎日深川へかよっておりますが、昨日《さくじつ》、九里《くり》道場が今月いっぱいで道場仕舞をするとの噂を聞きこんでまいりました。本日は、それもたしかめに深川へまいっております。あとをおってこぬところをみますと、いまだ深川におるのでござりましょう」

深川万年町にある大給松平家下屋敷の小納戸《こなんど》役小野《おの》大助《だいすけ》を辻斬《つじぎり》にみせかけて闇討《やみうち》したのは大助の剣の師である九里伝十郎《でんじゅうろう》だと、隼人は考えている。その九里伝十郎の娘が、老中首座水野出羽守忠成《でわのかみただあきら》の寵愛《ちょうあい》をうけている。ために、小野大助殺しの裏で画策していたであろう木場の材木問屋木曾屋儀右衛門《ぎえもん》ともども手出しは無用と叔父に釘を刺された。

隼人は言った。

「木曾屋が万年楼から屋根船にのってうごきまわりだしたが、たしか先月の十六日からであった」

　隼人は眉をひそめた。

「いかがなさいました」

「いや、間宮筑前守がらみで想いだしたことがある。それより、あれからひと月余で道場仕舞とはずいぶんと急だな」

「そう思いまする。噂の真偽をふくめわかりしだいお報せいたしまする。紀州屋の件にござりますが、岡本が念をいれてしらべさせても、糸次をのせた駕籠や舟が見つからぬそうにござりまする。紀州屋はきまった船宿をつかっておりまする。船宿へは岡本がみずからでむいてたしかめたところ、当日の朝手代の使いがあり、昼九ツ半（春分時間、一時）ごろに善右衛門ひとりをのせて亀戸村の寮まで送っておりまする」

「住まいは。でかけるのを見た者はおらぬのか」

　平内が、首をふった。

「こういうことにござりまする」

　富岡八幡宮の東に町家にかこまれて三十三間堂《さんじゅうさんげんどう》があり、表通りをはさんだ入船町《いりふねちょう》に糸次は住んでいた。

　入船町は、三十三間堂まえと、裏の大島川をはさんでと、東かどの汐見《しおみ》橋をわたった三十間川ぞいの三箇所である。

三十三間堂まえの入船町は、裏が大島川にめんしていて川ぞいに道がないので汐見橋から船宿がならんでいる。西隣の永代寺門前東仲町との境に芸者横町と呼ばれている路地がある。

一間（約一・八メートル）幅の路地には、三味線や踊りの師匠、芸者が多く住んでいる。つきあたりには船着場がある。その左かどに糸次は住んでいた。

「……夜道を女のひとり歩きは危のうござりまする。船着場があるのでその路地は芸者が多いそうにござりまする。文蔵も見にまいっておりまする。格子戸から川岸までが一間。船着場は路地幅で、奥行が三尺（約九〇センチメートル）とのこと。対岸の入船町は川ぞいに道がありまする。芸者横町の船着場に猪牙舟《ちょきぶね》や屋根船があり、芸者がのりおりするは毎日のことなので、対岸の者たちは誰も気にとめぬとのことにござりまする」

「船着場までわずか一間か。みずから歩いてのったとはかぎらぬな」

平内が顎をひく。

「ひとりが格子戸をはずして荷をはこびいれるふうをよそおって路地の目隠しをし、ひとりが布をかぶせて糸次を担ぎだして船縁《ふなべり》からなかの者にわたす。三名か四名おればじゅうぶんにござりまする」

「それを見た者もいない」

「いまのところは。芸者横町に出入りしている担売《かつぎう》りや振売《ふりう》りなどもあたったそうにござりまする。ご指摘をうけなければ、糸次をのせた駕籠か舟がなにゆえ見つからぬかと途方にくれるところであったと、岡本が申しておりました。紙屋のきよと定吉についても、船大工から話を聞いておりまする」

血の跡がのこっていては客をのせられない。ことに武家はうるさい。格式がある武家では、鮪《まぐろ》などの赤身魚はむろんのこと、西瓜《すいか》さえも身が赤いので食さない。屋根船を買った船頭に言われるまでもなく、船大工は承知している。

もちこまれた屋根船から座敷の畳はのぞかれていた。船大工は若いのに障子をはずさせ、障子紙をはがさせた。

障子は、上部の横板を上桟《かみざん》、下部を下桟《しも》、左右の外枠を竪框《たてがまち》、なかの格子は組子《くみこ》で、竪が竪子、横を横子という。

船大工は、船底から船縁、障子をはめる敷居の溝、つなぎめの多い障子はとくにていねいにあらためた。

が、横板と船底についているだけであった。

「……手首を切った刃物をすてるためにあらかじめ障子をあけていたのでないかぎり、たとえ一滴でも、障子なり、敷居なりに血の跡がのこっていたはずにござります」

隼人はうなずいた。

「障子をあけての逢引は考えにくい。灯りがなければないで、障子があいておれば不審に思われ覗《のぞ》く者があるやもしれぬ。手首を切ろうとする者が、切ったあとの刃物のしまつを考えたりはすまい。店《たな》の刃物は剃刀《かみそり》ばかりでなく庖丁《ほうちょう》のたぐいまでたしかめたのであろうな」

「岡本が、念をいれ、二度も三度もあらためさせております。きよと定吉は殺されたとみてまちがいあるまいとぞんじまする」

「それぞれべつべつか。いくつかはからんでおるのか。蕎麦売りの麻次郎、きよと定吉は、まきぞえではあるまいかという気がする」

「それがしもそのように思いまする。お旗本は町方の領分ではござりませぬが、麻次郎が件はでむきました臨時廻りがそのまま掛《かかり》をしております。お旗本の死に忍がかかわっているやもしれぬことにつきましてはお奉行のご判断を……」

隼人はさえぎった。

「いや。こちらが疑っておるだけで、間宮筑前守が件は急病でかたづいておる。世話になっておるゆえ、ただの物盗《ものとり》のしわざでないかもしれぬということを教えておきたかっただけだ」

平内が眉根をよせた。が、ながくはなかった。

「わかりましてございりまする。それがし、このように愚考いたしまする。いまお奉行にご報告するはかえって苦しい立場においこむことになるやもしれぬ、と」

隼人は、ちいさくうなずいた。

平内が言った。

「宗元寺さまが命を狙われており、しかも忍がからんでいるらしきことを、廻り方の者は知っておりまする。殺されたのがはっきりしておりますは、柳橋芸者と蕎麦売り。柳橋芸者は宗元寺さまにかかわりがある者。蕎麦売り殺しもつながりがあるやもしれぬと、それがしにおもらしになられた。いささか苦しゅうござりますが、物盗ではないやもしれぬとの疑いをいだかせるにはじゅうぶんにござりまする。殺してあの場から消える。まずは舟をあたるでありましょう」

「よけいなことを申し、かえって迷惑をかけることになったやもしれぬ」

「いいえ。おもらしいただきお礼を申しあげまする」

それからしばらくして、ふたりが辞去した。

翌二十日の朝、きちんとした身なりで宿坊をでた。

なにゆえかは知らぬが、腰が格子縞になった熨斗目《のしめ》を着ると弥生がうれしげな表情をうかべる。なにがうれしいのか、女のそういうところはよくわからぬ、と隼人は思う。

昨日《さくじつ》、平内と晋吉が帰ったあと、途中での思いつきを考えた。

まきこむことになる。だが、危害をくわえることはあるまい。そこまで愚かではないはずだ。

増上寺の裏をとおって近道をする。

日本橋から京橋にいたる大通りは道幅が十間（約一八メートル）もある。通《とおり》一丁目、二丁目、三丁目、四丁目とあるので通筋と呼ばれていた。四丁目のつぎが中橋広《なかはしひろ》小路町《こうじちょう》、そして南伝馬町が一丁目から三丁目まであって京橋にいたる。

隼人は、京橋から日本橋へむかった。

江戸は道をはさんだ両側でひとつの町家である。片方だけのものを片町《かたまち》という。

通三丁目の西、すなわち江戸城を背にして両替屋の難波《なんば》屋の看板があった。西尾松平家出入りの両替商である。隼人も、幕府よりたまわった千両のうちの九百両を預けている。

大店《おおだな》がならぶ表通りでも、難波屋は間口十間（約一八メートル）もあった。

隼人は、土間にはいった。

店の者がいっせいに顔をむけた。ひとりが驚いた表情になる。主の清右衛門《せいえもん》のとも で報奨金をとどけにきた手代だ。

やってきて膝をおった。

「宗元寺さま、主はとなりの丸屋《まる》さんにおられます。ただいまお呼びしてまいりますので、どうぞおかけになってお待ち願います」

「雑作をかける」

隼人は、刀をはずして腰をおろし、左脇においた。

土間におりた手代が辞儀をしてでていき、ほどなく主の清右衛門がややいそぎ足で姿をみせた。

「宗元寺さま、留守にして申しわけございません。どうぞおあがりください」

隼人は、うなずき、腰をあげた。

袂《たもと》から手拭をだして、足袋《たび》の埃《ほこり》をはらう。手拭を袂にもどし、左手で刀の鞘《さや》をにぎった。

清右衛門が客間の上座に案内した。みずからは下座でやや廊下を背にして膝をおった。

年齢《とし》は五十代なかば、小肥りで福耳。おだやかな表情をうかべている。

「わざわざおはこびいただき申しわけございません。お使いなりをいただけましたら、手前どものほうでおたずねいたします」

「使いもたてずにふいにまいり、迷惑をかけたかな」

清右衛門が破顔する。

「滅相《めっそう》もございません。孫の顔を見にいっておりました。今月の五日に生まれた初孫《ういまご》にございます。倅《せがれ》と娘のときは、眼や鼻や口はちゃんとあるか、手足の指は五本そろっているかと心配で、ろくすっぽ顔を見た憶えがございませんが、孫はかわいいものでございます。生まれたときは、頭ばかりおおきく、なにやら猿のごときで、年ごろになったら嫁入りさきをみつけるのに苦労しそうだと思っておりましたが、日ごとに人の顔になってきております、はい」

左右にあけられた障子に影が映り、女中があらわれた。

入室してきて茶をおいた女中が、三つ指をついて腰をあげ、去った。

「そうか、初孫か。嫡男に嫁はまだか」

清右衛門の顔にとまどいがうかぶ。

「はい。まだ二十三にございますれば、再来年あたりと考えております。宗元寺さま、どのようなご用向きにございましょう」

「じつは、料理茶屋へゆきたいのだがひとりではかってがわからぬ。で、知り人を思いうかべるに、行ってもいぶかしくない者となると、そのほうしかおらぬ。かかった座敷代や芸者への祝儀などはあとで払うゆえ、そのほうがわたしをまねいたことにしてもらいたいのだが、たのめまいか」

「料理茶屋へおいでになりたいのでしたら、おちかづきのしるしに手前のほうでご案内いたします。それはいっこうにかまいませぬが、なにやらご事情がおありのように拝察いたします。よろしければおさしさわりのないところだけでもお聞かせ願いたくぞんじます」

考えていた。信頼をうるにはあるていどあかさねばならない。

「ご公儀よりちょうだいいたした千両もの報奨金には裏があった。あれは、叔父上に命じられてある件を調べた結果いただいたものだ。だが、思わぬ大金にわたしが分別を失って豪遊すれば、それを楯《たて》に、あわよくば叔父上を失脚させんとの意図が隠されていた」

「お殿さまを……」

隼人は首肯した。

「ほかにも、叔父上の命をうけ、いろいろと調べておる。こたびもそうだ」

「そういうことでございましたか。それで、お屋敷ではなくあのお寺の宿坊にお住まいになっておられる。得心がまいりました。おひとりで料理茶屋へゆけばお咎《とが》めをこうむりかねない。承知いたしました。手前でお役にたつのでしたら、なんなりとお申しつけください」

「かたじけない。が、あらかじめ申しておかねばならぬが、いわばまきこむことになる。危害をくわえられるおそれがなきにしもあらずだ」

清右衛門がほほえむ。

「手前どもは、いくつものお大名家とひろくおつきあいをさせていただいておりま す。ご家名はお許しいただきますが、ご帰国の金子《きんす》全額はご用立てできかねますと申しあげましたところ、お刀をお抜きになり、手前を斬り、切腹してお殿さまにお詫《わ》びするとおっしゃられたことがございます。刀を抜かれたくらいでおびえていては、お大名家あいての商いはできません」

肝《きも》が据《す》わっていると、隼人は思った。

「木場に木曾屋という材木問屋があるが、ぞんじておるか」

清右衛門がうなずく。

「お会いしたことはございません。ですが、あまりかんばしくない噂を耳にいたします」

「遠からぬうちに、木曾屋が、大名家の家老二名を深川の料理茶屋へまねくはずだ。すでにまねいたやもしれぬがな。まだなら、それがいつか、どこの料理茶屋かは調べる。で、おなじ日のおなじ刻限にその料理茶屋の座敷をとってほしい。わかりしだい報せる」

「承知いたしました。お待ちしております」

隼人は、店のまえで清右衛門に見送られ、帰路についた。

宿坊にもどり、着替えをてつだう弥生に、明日《あす》にも小四郎に会いたいと告げた。

翌二十一日の夕刻、小四郎がきた。

隼人は、たのみがふたつあると言った。

ひとつが難波屋に会った件だ。

数日まえ、老中水野家家老の土方縫殿助と寺社奉行水野家家老の拝郷兵衛とが先月の二十九日に深川の料理茶屋へまねかれていたかを調べるようたのんだ。

その結果がどうあれ、木曾屋はかならずやふたりを料理茶屋へまねく。すでにまねいていたならあきらめるが、まだなら、鶴吉にさぐることができるかたしかめてほしい。

いまひとつが、間宮筑前守がこれまでどのような役目についていたかだ。

九里伝十郎が道場仕舞をすると聞いて想いだしたことがある。伝十郎の父親である大目付の水野若狭守忠通《わかさのかみただゆき》は、長崎奉行在任のころの不始末でしばらくの閉門を申しつけられている。それが、気になった。

四

二十六日朝、小四郎から書状がとどいた。

はじめに、宇都宮《うつのみや》城下へ行くとしるされていた。日本橋から二十六里半（約一〇六キロメートル）。片道二日として来月の三日前後にもどってくるとあった。道中の行程は一日十里（約四〇キロメートル）である。忍だからこそ、連日十三里（約五二キロメートル）もいそぎ足で歩ける。

つぎが鶴吉についてであった。

鶴吉はさっそくにも調べてくれていた。

木曾屋はもっぱら万年楼をつかっている。寄合などでほかの料理茶屋へ行くこともあるが、ひとりで行くのも客をまねくのも万年楼である。

この月になってから、おなじ置屋の十七歳の米吉《よねきち》という芸者が気にいり、みずからの座敷にはかならず呼んでいる。木曾屋は木場の大店であり、置屋でもほかの座敷がはいっていても断れるものは断り、機嫌をそこねないように気をつかっている。

さりげなくたしかめたところ、米吉が知るかぎり木曾屋がこの月にはいって武家をまねいたことはないとのことだ。

ただ、来月の十二日、たいせつなお客をおまねきしてあるので粗相のないようにと言われているという。しかも、米吉をふくめていくつかの置屋からいずれも売れっ子が六名。すべて二十歳《はたち》まえである。

それで、鶴吉は客が武家だとわかった。

花柳《かりゅう》につうじている商人《あきんど》や大名家の遊びなれた留守居役あたりなら、若い芸者ばかりでなく、踊りのじょうずな年増や中年増と、三味線を弾く大年増もくわえる。

狙った芸者をわがものにしたいならおなじ置屋の大年増を籠絡《ろうらく》すべきなのだが、機《き》微《び》を知らない客は露骨な下心をみせてきらわれる。

だから、この日でまちがいないと思う。

盛夏五月十二日の夕七ツ（四時四十分）から夜五ツ（八時四十分）までのふた座敷。ところは、永代寺門前東仲町の万年楼。

――鶴吉には、お声がかかると思われるゆえ、その日の暮六ツ（七時）以降はあけておくように申しつたえてござりまする。客の顔ぶれなどがわかりましたら、鶴吉より近江屋に報せがまいりまする。宇都宮よりもどりしだいおつたえいたしまする。鶴吉が申すには、とりあえずは十二日の暮六ツより万年楼の座敷をおさえたらいかがとのことにござりまする。

そして、間宮筑前守についてわかったことが書かれていた。

間宮筑前守信興は、元服しての通称が雄之助《ゆうのすけ》、のちに家長の通称である諸左衛門《しょざえもん》にあらためている。

寛政《かんせい》九年（一七九七）晩冬十二月四日に二十九歳で家督を継いでいるが、寛政三年（一七九一）晩秋九月十日に二十三歳で書院番入《しょいんばんいり》をしている。

書院番と小姓組《こしょうぐみ》とは両番と呼ばれ、番方《ばんかた》（武官）の花形である。七百石の家禄で相続まえの両番入は、信興が俊英であったをしめしている。

翌年には進物番を兼任しているので風采《ふうさい》もよかったことがわかる。醜男《ぶおとこ》は、はれがましい役職にはつけない。

そのご、本丸小納戸、西丸小納戸をへて、文化十年（一八一三）初夏四月十二日に四十五歳で西丸目付、同年晩秋九月二十日に本丸目付に転任している。これも有能さをうかがわせる。

五年後の文政元年（一八一八）初夏四月二十八日、長崎奉行を拝命。

長崎奉行は役高千石だがおおくの特権や役得があり、報奨的意味合いがたぶんにあった。

幕府における間宮筑前守信興の評価がわかる。

――なお、大目付の水野若狭守さまも、天明《てんめい》元年（一七八一）初秋七月より、長崎奉行に転じる天明六年（一七八六）まで西丸目付の役にありました。また、文化三年（一八〇六）仲秋八月十二日に大坂町奉行から小普請奉行に転じておられますが、同年晩冬十二月十五日に勘定奉行公事方《くじかた》、同月二十四日に道中奉行を兼任しておられます。

勘定奉行は、公事方と勝手方とがある。公事方は訴訟担当、勝手方は財務担当である。収賄《しゅうわい》の嫌疑が濃厚で閉門の科《とが》をうけた者を財務担当にするのはさすがにはばかったものとみえる。

閉門は科としてはかるめの閏刑《じゅんけい》である。閉門がとけて役に就いた例は、管見《かんけん》でもほかにもある。が、それらは、縁故や身贔屓《みびいき》、将軍の寵臣《ちょうしん》といった要素がともなう。水野若狭守も、ほんらいであれば閉門から無役の小普請入となってもよいはずのものが役についている。

有能で出世する者もいる。よろこばしいことだ。いっぽうで、無能でも毛並や追従《ついしょう》で出世していく者もいる。

隼人は、腕をくみ、竹林《ちくりん》へ眼をやった。

作事奉行であった間宮筑前守の急病届けが晩春三月三十日。半月たらずの初夏四月十二日に、かかわりのふかい普請奉行と小普請奉行とをいっきょに役目替えをして三奉行とも新顔にした。

——なにゆえ。

——そう、なにゆえだ。

おなじ役目をながいことつづけさせるは、惰性、慢心、腐敗などにつながりかねない。心機一転との名分もたつ。

——だが、間宮筑前守が殺されたのだとしたら……。

玄関でおとないをいれる声がした。

竹次だ。

腰をあげて障子をあけた隼人は、厨から廊下にでてきたすずを手で制し、玄関へ行った。

竹次がぺこりと辞儀をした。

「秋山の旦那が、夕刻に親分たちとおたずねしてえと申しておりやす」

「承知した。竹次、あとで使いをたのめるかな」

「へい」

「文をしたためておくゆえ、昼すぎにまいり、日本橋通三丁目の両替屋難波屋へとどけてもらいたい」

「かしこまりやした。昼九ツ半（一時十分）じぶんにめえりやす」

辞儀をした竹次が、踵を返した。

隼人は、厨の板戸をあけて弥生に平内ら三名が夕刻にくるのを告げ、部屋にもどって文机《ふづくえ》をまえにした。

箱から硯《すずり》をだしておく。海に水をいれ、陸《おか》で墨を摺《す》る。陸は海にたいして磯《いそ》ともいう。

墨をおき、筆を手にする。

唐突なたのみをこころよくひきうけてくれたことへの礼を述べ、日にちと料理茶屋の屋号、暮六ツ（七時）からの座敷にして、鶴吉という名の芸者を呼んでもらいたいとしるした。

乾くのを待って、つつみ、封をする。表に〝難波屋清右衛門殿〟と、裏に〝宗元寺隼人〟と書く。

昼すぎにきた竹次に、袱紗《ふくさ》でつつんだ書状と駄賃に小粒（豆板銀）をわたした。竹次が、とどけるあいてが難波屋の主であるのをたしかめ、足早に去っていった。

夕七ツ（四時四十分）の鐘から小半刻（三十五分）ばかりがすぎ、秋山平内と文蔵と晋吉がきた。

客間へ三名を案内したすずが部屋のまえで膝をおって声をかけ、厨へ去った。

隼人は客間へ行った。

ほどなく、弥生とすずが食膳をはこんできた。四名のまえに食膳をおき、酌をした。ふたりが廊下で三つ指をつき、障子をしめた。

平内がほほえむ。

「まずは文蔵より申しあげまする」

「へい。柳橋へ毎日《めえにち》手先を行かせておりやす。あれから十日あまりになりやすが、これといってひっかかることがうかんでめえりやせん。月うちいっぺえはと思っておりやしたが深川のほうで手がたりなくなってめえりやしたんで、申しわけございやせんが……」

文蔵が語尾をにごす。

隼人は言った。

「詫びるにはおよばぬ。むしろ、よくやってくれた。雑作をかけてすまぬと思うておる」

「とんでもございやせん。もうひとつお詫びしなきゃあならねえことがございやす」

「そいつはおいらが話す」

平内が、文蔵にむけた顔をもどす。

「昨日《さくじつ》の朝、九里伝十郎が妻女とともに旅立ちました。手の者に品川宿まで見とどけさせました」

隼人は、わずかに眉をよせて平内を見つめ、苦笑をこぼした。

「迷惑をかけた。九里伝十郎への手出しはならぬと、叔父にきつく申しわたされておる」

平内が肩の力をぬいた。

「安堵いたしました。正直申しあげまする。宗元寺さまと九里伝十郎とが刀をまじえることになれば、結果がどうあれ、あと始末がやっかいになると、お奉行も危惧《きぐ》しておられました」

「主計頭さまに、ご心痛をおかけいたし申しわけございませぬとおつたえ願いたい」

「承知いたしました。九里伝十郎につきましては、岡本も、おのが領分であり、宗元寺さまにはお世話になっているからと手先に命じてくれました。地所持ちや出入りの商人らの話をまとめますに、沼津城下へまいり、よい空き屋敷があれば手をいれさせて、なければ建てて来春には道場をとのことのようにございまする」

「主計頭さまもご案じになっておられた。どなたかも、九里伝十郎が江戸におるをあやぶんだようだな。ふむ、奥御殿におる九里の娘に泣きつかれたやもしれぬ」

平内が、口端に微苦笑をきざむ。

「九里道場をたたむにつきましては木曾屋もいくたびか顔をだしておりまする。その木曾屋につき、あらたにわかったことがございまする。文蔵」

「へい。岡本の旦那の御用をうけたまわっておりやす箱崎《はこざき》の北新堀町《きたしんぼりちょう》の政次郎《まさじろう》の手の者《もん》が、九里道場から木曾屋を尾《つ》けやすと、横川《よこ》で屋根船にのり、向島《むこうじま》のほうへむかったそうでやす」

日本橋川下流の霊岸島《れいがんじま》新堀北岸の三角島は永久島《えいきゅうじま》というが、通称の箱崎のほうが知られていた。町家は北新堀町と箱崎町一丁目と二丁目だけだ。

手先は、屋根船を見失わないように身を隠しながら小走りで追った。

屋根船が横川から源森川《げんもり》へおれた。手先はじゅうぶんにあいだをおいた。屋根船が隅田川《すみだ》へでて、舳を上流へむけた。屋根船が見えなくなるのを待って、手先は走った。

河口の源森橋をわたる。かどは水戸徳川家の二万三千坪余もある蔵屋敷だ。塀は源森川のほうが長い。しかし、隅田川のほうも三町（約三二七メートル）ほどある。

隅田堤は桜の名所だが、季節は初夏で葉桜である。人影もまばらだった。三囲稲荷《みめぐりいなり》をすぎ、竹屋《たけや》ノ渡《わたし》も背にした屋根船が、二町（約二一八メートル）あまり上流で艪《ろ》から棹にかえて桟橋につけた。

木曾屋が桟橋から土手にあがってきた。

手先は、尻紮《しりから》げをなおし、襟をきちんとかさねていた。遠くからは使いにでた手代に見えるはずだ。

木曾屋が、長命寺《ちょうめいじ》よこの道へ消えた。手先は、しばらく待ち、横道をのぞいた。ふり返るようすもなくすたすたと歩いている。手先は横道にはいった。

「……凝った庭がある藁葺《わらぶ》き家を大工《でえく》がばらしていたそうでやす。たしかめにめえりやした。木曾屋の寮でまちげえございやせん。この月の十日めえあたりからだそうでやす。中之郷竹町《なかのごうたけまち》の御用聞き梅吉《うめきち》を憶えておいでやしょうか」

「憶えておる。木曾屋の寮や庭師をたしかめるのを助けてくれた御用聞きだな」

「へい、そのとおりで。やつの縄張でやすからたのんでばってもらいやした。あっしら余所者《よそもん》とちがい、地元の梅吉なら木曾屋の耳にへえってもあやしんだりはしねえはずでやす。棟梁《とうりよう》によれば、お武家に貸してたんだが年寄の後家が自害《じげえ》したんで縁起でもねえから建てなおすことにしたって木曾屋が言ってたそうにございやす。わからなくもねえんでやすが、ふた昔あまりめえにいっぺん手えいれてるし、まだ傷んでるってほどじゃありやせん。屋根の藁と、その部屋の畳をとっかえ、床板を張りかえて、坊主にお祓《はら》いをしてもらえばすみやす。それがちょいと気になりやした」

「そうだな。……今日、竹次に使いをたのんだ」

「聞いておりやす。小粒をちょうだいしたそうで。いつも気をつかっていただきお礼を申しやす」

「日本橋まで文をとどけてもらったのだが、あいてをたしかめたので感心した。たしか十九歳であったな。あの若さにしてはなかなかに気がきく。夕凪に住みこんでおるそうだが、身よりはないのか」

文蔵の表情がかすかに曇る。

「ちっとばかしなげえ話になりやすがよろしいでやしょうか」

「かまわぬ」

遠くを見る眼になった。

「竹次の父親があっしのところにおりやした。名を竹造《たけぞう》と申しやす」

湊町と通りをはさんで新網南町《しんあみみなみちょう》が、入堀の対岸に新網北町がある。新網北町のすみにある朽ちはてた掃溜めのような裏長屋で竹造は生まれた。

父親はろくでなしの飲んべえだった。竹造が六歳で姉のとみが九歳のとき、母親が男をつくって姿をくらました。母親もろくな女ではない。

裏長屋の者はみなその日暮らしだ。それでも、ふたりのめんどうをみた。ふたりも、けなげにはたらいた。子守から使い走り、なんでもやった。六歳の竹造が蜆《しじみ》売りをした。縄張うちのことであり、文蔵もふたりに使いなどをやらせ、町内の小店《こだな》の主らにも声をかけた。

とみが十二歳になった春から、文蔵はかよいで雇い掃除をやらせた。九歳の竹造も、蜆売りや小店の使いなどをこなして陽が沈むまではたらいた。そんなふたりのわずかな稼ぎまで、父親はとりあげて酒代にした。

それだけではすまなかった。ろくでなしの父親は、十四歳になった春にとみを吉原《よしわら》へ年季奉公にだした。借金のかたに売ったのだ。

あんな父親の顔なんか見たくないと泣く竹造を、文蔵は住込みでつかうことにした。商家への丁稚《でっち》奉公や大工など職人への弟子入りも考えたが、竹造は読み書きができない。それに、商家も職人も一人前になるまではただ働きである。

その年の冬、父親が殺された。

簀巻《すまき》にされて袖《そで》ヶ浦《うら》の浜にうちあげられていた。高輪から品川宿てまえまでの海辺を袖ケ浦という。

博奕《ばくち》に手をだし、とみもそれがために売ったとの噂だった。地廻りどうしの諍いや博奕がらみは、町奉行所もふかくは探索しない。寺社や、大名屋敷と幕臣屋敷の中間長屋が賭場になっているからだ。

文蔵は、亡骸《なきがら》をねんごろに弔った。

一年、二年とすぎていった。ある日、吉原からとみが亡くなったとの報せがあった。十九歳だった。

竹造が泣いた。大声で泣いた。文蔵も、もらい泣きした。穢《けが》れるからと遠慮する竹造を叱《しか》りつけて屋根船で山谷《さんや》堀まで行った。とみの亡骸をひきとり、夕凪で通夜をいとなみ、四十九日の法要もすませた。

そんな竹造を、神仏が憐《あわ》れんだのかもしれない。

竹造が十九歳の秋、新網北町の横道にある蕎麦屋の主が、内密に相談があると言ってきた。

文蔵は、北町の桟橋に屋根船をつけさせ、船頭を呼びにやった。

蕎麦屋は娘がひとりだけだった。縹緻《きりよう》は十人並みだが、それでも年ごろになると、花が咲いたかのごとくまばゆくなった。

咲かない花はない。たしかにそのとおりで、娘は年ごろになるとぱっと花開く。ただ、ながいこと咲いている花もあれば、朝《あした》に咲き、夕べに萎《しぼ》む花もある。

蕎麦屋の娘は、名をさきといった。世話する者があり、十七歳で京橋常盤町《ときわちよう》の茶問屋に嫁いだ。婿をとって蕎麦屋を継いでもらいたい思いもあったが、京橋の大店の嫁である。主は娘の幸せを願った。

が、子ができない。二十二歳になったこの春、ついに離縁されてもどってきた。しばらくは沈みがちだったが、気をとりなおして見世をてつだうようになった。

すると、竹造がしばしば蕎麦を食べにきた。

文蔵は詫びた。

――とんでもねえやつだ。二度と行かねえようきつく叱りやすんで勘弁してくんねえ。

――親分、そうじゃねえんで。

主も、おなじ町内であり、とみと竹造のことはよく知っている。とくに、とみとさきとはおない歳であった。

はじめのうちは、ちいさいころからの顔なじみだからだろうと思っていたが、どうもたがいに好いているようだ。

――で、親分、相談ですが、ごぞんじのようにさきは出戻りで、年増の二十二歳、子もできねえかもしれねえ。それでもかまわねえんなら、竹造にさきをもらってもらい、蕎麦屋を継いでもらえねえかと思っておりやす。

女房は知っているが、さきにはまだ話してないという。

文蔵は、思案し、こうしたらどうだろうかと言った。

竹造の気持ちを文蔵がたしかめる。承知なら、毎日蕎麦屋へかよわせて修業をさせる。半年ほどようすを見ていて、それでも婿にということであれば、吉日をえらんで祝言をあげる。

つぎの年の晩春三月吉日、ふたりは夫婦《めおと》になった。

ときおりようすをみに行くと、主夫婦は大喜びであった。竹造は実の親のごとくふたりに孝をつくし、さきも大事にし、酒は一滴も飲まず、夜明けまえから夜遅くまではたらいているとのことであった。

翌年、男の子が生まれた。竹次だ。一年おいてまた男の子ができたが二歳の夏に流行病で亡くなった。が、冬には女の子が生まれ、翌年の冬に三男をえた。さきは二十九歳になっていた。

さきを離縁した茶問屋はふたりめの嫁にも子ができないとの噂であった。

「……申しわけございやせん。一杯《いっぺえ》飲ませていただきやす」

文蔵が、諸白をついで喉をうるおし、つづけた。

そんな身のうえだから、竹造は手習所へ行っていない。おりにふれて文蔵が教えたので、ひらがなとカタカナとがどうにか読めるていどであった。

だからだろうが、竹造は子どもたちを手習所へかよわせるのに熱心だった。竹次は利発で、師匠が感心するほど憶えがはやく、読み書きだけでなく算盤も習いにかよった。算盤は、帳面をつけられるようになって親の力になりたいからであった。

竹次が十六歳になった正月、竹造がともなって挨拶にきた。竹次を住込みでつかってほしいという。

恩返しがしたいとのことであった。つかってみて役にたたないのであればいつなりとも追いかえしてほしい。

文蔵は、承知し、竹次をあずかった。

「……ところが、あんときばかりは神も仏もねえのかと思いやした」

一昨年《いっさくねん》の正月十八日の夜、新網北町から火がでて、おりからの南風にあおられてたちまち燃えひろがった。蕎麦屋の親子は四人とも助からなかった。

むろん、半鐘とともにとびおきた。駆けつけたときには、北町は火の海だった。火のなかへとびこんでいこうとする竹次を、文蔵と晋吉とのふたりがかりでとめた。

新網北町すべてと浜松町《はままつちょう》三丁目と二丁目との東海道の東側を焼いて、火事はようやくおさまった。

大勢が亡くなった。どれが誰の死骸かもわからなかった。

竹次は泣かなかった。泣くことさえ忘れたようであった。食べもせず、腑抜けになっている竹次をたちなおらせたのは秋山平内であった。

すわりこんでぼんやりしている竹次の襟を両手でつかんで乱暴に立ちあがらせると、左手で襟をつかんだまま、右手で竹次の両頬をはりとばした。そして、怒鳴った。

——てめえ、それでも男か。そんなてめえを見て、あの世の両親《ふたおや》と妹と弟はどう思う。死んだ四人のぶんまでりっぱに生きろ。それがなによりの供養だ。わかったか。

竹次の両眼から、大粒の涙がこぼれた。

「……というようなわけでございやす」

平内が、かすかに眉をよせ、わずかに小首をかしげて考えこんでいる。

隼人は、文蔵に顔をもどした。

「口数がすくないのはよいとして、どこか陰があると思っていた。ところで、竹次に使いをたのんだわけだが……」

鶴吉の役割をのぞいて万年楼に座敷をとるようたのんだいきさつを語った。

平内が言った。

「文蔵」

「へい」

「あの日は、新網北町のほかに、日本橋の石町《こくちょう》あたりと、小石川《こいしかわ》の伝通院《でんずういん》でもおおきな火事があったな」

「へい。まえの日にゃあ、品川宿がまる焼けになりやした」

「おめえは、明日《あす》、糸次がどんないきさつで芸者になったか調べてくんな。おいらもうろ憶えなんだがな、ちょいとひっかかることがある」

平内が顔をむけた。

「飯田町の俎橋ではなく蝉橋の桟橋に屋根船がつけられているのを見た者がおりまする。その話もと思っておりましたが、いそぎ八丁堀にもどりたくぞんじまする。一両日のうちにおたずねいたしまする」

隼人は、顎をひき、三名を玄関まで送った。

第三章　悲哀

一

この年の初夏四月は小の月で、三日後の二十九日が晦日《みそか》である。

朝五ツ（七時二十分）の鐘からほどなく、隼人は着流しの腰に脇差《わきざし》のみをさして宿坊をでた。

妙善寺は、山門が東と西と南とにある。東が表門で、西が裏門、仙台坂《せんだいざか》にでる南が脇門だ。

仙台坂の名は、道をはさんで奥州《おうしゅう》仙台藩六十二万石松平（伊達《だて》）家の二万一千坪余の下屋敷があることによる。

伊達家は、東海道品川宿《しながわじゅく》はずれの大井村《おおいむら》にも下屋敷がある。こちらは二千百坪余。

有名な仙台味噌《みそ》は、この大井村の下屋敷で造られた。当初は自家用であったが、評判を聞いた庶民の懇望におうじて残余をはらいさげるようになった。それが、財政の窮乏とともに実利目的の特産品として卸すようになっていったものと思われる。

大井村の下屋敷は味噌屋敷と呼ばれた。味噌はあまりよい意味ではもちいられないが、これは蔑称ではなく親しみをこめてであろう。

東の山門から参道を行った表通りとのかどに大月屋《おおつき》という仏具屋がある。内儀のつねが御用聞き文蔵の娘だ。文蔵のはからいで、夕凪《ゆうなぎ》への使いをたのめるようになった。

隼人は、文《ふみ》をたくした。

昼まえに竹次がきた。この日はつごうがつかぬので明日《あす》の夕刻にこちらからたずねたいとの平内の返事であった。

「承知した。ところで、竹次、書物を読むのは好きか」

顔がかがやく。

「へい。ですが、絵双紙《えぞうし》はつまりやせん。あれは女が読むもんでやす。貸本屋から借りるんでやすが、むずかしい字が多くて読むのにながくかかるんで高くつきやす。ですから、年に何冊も読めやせん」

「和尚《おしよう》にたのんでおいたゆえ、文庫の書物を借りて読むがよい」

眼がまるくなる。

「ほんとうでやすか」

「ああ。書物を読むのはよきことだ」

笑顔がはじけた。

「これから行ってもよろしいでやしょうか」

隼人はうなずいた。

「誰ぞつけると申しておった。教えるは、学ぶことでもある。ゆくがよい」

「ありがとうございやす」

竹次が、ふかぶかと腰をおりまげてから上体をもどし、背をむけて駆けるように去っていった。

隼人は、部屋へもどり、書見をつづけた。

しばらくして、おとないの声が難波屋《なんば》でございますと言った。

弥生が玄関へ行った。

すずは着物の裾《すそ》を足首まであげているが、弥生は扇《おうぎ》のごとくひろげている。足はこびと衣擦《きぬず》れのあるなしでふたりのちがいがわかる。

弥生が、廊下で膝《ひざ》をおり、ことわって障子をあける。

「難波屋の手代が玄関よりあがるのはおそれおおいので庭先からおじゃましたいと申しております」

「よかろう」

隼人は腰をあげた。

弥生が玄関にもどる。

隼人は、客間にうつり、縁側の障子をあけた。

まわってきた手代が、両足をそろえて低頭した。

難波屋をたずねたさいに応対にでてきた手代だ。年齢《とし》は二十七、八あたり。細面で律儀そうな顔立ちである。

「あがるがよい」

隼人は、襖《ふすま》を背にした。

手拭《てぬぐい》で足袋《たび》の埃《ほこり》をけらった手代が、沓脱石《くつぬぎいし》からあがり、その場で膝をおった。

顔がいくらかこわばっている。

店《たな》では客への応対だ。だが、おとなえば、仮寓《かぐう》さきの宿坊とはいえ老中の甥《おい》であり、ほんらいであればじかに口をきくことさえできない。

隼人は、おだやかに声をかけた。

「遠慮はいらぬ。はいるがよい」

両肩が安堵《あんど》にしずむ。

「ありがとうございます。失礼させていただきます」

腰をかがめぎみに立ちあがった手代が、敷居を一歩またいでひざまずいた。

「そのほう、名は」

「失礼いたしました。昇助《しょうすけ》と申します」

「用向きを聞こうか」

「はい、申しあげます。来月十二日のことにつきまして、主《あるじ》より、ご報告してご都合をおたずねするよう申しつかりました。お申しつけの万年楼《まんねんろう》にて暮六ツ（七時）より座敷をおさえてございます。芸者は四名。のこり三名は鶴吉《つるきち》にえらばせました。主が申しますには、こちらで名指しせずに声をかけさせたほうが鶴吉の得になるそうにございます。ところで、万年楼まではいかがいたしましょう」

夕凪が頭にうかんだ。しかし、案がありそうであった。

「心づもりがあるようだな、聞かせてもらおう」

「ありがとうございます。船頭によりますれば、新堀川《しんぼり》一之橋《いちの》の桟橋から永代寺《えいたいじ》門前の入堀まで二里（約八キロメートル）たらず。夕七ツ半（五時五十分）じぶんに手前がお迎えにまいりたくぞんじますが、いかがでございましょう」

「それでよい。清右衛門に雑作をかけるがよろしくたのむとつたえてくれ」

「かしこまりました。失礼いたします」

低頭した昇助が、沓脱石でふたたび頭をさげ、去っていった。

翌日は盛夏五月で、雨の季節である。

大気が雨に洗われ、まぶしいほどにあざやかな青空がひろがる。だから、梅雨《つゆ》のあいまの青空をとくに五月晴《さつきば》れという。

夕七ツ（四時四十分）の鐘が鳴り、陽が相模《さがみ》の空にかたむきだしたころ、晋吉《しんきち》がおとないをいれた。

すずが三名を客間に案内して声をかけ、厨《くりや》へ去った。

客間の上座につくと、すぐに弥生とすずが食膳をはこんできて酌をした。

障子がしめられ、ふたりの足はこびが遠ざかる。

文蔵が、かたちをあらためてかるく低頭した。

「宗元寺さま、竹次から聞きやした。お礼を申しやす。さっそくにも一冊お借りし、わからないところは鉄心《てっしん》ご坊に教えていただくそうでやす」

二十七歳の鉄心は住職の空念《くうねん》が期待をよせている僧侶だ。

平内がほほえむ。

「読み書きに算盤《そろばん》。学もつけば将来《さき》がたのしみにござりまする」

平内が笑みを消した。

「……昨日《さくじつ》は失礼いたしました。夫婦喧嘩《げんか》は犬も食わぬと申しますが、女房が死んでやるって家をとびだしたと亭主がうろたえておりましたゆえ、ほっとくわけにもまいりませぬ。おかげで夕刻までつぶれてしまいました。つねはこのようなことをいたしております、よろしければお話しいたしまする」

「町家の者がどのような暮らしをしているのか、聞かせてもらおう」

平内が、かるくうなずき、語った。

定町廻りは持ち場の町家を毎日定まった経路で見まわる。だから、〝定・町廻り〟なのである。〝定廻り〟は略称だ。

町奉行所支配の町家が八百八町だったのは、延宝《えんぽう》（一六七三〜八一）のころまでだ。ほかに寺社奉行支配の寺社門前町があった。延享《えんきょう》二年（一七四五）に、寺社門前町も町奉行所支配になった。天明《てんめい》期（一七八一〜八九）には、町家は千六百五十町余をかぞえるにいたる。

江戸町割の原則は、一町（約一〇九メートル）四方がひとつの町で、まんなかに通りがある。八百八町が一列にならんでいるとして、通りの距離は八万八〇七二メートル。定町廻り六名で計算すると、ひとり約一四・七キロメートル。じっさいには横道などがあるから二〇キロメートル前後になろう。

千六百五十町だと、距離は一七万九八五〇メートルになる。ひとり約三〇キロメートルである。これも、表通りからつぎの表通りへの横道をふくめると四〇キロメートル前後。

江戸期の一日の旅程が十里（四〇キロメートル）なので、歩けぬ距離ではない。しかし、毎日となるとどうであろうか。

江戸時代も後期になるにつれ、持ち場を二日から三日でまわっていたとするのが順当であろう。

昨日も、平内は迎えにきた晋吉と手先二名を供に見まわりにでた。

新堀川から四町半（約四九一メートル）ほど品川宿よりに長さ四町（約四三六メートル）ほどの入堀がある。入間川との名があるが、〝いりあい〟とも〝いるま〟とも読む。

その河口北岸に一町半（約一六四メートル）ほど、南岸は越前《えちぜん》の国鯖江《さばえ》藩五万石間部《まなべ》家の中屋敷と、寺社としてはちいさな鹿島明神《かしまみようじん》とのあいだに三町半（約三八二メートル）ほどの砂浜がある。

鹿島明神は薩摩《さつま》の国鹿児島《かごしま》藩七十二万八千石松平（島津《しまづ》）家の抱《かかえ》屋敷に接している。

大川河口から高輪《たかなわ》の大木戸ちかくまで、砂浜はその二箇所だけだ。舟をあげ、網が干せるので、ちかくには漁師が多い。

入間川の芝《しば》橋をわたると、本芝《ほんしば》一丁目の町木戸に、自身番屋の町役人《ちようやくにん》と、つぎはぎのある袢纏《はんてん》に膝下までの股引《ももひき》姿の潮焼けした三十代なかばくらいの男が待っていた。

町木戸の両脇に、間口を町内にむけて自身番屋と木戸番屋とがある。自身番屋は腰高くらいの囲いがあり、なかは砂利《じやり》がしかれている。

平内は竹垣のなかへはいってふりかえった。晋吉が斜めうしろにひかえる。手先二名は竹垣のそとだ。

ついてきた町役人が、一礼して事情を述べた。

男は浜にめんした本芝二丁目の裏店《うらだな》に住む漁師の留吉《とめきち》、三十六歳。二十七歳の女房かねに、七歳と四歳の一女一男の子がある。

前夜、留吉は漁師仲間と品川宿に行った。旅籠《はたご》にあがって、飲み、それぞれの部屋にわかれた。

ところが、相方の女がなかなかこない。さんざん待たせたあげくにきたのが、ふとった大年増のおかちめんこだった。

貧乏くじをひいたなと思った。すると、女が、なにさこの助兵衛《すけべえ》てな顔で、つぎのお客が待ってるんだからさっさとすませておくれ、と大の字になった。

ここで、てめえなんぞ抱けるか、銭ははらってやる、でてけ、と啖呵《たんか》がきれれば気分はすっとしたろうが、襟《えり》をはだけてみせびらかしているふくよかな胸乳《むなぢ》に胯間のいちもつが猛《たけ》り、みさかいをなくしてしまった。

大年増のおかちめんこはしかし、年季がはいっているだけに巧みだった。たちまちしぼりとられるようにいかされてしまった。

女は一丁あがりとばかりにいなくなり、留吉は、おのれのあっけなさに、なさけなくみじめであった。

朝の帰り道、上首尾だったらしい仲間たちの笑顔と自慢話に、留吉はますますおもしろくなかった。

住まいの腰高障子をひいたとたんに、かねのとがった声がぶつかってきた。

——おや、早かったね。

早かった。ふいにおかちめんこがうかび、ぐさっときて、かちんとなった。うしろ手で乱暴に腰高障子をしめ、顔をむけずにぶすっと言った。

——腹へった。飯だ。

——ないよ。

——飯がねえとはどういうことだ。朝っぱらからつんけんしやがって。女のおめえにはわかるめえがなあ、男には仲間のつきええってもんがあるんだ。

——ああそうかい。けっこうなつきあいだね。

——てめえッ。

留吉は、沓脱石で草履《ぞうり》をぬぎとばしてあがった。

口をゆがめて見あげるかねの眼に、つきはなすがごとく冷たさがあった。怒りが脳天で炸裂《さくれつ》した。

バシッ。

頬《ほお》を張りとばしていた。

——ぶったわね。くやしい。

かねの瞳から大粒の涙がこぼれた。留吉は、しまった、と思った。

――そんなにあたいがじゃまなのかい。憎いのかい。いいよ、死んでやる。そいつを女房にすりゃあいいだろう。

そうじゃねえ、女じゃねえよ、ほんとうに仲間と品川へ行ったんだ。が、口をひらくまえに、立ちあがったかいが、とめようとするのを肩をふってこばみ、下駄《げた》をつっかけてでていってしまった。

留吉はくやんだ。手加減すればよかったのに、本気で殴ってしまった。まさか死にはすまいと思ったが、心配になった。

で、浜に行った。

砂浜は子らの遊び場だ。松原をぬけ、浜におりていった。

四歳の弟のあいてをしていた七歳の娘に訊《き》いたが、母親を見てなかった。親しくしている裏長屋の女房たちのところにもいなかった。

いよいよ不安になった留吉は、自身番屋に町役人をたずねたのだった。

語り終えた町役人が、口をとじて一礼した。

平内は、かるくうなずき、町役人の斜めうしろでかしこまっている留吉のまえに歩をすすめた。留吉がさらに顔をうつむける。

立ちどまるなり、平内はいきなり留吉の頰を張りとばした。

留吉がよろける。

――なにし……。

眼にうかんだ怒りの炎《ほむら》が、怯《おび》えにかわる。

――な、なにをなさるんで。

しかしよく殴る奴だなと、隼人はあきれた。が、むろん、眉毛一本うごかさなかった。

平内がつづけた。

――くやしいか。いいぜ、かかってきな。足腰たたねえくれえにぶちのめしてやる。おめえの女房だってそうだ。腕っ節じゃあおめえに勝てねえからな。殴られたほっぺたよりも、心のほうがよっぽど痛《いて》えにちげえねえ。女は思いつめるからな。もう死んでるかもしれねえ。

――旦那《だんな》ぁ。

――なさけねえ声だすんじゃねえ。若え娘《わけ》ならかわいいが、しようもねえ面《つら》しやがって、もう一発張りとばしたくなる。生きてるんなら見つけてやる。ただし、二度と女房に手をあげるんじゃねえぞ。わかったな。

――へい。いたしやせん。お願《ねげ》えしやす。たったひとりの女房でやす、どうか見つけておくんなせえ。

――あのなあ……。まあ、いい。たしかにひとりにはちげえねえ。いいか、おいらとの約束だからな。たがえたりしやがったら、前歯を二、三本なくしちまうぞ。よし、女房の背恰好《せかっこう》と、仲のいい女たちの住まいだ。

懐から半紙の束をだした晋吉が、腰から矢立《やたて》をはずして筆をだした。

平内は、手先のひとりを呼び、夕凪で手先を三名ばかしよこすように伝えてから御番所まで走り、昼の見まわりを臨時廻りにたのむよう言付けた。

聞いていた留吉が蒼《あお》ざめる。平内は、鋭い眼をむけ、家で待つよう言いつけた。留吉が、二度、三度と低頭してふり返った。町役人に、手先どもがきたら浜辺にいると言って、晋吉をうながした。

自身番屋を背にして本芝一丁目と二丁目との横道にはいる。半町（約五四・五メートル）ほどで裏通りにでる。裏通りをはさんで松原と浜がある。

潮の香りが、子らのにぎやかな声をはこんできた。思わず、頬がゆるむ。

平内は、首をめぐらし、手先に、鹿島明神をあたってくるよう命じた。わかりやした、と手先が駆けていく。顔をもどして、松原にはいった。

寺社は寺社奉行の領分である。だが、不審死の始末などは町奉行所におしつけられる。このていどのことなら、面目《めんもく》をつぶさぬようにあとで年番方に報告して寺社方に断りをいれればすむ。

手先が小走りでもどってきた。やはり鹿島明神にはいなかった。

しばらくして、夕凪から手先三名が駆けつけた。

平内は、手先四名に尻紮《しりから》げをなおし、襟をちゃんとして帯をむすぶよう命じた。もっているちいさな櫛《くし》でたがいの髷《まげ》もととのえさせる。これで、堅気に見える。

ふたりひと組で松原にひそませてから、晋吉をしたがえて裏長屋へむかった。

かねと仲がよいという女房をひとりずつたずねた。三人めが、眼をふせておちつかないようすだった。平内は気づかぬふりをした。

幼い子がふたりある。昼になれば腹をすかせて帰ってくる。それに、死ぬ気なら死んでやるとは言わない。捜して見つけてくれってことだ。ならば、ちかくにいる。

八丁堀がやってきた。おおごとになっている。居場所を知っている女が、告げに行くはずだ。それを、手先たちが気づかれぬように尾《つ》ける。

横道から表通りにでて、四丁目の蕎麦《そば》屋へはいった。朝っぱらから酒というわけにもいかないので盛り蕎麦をたのんだ。

蕎麦を食べ、茶を喫していると、やがて、三人の手先がはいってきた。供の手先が見張っているという。

――よし。おめえたちは蕎麦を食ってひきあげな。

平内は、五人ぶんの蕎麦代をおいた。

三丁目裏の本芝下町《ほんしばしたちょう》に栄門寺《えいもんじ》というちいさな寺がある。

ちかくには、おなじような寺が七寺《じ》ある。したがって、通りには線香や花などを商う店《たな》がいくつもあった。

栄門寺の山門まえにも、〝お休み処〟と幟《のぼり》をたてた見世《みせ》がある。緋毛氈《ひもうせん》をしいた腰掛台に手先がかけていた。かたわらには茶碗と、団子を食べたのであろう皿があった。

平内は、眼をみひらくことで問うた。

手先がかすかにうなずく。

平内は、山門から境内へはいった。

かいが栄門寺にいるとの手先の報せ《しら》に、寺だというのが意外だったが、すぐに納得した。

住職の法如《ほうにょ》は齢《よわい》七十をすぎている老僧で、気さくな人柄がかいわいの者たちに慕われている。意外だったのは、その評判が東海道をわたった海辺の者たちにも伝わり、あてにされていることだ。

凍えるような寒風の朝や、雪の朝など、縁側のしたで凍死する者がいる。助けを乞《こ》えばよいのにそれができないのだ。さらには、山門や本堂の縁側などに赤児を捨てる者もいる。

それらの件で、平内は法如とは心やすい仲であった。

境内は寺社方支配だがとどけても埒《らち》があかず、けっきょくは町方がひきうけることになる。平内は、法如から報せがあるたびに、町方の領分である山門そとで見つかったことにした。

境内は、幼い子らの声でにぎやかだった。よちよち歩きの子のあいてをしている裏長屋の若女房もいる。

平内は、庫裡《くり》へ行った。

水口《みずぐち》の腰高障子をあける。囲炉裏《いろり》をまえにふり返った下男が、驚いた表情をうかべ、あわてて膝をめぐらせた。

平内は言った。

――賽銭箱《さいせんばこ》のところにいるから、和尚にちょいと会いてえって伝《つて》えてくんな。

下男が白髪頭《しらが》をさげた。

平内は、腰高障子をしめ、本堂へむかった。

巾着《きんちゃく》から銭《ぜに》をだして奉《たてまつ》り、手をあわせた。縁側に腰かけて待つ。

ほどなく、かどから法如があらわれた。満面の笑みだ。

平内は、笑みを返した。

法如が膝をおる。

――秋山どの、おひさしぶりにございます。

――和尚もご壮健でなにより。さっそくだが、夕刻まであずかってもらえねえか。もう死んでるかもしれねえが、生きてるんなら見つけてやるって言ってある。よほどに心配《しんぺえ》させたほうがいい。

――承知いたしました。おいそぎでなければ茶を一服いかがでしょうか。

――そいつはありがてえ。

――親分もどうぞ。

茶室で点茶を馳走《ちそう》になり、辞去した。

日ごろはゆっくりと自身番屋に顔をだすいとまがない。平内は、本芝一丁目の自身番屋で北御番所への使いからもどっていた手先をひろい、かいわいの自身番屋をまわった。

定町廻りがつねとちがう刻限に姿をみせればなにかあったということだ。むろん、町役人はいらざる口をきかない。挨拶にこたえながら、自身番屋のなかへ眼をくばる。きちんとしていたら褒《ほ》め、雑なら注意する。

昼をすませ、さらに高輪大木戸まで自身番屋をまわった。

夕刻、栄門寺までかねを迎えにいき、本芝二丁目の裏長屋へ連れていった。

晋吉が腰高障子をあけると、母親の姿に、ふたりの子が裸足《はだし》でとびだしてきて抱きつき、泣き声をあげた。かねも泣き、ごめんねとあやまった。

平内は言った。

――おかね。

かねが涙をぬぐう。

――はい。

――留吉がまた手をあげるようなことがあったら、すぐに夕凪に報せにきな。おいらが、後腐れのねえよう、その日のうちにきっぱりと別れさせてやる。

――旦那ぁ、そんな殺生《せっしょう》な。

平内は、睨《にら》みつけた。

――うるせえ。てめえは黙ってろ。……おかね、遠慮はいらねえぜ。留吉がぐたぐたぬかしやがったら、二、三発ぶん殴って、まちげえなく離縁状を書かせるから、安心しな。

――いいえ。あたいもわるかったんです。どうかお願いです、うちの人を殴らないでください。

平内は、留吉に眼光をとばした。

――聞いたか。おめえなんぞにはもったいねえ女房だ。大事《でえじ》にしてやれ。わかったな。

――へ、へい。

平内が、諸白《もろはく》で喉《のど》をうるおし、杯をおいた。

「……というようなしだいにござりまする。裏店の者はこのように申しております。二本差しが怖くてお江戸で生きていけるか、と。睨みをきかせ、裏店言葉をつかいこなせぬと廻り方はつとまりませぬ」

「なるほどな。それで、殴るわけか」

平内が苦笑をこぼした。

「あれも、手が早いと思わせる方便にござりまする。さすれば、かろんじられることはござりませぬ」

「面従腹背《めんじゅうふくはい》。なにゆえそうなのか。うえにたつ者はおのれを律する教訓とせねばならぬ」

平内が首肯する。

「武士であるを笠にきてやたらといばりちらす者がおりまする。われらでさえ、不浄役人とさげすまれたりいたしまする。ごむりごもっともと頭をさげ、内心で舌をだす。江戸庶民の知恵にござりまする。学はなくとも、喜怒哀楽はおなじにござりますれば」

「教えられた。心しよう」

「おそれいりまする」

平内が、諸白をつぎ、喉をうるおした。

二

杯をおいた平内が、ややかたちをあらためる。

「文をいただき、申しわけござりませぬ。一両日のうちにと申しておきながら、遅くなってしまいました。先日申しそびれました飯田町《いいだまち》俎橋《まないたばし》の蕎麦売り殺しにつきまして、あらたに判明せしこともふくめてお話しいたしまする」

飯田町は、東西が三町（約三二七メートル）余、南北が一町半（約一六四メートル）余。町内は十字路で区切られている。

俎橋にちかい東南かどが一町（約一〇九メートル）四方。横道をはさみ、坂上の町はずれまで四軒の武家屋敷がならんでいる。

九段坂とほぼ平行して町を南北にわけている道を中坂通《なかさかどおり》という。

つまり、町内への出入り口は四箇所ある。しかし、自身番屋と木戸番屋がある町木戸は掘割にめんした中坂通したの一箇所だけだ。

ほんらいであれば四箇所に町木戸をもうける。しかし、天下泰平の世、幕府は町《ちょう》入用《にゅうよう》を減らすべく自身番屋も質素にするよう督励《とくれい》していた。

武家屋敷を背にした中坂通の坂上南のなかほどに稲荷がある。殺された蕎麦売りの麻次郎《あさじろう》は、稲荷うえの理兵衛《りべえ》長屋に住んでいた。

麻次郎が屋台をかついでいたのは、九段坂をのぼった西の番町《ばんちょう》と、飯田町からは東になる駿河台《するがだい》だ。

武家地の通称は〝まち〟のはずだが、番町は町家がまったくないにもかかわらず〝ちょう〟である。おそらくは語呂であろう。〝ばんまち〟では言いづらい。〝番〟のほうは、江戸初期に屋敷割をしたさいに大番《おおばん》組の屋敷が集中したことにちなむ。怪談の『番町皿屋敷』の舞台だが、『播州《ばんしゅう》皿屋敷』を江戸にもってくるさいに音がちかい〝番町〟にしたものと思われる。

〝武士は食わねど高楊枝《たかようじ》〟と見栄をはり、〝屋台蕎麦なんぞ下種《げす》の食い物〟と嘲《あざけ》っていても、腹はへる。〝ソバーッ〟と大声で言いながら歩くとまったく売れないが、あたりをはばかるように小声で〝そば、そばでござい〟と言えば、呼びとめられて門があけられる。

たまに、つぎに払う、と中間《ちゅうげん》あたりが尊大に言うことがある。

翌日、その屋敷まえで声をはりあげる。

――蕎麦代十六文。掛売なし。一杯わずか十六文でございやす。

三日もつづけたことはない。外聞がわるいので、その日か翌日には払ってもらえる。

家主《いえぬし》の理兵衛によれば、麻次郎はそのあたりの機微《きび》をこころえていて、商売もうまくいっていた。

蕎麦がのこった日は、俎橋のたもとよこに屋台をおく。たいがい夜五ツ半（夏至時間、九時三十分）あたりから夜四ツ（十時二十分）すぎあたりまでだ。

「……夜五ツ（春分時間、八時）の鐘で鎌倉河岸《かまくらがし》の三河町《みかわちょう》をあとにした鳶《とび》の者が、俎橋をわたりながら蜱橋《こおろぎ》橋の栈橋に舳《みよし》をこちらにむけた屋根船を見ておりまする。座敷にうっすらと灯《あか》りがあったが、人影までは憶《おぼ》えておらぬそうにござりまする。三河町から俎橋まで十四町（一五二六メートル）ほど。酒は飲んでおらず、夜道をいそいだとのことにござりますゆえ、小半刻（三十分）のはんぶんくらいであろうとぞんじまする」

「こういうことか。旗本屋敷を襲うのは家人《かじん》が寝静まってからだ。が、そのような刻限に、屋根船が御堀をすすんでいてはあやしまれかねぬ。ゆえに、夜五ツごろには、蜱橋の栈橋に舳を返してつけ、待っていた」

平内がうなずく。

「そう思いまする。そこへ、麻次郎が、屋台をかついで俎橋をわたり、たもとよこにおいた。ところが、夜四ツ（春分時間、十時）の鐘が鳴っても立ち去るようすがない。その刻限になれば人影も絶えまする。船頭か、船頭にふんした者が、待ちくたびれたふうをよそおい、麻次郎にちかづき刺した。そして、物盗にみせかけんがために巾着をうばった」

俎橋から鎌倉河岸までのあいだに、御堀ばたの辻番所が四箇所ある。

当夜の辻番はいずれも夜四ツ以降にとおった屋根船を見ていないと言っている。辻番所は目付《めつけ》支配なので問いつめるがごとき詮議はできないが、起きていたかどうかあやしい。

「……あるいは、蜱橋のしたで灯りを消し、朝まだきまで待ったやもしれませぬ。鎌倉河岸より下流は町家にござりまする。すでにひと月になりますが、三月の晦日、早起きして屋根船を見た者がおらぬか捜させておるそうにござりまする」

隼人はつぶやいた。

「迂闊《うかつ》であった」

「なにか」

「いや。鵜飼小四郎と屋敷から水道橋へむかう途中、二箇所で犬に吠《ほ》えられた。が、屋敷から蜱橋までは犬の声を聞かなんだ。それで、蜱橋だったのだ。忍なら塀をこえるなど雑作もあるまい。さすれば、辻番に見られずともすむ」

平内が、かすかな笑みをこぼす。

「あのあたりの辻番は年寄ばかりにござりまする。物音をたてて起こさぬかぎり気づかれるおそれはござりませぬ。それがしも、犬がおらぬゆえに蜱橋にしたのだと思いまする」

諸白をついで喉をうるおした平内が、表情をひきしめた。

「これより申しあげますことは、ご内聞に願いまする。火附盗賊改《ひつけとうぞくあらため》は、お役目を出世の足掛りと考えており、むちゃをいたしまする。手柄をたてんがためにむやみとお縄にいたしますゆえ、町役人の訴えによってこちらで調べなおして放免することもしばしばでござりまする。南北のお奉行も、あえて申しあげますが、お役目にござりまする。ですが、八丁堀の者は親子代々であり、お江戸八百八町の安寧《あんねい》はおのれらがたもっているとの自負がござりまする。四日まえにおじゃましたおり、一昨年《いっさくねん》正月の火事につき、お話しいたしました」

隼人は言った。

「あのあと、想いだした。豆州《ずしゅう》の下田《しもだ》から江戸にでてまいったのが、昨年の二月下旬であった。品川宿は、まだところどころ空き地があり、普請ちゅうの家屋《かおく》もあった。和尚にすすめられて江戸見物に歩いたが、大門《だいもん》通りまで三町（約三二七メートル）ほどの表通りは、西の増上寺がわが古びていて、東はまあたらしい家ばかりであった」

平内がうなずく。

「品川宿は、正月十七日夕七ツ（春分時間、四時）じぶんに火がでて、目黒《めぐろ》川をはさんだ南北品川宿すべてと寺社や武家屋敷を焼いております。翌十八日の新網町《しんあみちよう》の火事につきましてはお話しいたしましたし、仰せのとおりにござりまする」

日本橋の本石町《ほんこくちよう》を通称で石町《こくちよう》という。南隣が本町《ほんちよう》でまぎらわしいからであろう。本町一丁目と南隣の本両 替町《ほんりようがえちよう》とにまたがって金座がある（跡地が日本銀行本店）。本石町三丁目の裏通りには時の鐘がある。

おなじ十八日の夜、本石町一丁目からでた火が、本石町通りと本町通りにはさまれた両町の三丁目まで焼いた。

南北一町（約一〇九メートル）余、東西四町（約四三六メートル）の大火であった。通りをはさんだ金座と、裏通りの時の鐘とは町火消の懸命な防火もあって焼失をまぬがれた。

さらにその夜、小石川《こいしかわ》にある伝通院《でんずういん》まえの陸尺町《ろくしやくまち》からでた火が、道をはさんだ陸尺町と背中合せの武家地、伝通院前表 町《まえおもてちよう》、金杉水道町《かなすぎすいどうちよう》、門前の通りをはさんだ表町、水道町、白壁町《しらかべちよう》を焼いた。南北一町ほど、東西がおよそ二町半（約二七三メートル）。水道町は、通りをへだてて水戸《みと》徳川家上屋敷の北西かどにあたる。

「……まずは火事でござりますが、品川宿は明るいうちであり、失火でまちがいあるまいということになっておりまする。翌日の三件につきましては、御番所におきましても意見がわかれました」

江戸は火事が多い。約二百六十年のあいだに、おおよそ一千五百回の火事があった。年平均六回弱である。二百六十七年間に一千七百九十八件との研究もある。これだと七回弱だ。

消火ではなく延焼をくいとめる防火がもっぱらであるから、いったん火がでると道で区切られた一郭が燃えることになる。

一町（約一〇九メートル）四方のまんなかに道をとおすのが江戸初期の町割である（正確には京間六十間、約一一七メートル四方）。しかし、人口増とともに町家は地形にあわせて拡張され、初期の町割もくずれて横道（横丁）や新道や裏通りがつくられた。

したがって、小火《ぼや》でとどめるか、途中で家屋を倒壊させ水をかけて防火用の空間をつくることができなければ、一〇〇メートルに五〇メートルの半町単位で燃えることになる。

文政四年（一八二一）初春一月の月番は南町奉行所であった。

冬から春にかけて半鐘《はんしょう》が鳴らない年はない。それでも、ひと晩に三箇所というのは、平内も記憶にない。

おのずと付け火ではあるまいかとの疑念がもちあがった。月番は南だが、平内も新網町は持ち場なので文蔵にさぐらせた。

「……妙善寺から新堀川にでるてまえの飯倉新町《いいぐらしんまち》に駒次郎《こまじろう》という地廻りがおります る」

隼人はうなずいた。

平内が眼をみはる。

「ごぞんじで」

「宿坊に女を泊めているのをゆすりにきたことがあると、和尚が申しておった」

平内が首をふった。

「ゆすりたかりのほかに賭場もやっておりまする。が、火盗改《かとうあらため》の手先でもありますゆえ、こちらも眼をつぶっておりまする。新網町の火事では、駒次郎が血眼になってさぐっておりましたが、なにもつかめませんでした」

月番の南町奉行所ばかりでなく、持ち場にしている北町奉行所定町廻りも、さらには火附盗賊改も執拗《しつよう》に探索した。だが、付け火をうたがわせるものはでなかった。

付け火なら、やりようがあからさますぎる。で、たまたまであろうということになった。

「……そのようなわけで、三件の火事については南御番所において念入りに探索がおこなわれました。先日、糸次につきひょっとしたらと想いだしたことがございまする。二年あまりもまえのことゆえくわしい日付はご容赦願いまする」

一昨年の晩春三月の二十日すぎ、八丁堀の居酒屋で、浅草《あさくさ》を持ち場にしている定町廻りと一献《いっこん》かたむけながら、溜飲がさがるとともにいささか気も滅入る話を聞いた。

仲春二月になったばかりのある日、浅草の御蔵前片町《おくらまえかたまち》の札差《ふださし》が斬り殺された。

旗本御家人が俸禄としてうけとる蔵米の代行と換金とを生業《なりわい》としているのが札差である。本業はそうなのだが、しだいに禄米《ろくまい》を担保に暴利での金貸をおこなうようになった。

それがため、蔵米取りで札差をよく思っている者はいない。両町奉行所の与力は一括して知行地をあたえられているが、同心は蔵米取りである。

しかし、町奉行所の与力同心は、役得があるので俸禄のわりに生活《たずき》に窮していない。しかも江戸の治安をあずかっている。札差もおろそかにはしない。それでも、札差が災難に遭ったと聞けば自業自得だと思う。

札差は月番で詰所におもむく。そこでの酒食の奢《おご》りがすぎるというので、弁当代をひと月百両（約一千万円）に定めた。

増やしたのではなく抑えたのである。それも、十五、六人の月番全員のではなく、ひとりの弁当代である。一食三十数万円の弁当がどういうものか想像すらできない。たとえ、昼と夕刻との二食ぶんだとしてもべらぼうである。遠慮してこの金額なのだから奢侈《しゃし》ここにきわまれりだ。

百両は五百石取り一年の経費《ついえ》だと『世事見聞録』の武陽隠士《ぶよういんし》は憤慨している。斬ったのは旗本で、その場で割腹した。目付のあつかいとなり、乱心ということでけりがついた。

「……解せぬ点がございますが、おわかりでしょうや」

隼人は、考え、首をふった。

「いや」

「札差は金《かね》の貸し手、禄米取りは借り手にござりまする。札差まで足をはこぶはあらたな借金の依頼であって、主がでてくることはまずありませぬ。番頭か手代にあいてをさせまする。斬られた札差は江原《えばら》屋惣助《そうすけ》、四十一歳。斬ったは旗本二百三十石安藤《あんどう》家の三男半三郎《はんざぶろう》、二十四歳。乱心でかたづいたは、江原屋にことをあらだてられぬ理由《わけ》があったからにござりまする」

初春一月十八日の小石川の火事では、陸尺町に接した武家屋敷八軒が燃えた。いずれも三百石にみたない旗本家である。

二、三百石の旗本は困窮している。登城はたいがい三日に一日である。したがって、供をさせる中間も常雇いにせずにそのつど口入屋の渡中間《わたり》をつかう。しかし、いかに節約して暮らしていても、禄高は変わらず、物価はあがっていく。それでも禄高におうじた体面をたもたねばならないので札差への借金にたよることになる。

火事で焼失すれば、屋敷を建てねばならない。公儀より拝借金がえられるがじゅうぶんではなく、拝借であるからには決められた期間に返済しなければならない。ひっきょう、札差に頭をさげ、さらなる借金を懇願する。

蔵米支給手形を札《ふだ》という。御蔵役所に札を提出して順番を待ち、米を受けとる。それを代理でおこなうことから札差の名がある。依頼した武家が〝札旦那〟で、受けた札差が〝蔵宿《くらやど》〟である。

焼けだされた八家のなかで、二百四十石青木《あおき》家の蔵宿が江原屋だった。

青木家は、当主の母親が長患いで医者代がかさみ、いちだんと窮していた。借金をたのみにおとずれた当主の青木喜八郎《きはちろう》に、主の惣助がでてきた。

屋敷が建てられると、喜八郎は内心小躍りした。

ところが、惣助は首をたてにふらなかった。喜八郎が、武家の体面をすて、畳に両手をついても、惣助はよい顔をしなかった。

焼けだされ、親類の屋敷で肩身のせまい思いをしている。なんとしても屋敷を建てるだけの金子《きんす》を融通してもらわねばならない。

喜八郎は必死であった。

やがて、惣助が、とんでもないことを言った。

――十七歳になられたうえのお嬢さまはたいへんにお美しいと聞いております。お嬢さまに、向島《むこうじま》の寮にお移りいただけますなら、これまでご用立てしたぶんはすべて帳消しにいたし、焼け跡をかたづけてお屋敷をお建てになるだけの額を火事のお見舞い金としておわたしいたします。むろんのこと、お嬢さまにはなにひとつご不便はおかけいたしません。月ごとでも半期ごとでもお望みどおりに、お着物代などをじゅうぶんにおわたしいたします。

あろうことか娘を人身御供《ひとみごくう》にだせと言っている。向島の寮に妾《めかけ》として囲って手当もだす、と。

憤怒《ふんぬ》に腸《はらわた》が煮えくりかえり、切歯扼腕《せっしやくわん》であった。が、ならぬ堪忍するが堪忍、許しがたいがこらえねばならない。

――絹《きぬ》には許嫁《いいなずけ》がおる。この夏にはと思うておったがのばさざるをえぬ。たのむ、助けてくれぬか。

――したのお嬢さまは十五歳にございましたな。来年は十六。年ごろにございます。お婿養子をお迎えになられるはそれからでも遅くはございますまい。これはこれは。手前としたことが、よけいな口出しでございました。これまでご用立てしたぶんを全額返済していただけますなら、余所《よそ》さまを蔵宿にしていただいてもいっこうにかまいません。失礼いたします。

世が世ならばたたっ斬っている。

喜八郎は、母と妻、ふたりの娘を思い、しのんだ。

ほかに金策のあてはない。みなで自害するしかあるまいと臍《ほぞ》をかためた。帰って覚悟を述べると、絹が向島の寮へまいりますと言った。

喜八郎は、頭をさげた。無念のきわみである。あまりの口惜しさに、つよく閉じた瞼《まぶた》から涙がこぼれた。

みなで泣いた。

翌日、喜八郎は、安藤家をたずねて許嫁の半三郎も呼んでもらい、事情を語って寛《かん》恕《じょ》をこうた。

黙って聞いていた半三郎が、二、三日の猶予を願いまする、と言った。喜八郎は、もっともだと思い、辞去した。

つぎの日の朝、半三郎が江原屋にあらわれた。

用向きをたずねる手代に、青木家の名代でまいった、主にじかにつたえてもらいたいとのことだ、としずかな口調で言った。

半三郎を客間に案内してほどなくであった。ぎゃー、との悲鳴と、思い知ったか下郎、との叫び声がした。

店《たな》にいた番頭や手代が客間へ駆けつけ、障子をあけた。

左頸《くび》から血をほとばしらせてつっぷしている惣助を、仁王立ちの半三郎が睨みおろしていた。右手でさげた刀から血がしたたりおちている。

半三郎が、首をめぐらした。

鬼の形相であった。

――わが妻《さい》を辱《はずかし》めたゆえ成敗いたした。武士が覚悟、とくと見るがよい。

刀を畳に突きたて、膝をおった半三郎が、腰から鞘《さや》ごと脇差をはずしてまえにおいた。

懐紙をだす。

両手で襟をつかんでおろしながらひろげる。

脇差を抜き、切っ先ちかくを懐紙でくるんで両手でにぎる。いささかのためらいもみせず、無造作に左腹に刺し、一文字に引く。

腹を切り裂いただけでは死ねない。

半三郎が、引き抜いた脇差を握りなおし、右頸の血脈を断った。

腰を抜かす者、両手をついて吐く者。番頭も、懐からだした手拭で口をおさえ、店へもどった。ついてきた手代を自身番屋へ走らせた。

「……神田《かんだ》から浅草にかけてが持ち場の片山万治郎《かたやまんじろう》が駆けつけ、御蔵役所に報せてお目付を呼んでもらったそうにござります。そのさいの片山の迅速な処置を諒とした お目付に、後日、なりゆきをお聞きしたとのことにござります」

武家の許嫁は妻女同然である。それを妾によこせなど言語道断。隠居していた惣助の父は、江原屋を潰《つぶ》して一切合財《いっさいがっさい》を失うか、青木家と安藤家に相応の詫《わ》びをして孫の後見をするかをえらべと日付に命じられた。

むろん、江原屋は、青木家には借金証文をすべて反故《ほご》にして屋敷普請の全額をだすこと、安藤家の借金も全額返済することをえらんだ。

青木家のあらたな蔵宿もきめられた。

目付の話では、絹は半三郎の四十九日の法要をすませたのち、鎌倉《かまくら》の尼寺《にじ》へゆくとのことであった。

平内が、諸白を注ぎ、喉をうるおした。

隼人は平内が気づいたことに思いいたった。

「絹、糸。糸次。商家の寮。囲い者。鎌倉の尼寺は世間をはばかるため」

平内がうなずく。

「材木問屋の主が落籍なら大金をつむはずにござりまする。それをこばむ。よもやと思い、たしかめたしだいにござりまする。糸次が芸者になったはいつかを文蔵に調べさせ、岡本《おかもと》に置屋へ行ってもらいました」

青木家のあらたな蔵宿の口利きで、絹は初夏四月朔日《ついたち》から置屋にはいった。前借が二十五両。縹緻《きりよう》がよいうえに挙措《きよそ》で武家の娘だとわかる。売れっ子になることうたがいなしであった。

置屋は、あとでやっかいなことにならぬよう事情を訊いた。

祖母の長患いで医者代がかさむからとのことであった。前借を返して貯えができれば、身をひいてしずかに暮らしたいという。

置屋は、旗本ではなく御家人か大名家家臣の娘だと思っていた。

「……縹緻がよければ芸者になれまする。さもなくば、二、三両から四、五両で吉原《よしわら》に身を売ることになりまする。武家から裏店まで、親が窮すれば娘が身を売る。どうにもなりませぬ」

平内が、首をふり、つづけた。

置屋は、三味線と踊りとを習わせ、十八歳になった昨年の新春から見習芸者として座敷にだした。

はじめのうちは、美形ではあるが表情のかたいところが無愛想だととられて客もとまどったようであった。だが、しだいに、ひかえめなところが気にいられ、ひいき筋がふえていった。

昨秋には、見習がとれ、置屋から引越もした。

「……大名家留守居《るすい》は遊びなれておりまする。その寄合あたりから声がかかるようになったそうにござりまする。商人《あきんど》でひいきにしはじめたのが霊岸島《れいがんじま》の酒問屋で、ここからがおもしろうござりまする。評判を耳にして木場の木曾屋が酒問屋とはりあい、いっきに売れっ子になったとのことにござりまする」

木曾屋からの落籍話を糸次がことわった。すると、年が明けてから、紀州《きしゅう》屋が呼ぶようになった。

「……紀州屋は、糸次を口説きおとして木曾屋の鼻をあかさんとしたのではあるまいかと思いまする。それはともかく、木曾屋の身請け話をことわった糸次が、たとえそのためであれ紀州屋の寮へまいるは考えにくうございまする」

隼人は首肯した。

「狙いは紀州屋で、糸次は巻き添えであろう。ただ、なにゆえかな」

「と申しますと」

「辻斬《つじぎり》、物盗、ほかにもあろう。気を失わせて寮まではこぶ。誰かに見られかねぬ。あやういやりようだ。それがなにゆえかと思うたのだ」

まがあった。

「たしかに。岡本にもつたえておきまする」

すこしして、三名が辞去した。

とうに夜の帷《とばり》がおりている。すずがもってきた弓張提灯《ゆみはりぢょうちん》を、晋吉がお借りいたしやすとうけとった。

三

三日朝、小四郎から夕刻にたずねたいとの言付けがあった。

夕七ツ（四時四十分）の鐘が鳴ってほどなく、迎えにでた弥生が客間に招じいれ、すずと食膳をはこんできた。

食膳には、銚子と杯のほかに、香の物と、半開きの扇子状に切った紅白の蒲鉾《かまぼこ》、揚《あ》げ豆腐《どうふ》があった。

揚げ豆腐は、重石《おもし》をのせて水気を切った木綿豆腐を角切りして胡麻油《ごまあぶら》で表面が狐色《きつねいろ》になるまで揚げる。さらにもういちど揚げると旨《うま》さがます。

酌をした弥生とすずが去った。

隼人は、杯をおき、箸《はし》をとって揚げ豆腐をはんぶんに割り、生姜醤油《しょうがじょうゆ》につけて食べた。

箸をおいて言った。

「いつもどった」

「昨夕にござりまする。宇都宮《うつのみや》城下へまいった理由《わけ》を申しあげるまえに、いますこし江戸の忍につきお話しいたしまする。それがしがご老中西尾松平家にお仕えしていることと、妹の弥生がこの宿坊にて宗元寺さまのご身辺をお護りいたしているを、伊賀《いが》は承知しておりまする。しかし、ほかの忍組は知らぬはずにござりまする。それがしども、江戸伊賀の長《おさ》が百地五郎兵衛《ももちごろべえ》との名で四十年輩だとは知っておりますが、大名家に仕えているか否かも承知しておりませぬ。こういうことにござりまする」

いずこの大名家においても、忍にかんしては秘事である。八代将軍吉宗《よしむね》が紀州よりともなった御庭番の正体も、現在《いま》では周知だが江戸時代は秘事であったはずだ。忍には、紀伊《きい》徳川家の御庭番のごとく代々仕えの者、一代かぎりの者、年ごとに更新する抱席《かかえせき》の者、そのつど雇いの者がある。

小四郎は年ごとの抱席であったが、この仲春二月二十日に妻帯したのを機に家臣にとりたてられた。

抱席は、いわば契約社員である。契約社員が正社員になる。士分待遇が士分になるのであり、身分としては雲泥の差がある。抱席は家ではなく人との契約だが、家臣は家禄である。家督が保障される。

伊賀は、小四郎が側用人村井《むらい》勘左衛門《かんざえもん》配下の側目付ということも知っているかもしれない。妻帯して深川万年町《ふかがわまんねんちょう》の下屋敷長屋に居《きょ》をかまえたのをつかんだのなら臣下にとりたてられたとの推測もつく。

しかし、であるがゆえに、ほかの忍組はそのような者がよもや甲賀《こうが》忍とは思うまい。

大名屋敷にしのびこみ、宵闇《よいやみ》の底で命のやりとりをする。手裏剣は打つが、刀をまじえることはめったにない。音をたてるはしくじりを意味する。

そうやって忍がいる大名家を知る。どこの忍組かわかることもある。だが、それが臨時雇いか、一年雇いか、一代雇いか、永代かまでは知りようがない。先月は伊賀だったのが、今月は甲賀ということもありうる。

「……まえの江戸甲賀の長であった黒川伴内《くろかわばんない》どのが、先々代の宇都宮城主戸田越前守《とだえちぜんのかみ》さまにお仕えいたしておりました」

宇都宮は奥州道中《おうしゆうどうちゆう》の要衝であり、いくつもの大名家が統治した。戸田家は二度めで、幕末までつづく。

戸田越前守忠翰《ただなか》は、宝暦《ほうれき》十一年（一七六一）生まれ。寛政《かんせい》十年（一七九八）、三十八歳で家督を継ぐ。

父親の忠寛《ただとお》は、寺社奉行、大坂城代、京都所司代の役に就いた。老中になった者も二名いる。

忠翰は、出世とは無縁であった。が、友誼《ゆうぎ》に厚く、京の公家と文通をし、日光参詣名代を仰せつかったりしている。

将軍家名代をつとめるほどだから見栄えがよく、交際から篤実温厚なひととなりであったろうことがうかがえる。

文化《ぶんか》八年（一八一一）初夏四月に隠居。五十一歳。同年晩秋九月に深川清住町《きよすみちよう》の下屋敷にうつっている。

戸田家は領内の統治に気をくばっていた。

というのも、戸田家と領地をいれかえるかたちで肥前《ひぜん》の国島原《しまばら》より転封してきた深溝《ふこうず》松平家が、明和《めいわ》元年（一七六四）に年貢米をめぐって城下への強訴《ごうそ》と打毀《うちこわ》し騒動をまねいたからだ。

騒動から十年後の安永《あんえい》三年（一七七四）晩春三月、深溝松平家は島原へもどされ、戸田家が宇都宮へ復帰した。

転封は莫大《ばくだい》な出費をともなう。寛延《かんえん》二年（一七四九）に九州の島原へ行き、二十五年後にふたたび遠路の移転費用を捻出《ねんしゅつ》。

当然、財政は逼迫《ひっぱく》する。しかし、安易に年貢の過重にはしればふたたび一揆などの騒擾《そうじょう》が勃発しかねない。

文化三年（一八〇六）には家中借上げ（減俸《げんぽう》）がおこなわれた。文化十年（一八一三）と翌十一年には、いずれも正月に城下が大火にみまわれた。十一年の晩春三月には、宿場としての宇都宮城下の困窮を理由に道中奉行に拝借金をもとめている。窮乏のほどが知れる。

伴内には一男一女がある。娘は家中の者に嫁ぎ、甲賀で修行させていた嫡男が江戸に呼ばれて留守居配下として上屋敷にいる。伴内は下屋敷に長屋をあたえられ、ひきつづき忠翰の眼や耳としてつとめていた。父子《おやこ》二代での奉公である。

文化十一年（一八一四）夏、家臣と領民の動静を案じた忠翰にたのまれた伴内は、二年連続の大火で疲弊しきった宇都宮城下へ妻をともなった。

命じられたのではない、たのまれたのである。君恩にむくいるべく、伴内は骨を埋める覚悟であった。

以来、年に何度か、嫡男が宇都宮城下へ行っている。

忠翰の跡を継いだ忠延《ただのぶ》が、この年文政六年（一八二三）仲春二月二十六日に卒去。享年三十四歳。忠翰三男の忠温《ただよし》が継いだ。ちなみに、忠翰もこの年晩秋九月二十八日に亡くなる。

「……伴内どのはご妻女と城下で居酒屋をいとなんでおられました。暖簾《のれん》をさげて戸締りをしたあと、話しました」

鵜飼家と西尾松平家とのかかわりを、伴内は知っている。昨年冬からの宗元寺隼人をはさんでの伊賀との諍いも、嫡男の才蔵《さいぞう》から聞いていた。

だが、小菊が殺され、伊賀の女忍二名を始末したことは知らなかった。忠延の他界と忠温の相続とで、才蔵が宇都宮へ行くいとまがなかったからだ。

小四郎は、百地五郎兵衛のおかげでさらに女忍が殺されずにすんだことまでを語った。

思案げであった伴内が、ゆっくりと諸白を注いで飲み、杯をおいた。

戸田忠寛が京都所司代に就任したのは、天明四年（一七八四）盛夏五月十一日。

京は平安の昔から権謀術数の巷《ちまた》であった。そこでの需要が、伊賀や甲賀の地侍たちに密偵としての術《すべ》をはぐくませた。

公家は、武家を田舎者とさげすむ。はじめて京都所司代職を拝命した戸田家は、公家の勢力図など京の裏事情につうじた者を欲した。着任の翌々月初秋七月、伴内は父とともに雇われた。二十二歳であった。

忠寛には大望があったと、伴内は忖度《そんたく》している。寺社奉行から大坂城代、京都所司代と歴任してきた。当然、つぎは老中である。

京でしくじるわけにはいかない。したがって、父とおのれは雇われた。

ふたりは、期待にこたえるべく忠寛につくした。

忠寛は天明七年（一七八七）晩冬十二月十六日にお役御免となる。江戸へもどるにさいして伴内のみをともなった。忠寛にかわって京都所司代となったのが、隼人の祖父の松平乗完《のりさだ》である。

小四郎が口ごもる。

隼人はうながした。

「よいから申せ」

小四郎がうなずく。

忠寛が伴内を抱えつづけたのは老中への大望を捨てなかったからであろう。京都所司代松平家の庶子と公家の姫との醜聞を、父が報せてきた。そのつど、伴内は忠寛に言上した。

しかし、鵜飼とのいきさつについては語らなかった。

甲賀の者はみな、虫齧り《むしかぶ》（陣痛）で苦しんでいる鵜飼源蔵《げんぞう》が妻女を、松平乗完がみずからの乗物（武家駕籠）にのせて屋敷へはこばせ手厚くめんどうをみさせたことに感じいっていた。

つぎの老中が俎上にのぼったさい、忠寛はいくたびとなく進物をたずさえて老中家へ足をはこんだ。

伴内も、命じられて留守居役とともに老中家の動静をさぐった。

だが、庶子の不始末があるにもかかわらず松平乗完が老中に決した。忠寛は、家格の差よな、とつぶやいていた。

伴内は、はたらきを認められ、ひきつづき雇われた。忠寛が隠居し、跡目を継いだ忠翰が幕府の役職就任に執着しなかったのも父親の失意を見ていたからかもしれない。

「……伴内どのはこのように申しておりました。ほんらいであれば語るべきことがらではない。父親、おのれ、倅《せがれ》と雇っていただいた義理と恩義とがある。だが、西尾松平さまがおしめしくだされたご慈悲には甲賀として報いねばならぬ。ひさしく忘れていたことだが……」

天明七年晩冬十二月、伴内は江戸へきた。

翌春、江戸の甲賀衆のあいだで、駿州《すんしゅう》沼津《ぬまづ》の水野《みずの》家についてしばしば語られた。

沼津の地は城が築かれたこともあったが、ながいこと代官支配であった。

安永《あんえい》六年（一七七七）初夏四月、若年寄から側用人となった水野忠友《ただとも》は、同年仲冬十一月に三河《みかわ》の国大浜《おおはま》から沼津へ転封になり、翌年から築城をはじめている。

転封に築城。当然、領内と領民のようすを知らねばならない。忍の出番である。が、水野家から甲賀に声はかからなかった。伊賀が雇われたふうでもなかった。

むろん、忍を雇わねばならぬとの決まりがあるわけではない。家臣をつかわすこともある。

が、世は田沼時代。水野忠友は側近である。

若年寄、側用人をへて、天明元年（一七八一）晩秋九月に老中格になり、天明五年（一七八五）盛夏五月から天明八年（一七八八）晩春三月までは老中であった。

田沼時代の終焉《しゅうえん》と水野忠友の失脚。そういえばあのおり、と沼津転封のことがふたたび話のたねになったのだった。

「……ところで、と伴内どのが小田原大久保家《おだわらおおくぼ》のことをもちだされました」

小田原城は、初代が大久保忠世《ただよ》で二代忠隣《ただちか》が改易される。

そのあとが阿部正次《あべまさつぐ》。

そして、稲葉正勝《いなばまさかつ》、正則《まさのり》、正往《まさゆき》と稲葉家が三代つづく。稲葉正勝の母親は春日局《かすがのつぼね》である。

阿部正次から稲葉正往まで、いずれも老中になっている。

ただし、稲葉正往は、小田原城主のころは京都所司代で、越後高田《えちごたかだ》に転封となり、元禄《げんろく》十四年（一七〇一）正月に老中就任、同年晩夏六月下総佐倉《しもうささくら》に入封した。

稲葉正往のあと、小田原城はふたたび大久保家が城主になる。

二次の初代忠朝《ただとも》は改易になった忠隣の孫だ。その忠朝も、二代忠増《ただます》も老中に就く。

だが、阿部正次から大久保忠増まで、甲賀は小田原に雇われたことはない。伊賀もそのような噂《うわさ》は聞かない。

さらに解せぬことがある。

大久保家は、三代忠方《ただまさ》から、四代忠興《ただおき》、五代忠由《ただよし》、六代忠顕《ただあき》まで、老中どころか奏者番《そうしゃばん》にさえなっていない。

くりかえしおきた酒匂川《さかわ》の氾濫《はんらん》。元禄、宝永《ほうえい》、天明の大地震。宝永の富士山大噴火。天災に疲弊しきった藩政のたてなおしが急務であったろうし、病弱の城主もいた。

それでも、要地小田原を領する名門譜代が四代八十年余にわたって幕府の要職に無縁であった。

七代忠真《ただざね》は英明であったようだ。

ロシア使節プチャーチンと北方の国境線を確定した川路聖謨《かわじとしあきら》、幕命で北樺太《きたからふと》を探検して大陸との海峡にその名を残す間宮林蔵《まみやりんぞう》、篤農家の二宮尊徳《にのみやそんとく》こと金次郎《きんじろう》らを登用している。

天明元年（一七八一）生まれで、寛政八年（一七九六）に六代忠顕の隠居にともない十六歳で城主となる。

寛政十二年（一八〇〇）には二十歳《はたち》で奏者番、享和《きようわ》四年（一八〇四）正月に二十四歳で寺社奉行。以降、大坂城代、京都所司代をへて文政元年（一八一八）に三十八歳で老中となる。

文政元年に老中首座となった水野忠成《ただあきら》が天保《てんぽう》五年（一八四三）に没したあと、忠真が翌天保六年から八年に他界するまで首座をつとめる。そのあとの首座が天保の改革をおこなった水野忠邦《ただくに》である。

善《よ》くも悪《あ》しくも、忠成や忠邦の事績《じせき》に比較すると、忠真は見劣りがする。めだつのは、その出世の速さだ。

「……大久保家につきまして、それがしはなにも話しておりませぬ。伴内どのが言いだされたのでございまする」

隼人は顎《あご》をひいた。

沼津と小田原とについては、いちど小四郎が調べている。

「それで」

「はっ。宗元寺さま、箱根山《はこねやま》の裾野《すその》、駿河の国駿東郡《すんとうのこおり》に御殿場《ごてんば》という名の村があるをごぞんじでしょうや」

隼人は首をふった。

「いや、知らぬ」

「それがしもぞんじませんでした」

元和《げんな》元年（一六一五）、徳川家康宿泊のための本陣である御殿場茶屋が建てられ、宿駅となり、近隣の村をあわせて御殿場村となった。相模の国と駿河の国と甲斐《かい》の国とをむすぶ要衝の地である。

「……伴内どのが驚くべきことを口にいたしました。相模の大山《おおやま》は修験道《しゅげんどう》がさかんだと聞く。甲賀も伊賀も、もともとは修験道だ。思いつきにすぎぬが、風魔《ふうま》の残党がかの地で生きのび、小田原大久保家が抱えておるのであれば、いろいろと得心がまいる」

隼人は小首をかしげた。

「風魔とは」

「申しあげまする」

風魔は豊臣秀吉によって滅ぼされた小田原北条《ほうじょう》家に仕えた忍である。当時は、乱波《らっぱ》や透波《すっぱ》が忍の呼び名であった。

小田原北条家滅亡が天正《てんしょう》十八年（一五九〇）初秋七月。翌仲秋八月朔日《ついたち》が、家康の

江戸城入城。征夷大将軍《せいいたいしょうぐん》となり江戸に幕府を開府したのが、慶長《けいちょう》八年（一六〇三）仲春二月である。

主家滅亡後、禄を失った風魔一党は、のちの展開から推測するに、野盗のたぐいを生業《なりわい》にしていたようである。

初期の江戸は盗賊が跋扈《ばっこ》していた。

首魁《しゅかい》のひとりが、武田《たけだ》の忍をたばねていたとされる向坂甚内《こうさかじんない》である。あるいは、高坂、匂坂、向崎《さき》ともいう。

そこへ、風魔一党がのりこんできた。

武田忍と北条忍。かつての敵だ。向坂は、幕府の手先となって風魔を江戸から一掃した。

のちにその向坂一党の捕縛に功があったのがおなじく盗賊の鳶沢《とびさわ》甚内である。

鳶沢甚内は処世にたけていた。盗賊から足を洗い、仲間とともに古着屋になり、盗品を売りにきた者を幕府に密告した。鳶沢一味が古着屋をかまえたところが鳶沢町であり、富沢町《とみざわちょう》となった。

「……伴内どのは、風魔一党がのこらず江戸へまいったわけではなく、東海道筋で野盗になった者もいるのではあるまいかと考えているそうにござりまする。それに、逆賊なら生国《しょうごく》を攻めて女子供まで根絶やしにするでありましょうが、たかだか盗賊。言われてみれば、たしかにそのとおりにございまする」

「なるほどな。盗賊一味として幕府の追捕《ついぶ》をうけた者どもの係累《けいるい》だ。身を隠すようにひっそりと暮らしていた。それでも、先祖伝来の修行をおろそかにすることはなかった。思うに、誇りと矜恃《きょうじ》だ。時節とみて売りこんだやもしれぬが、とにかく、小田原城主の知るところとなった。二度めの大久保家であろう。そのまえは考えにくい」

「そう思いまする」

「ふむ、たしかにありうるな。明朝、伊賀に報せたいが、かまわぬか」

「おまかせいたしまする」

「遅くなった。今宵《こよい》はこれまでにいたそう」

「はっ。ご無礼つかまつりまする」

　隼人は、玄関まで送った。

　ついてきた弥生が、小四郎に小田原提灯をわたした。

　翌朝、隼人は書状を懐に日本橋高砂町《たかさごちょう》の古着屋奈良《なら》屋へ行った。

　主は留守であった。

　百地五郎兵衛へと告げ、表書きも裏書きもない封書を手代にたくした。

中身は、半紙に〝風魔〟とだけしるしてある。そこからなにを感取するかによって、江戸伊賀の長である百地五郎兵衛の器量がわかる。

帰りに夕凪へよった。

四

翌盛夏五月五日は端午の節句である。

この日から着物は単衣《ひとえ》にして足袋をはかない。

雨の季節になったが晴天がつづいている。この朝もよく晴れた。

下総《しもうさ》の国から陽がのぼるにつれて空は青く染まり、わずかに浮かぶ綿雲の白さがまぶしいほどであった。

朝五ツ半（八時三十分）をすぎたころ、竹次がきた。

したくはできていた。

脇差を腰にして、刀を左手でさげ、玄関にむかう。うしろから、すずをしたがえた弥生がくる。

式台におりて草履をはき、刀を腰にさしてふりかえった。

すず、玄関に腰をおる。

弥生が式台におりてきた。

入念に化粧をして、紅《べに》もいつものとはちがう。美しいと思ったが、弥生は男勝りなのでむろん口にはしない。女の紅の色など気にかけている軟弱な男だと侮蔑されては沽券《こけん》にかかわる。

隼人は踵《きびす》を返した。

背後で、すずが、行ってらっしゃいませ、と言った。左斜めうしろに弥生がつき、右うしろに三歩ほどあけて竹次がついてくる。

刀は左腰にさすので左後背が弱点になる。心得があるので指示せずともそこに身をおく。たのもしいかぎりだ。

弥生をさそったのはしかし、そのためではない。

小菊に会いにいくさいは、でかける口実をもうけた。だから、気づかれていないと思う。たぶん。そのはずだ。遠慮せねばならぬいわれもない。

しかし、食、着る物、寝床まで日々めんどうをかけている。それがために、なんとなくひけめがある。

一之橋の桟橋に屋根船が舫《もや》われていた。

竹次が、舳の障子をあけて桟橋におり、杭にむすんだ縄をほどいて艫《とも》にうつった。

隼人は、刀をはずして左手にさげ、鴨居をくぐって座敷にはいった。ふた呼吸ほどあけてつづいた弥生が、膝をおって障子をしめ、下座正面で膝をむけた。

ふたりが座におちつくのを見ていた竹次が、艫の障子をしめた。

船頭が棹《さお》をつかい、屋根船がゆっくりと水面《みなも》をすべっていく。

すこしして陽が翳《かげ》った。中之橋だ。

赤羽橋《あかばね》、将監橋《しょうげん》、金杉橋《かなすぎ》とすぎ、船足がにぶり、桟橋につけられた。

昼は握り飯でいいと、隼人は思っていた。

しかし、昨日《さくじつ》。

夕凪の女将《おかみ》さわに、屋根船と昼の弁当をたのんだら、握り飯でもかまわぬと告げるまえに、弥生がいっしょならやはりちゃんとした仕出でないと、と言われてしまった。なにゆえ弥生がいっしょならきちんとした仕出でないとだめなのか、いささか釈然としなかったが、あえて握り飯でよいとは言えないので、まかせるとこたえてひきあげた。

弥生がことわり、左右の障子をわずかにあけた。桟橋にいる仕出屋の若い衆《しゅ》が、艫にのった者に食膳や七厘《しちりん》などを手わたしている。

栈橋の若い衆がのこり、屋根船が栈橋をはなれた。

夕凪の栈橋から二町（約二一八メートル）たらずで新堀川の河口だ。

江戸湊《みなと》にでて、船が波にゆれた。

新堀川河口から大川河口までは一里（約四キロメートル）ほどだ。はるか品川宿あたりまで、幾艘《いくそう》もの樽廻船《たるかいせん》や菱垣《ひがき》廻船の帆柱が見える。

弥生が左右に眼をやる。

隼人は、そんな弥生の横顔をなんとはなしに見ていた。

大川河口の石川島《いしかわじま》を背にしたあたりから揺れがおさまった。ほどなく、大島川《おおしま》にはいった。

大島川には五つの橋が架かっている。

五つめが蓬萊橋《ほうらい》で、富岡八幡宮《とみがおかはちまんぐう》門前の船入《ふないり》とのかどにある。弥生が、参道の鳥居を見つめている。

隼人は言った。

「帰りに参拝しよう」

弥生が、顔をむけ、ほほえんだ。

隼人は笑みをかえした。

弥生が、両方の船縁によってさらに一尺（約三〇センチメートル）ばかり障子をあけた。

船足がおちた。

艫の障子がわずかにあけられ、竹次が顔をみせた。

「殿さま、芸者横町のかど、川かみが糸次が住んでたとこでやす」

一間（約一・八メートル）幅の路地両側に二階建てが表通りまでつづいている。川岸は、路地の両側とも六尺（約一八〇センチメートル）の板塀で、家の壁とのあいだが一間ほどあいている。

南にめんしているので陽当たりがよい。

糸次の住まいだった二階屋は、戸口も窓も雨戸があけられていた。すでにひと月余。住まいで殺されたのではない。あらたな借り手ができたのであろう。

隼人は、南に顔をむけた。

大島川は、川幅が十六間（約二八・八メートル）。対岸の川沿いの道幅がおよそ五間（約九メートル）。対岸の表店からは二十一間（約三七・八メートル）もある。

船着場に屋根船がよこづけされていれば、対岸の川岸に立っていてさえ路地は見えまい。

なるほど、と隼人は得心した。

船着場には、日ごろから屋根船や猪牙舟《ちょきぶね》がつけられ、芸者がのりおりしている。深更ならともかく、明るいうちから、このようなところで勾引《かどわかし》があるとは誰も思うまい。

ひとりが気を失わせた糸次をおぶう。薬籠《やくろう》をさげた町医者がそのあとをついて屋根船にむかう。

表通りを歩いていて路地に眼をやった者がいたとしても、気にもとめまい。

芸者横町を離れ、船足があがった。

大島川は、入船町《いりふねちょう》で南の平野川《ひらの》と北の二十間川《にじっけん》に枝分かれしている。

屋根船が二十間川の汐見橋《しおみ》をすぎた。

つきあたりを東へ転じる。

木場をすぎ、横川も背にして、ふたたびつきあたりを北へいく。横十間川《よこじっけん》だ。

一里（約四キロメートル）ばかりをまっすぐにすすむ。

横十間川のはずれに架かる橋を柳島橋《やなぎしま》という。両岸が柳島村だ。横十間川とまじわる東西にのびる掘割は北十間川《きたじっけん》になる。

屋根船が、舳を東に転じる。

五町（約五四五メートル）ほどで、竹次が障子をあけた。

「右の奥に見えるんが梅屋敷で、門前の町家を亀戸境町《かめいどさかいちょう》と申しやす。もうすぐつきやす」

隼人は、かるくうなずいた。

ほどなく、屋根船が桟橋によこづけされた。桟橋にとびおりて舳にまわってきた竹次が、片膝をついて障子をあけ、草履をそろえた。

隼人は、舳から桟橋におり、左手でさげていた刀を腰にさした。竹次が船縁をつかみ、弥生もおりた。

竹次が言った。

「声をかけてめえりやす」

かるく低頭し、土を削って板をはめた階《きざはし》をかけのぼり、左へ行く。

すこしさきの桟橋に小舟が舫ってある。

顔をもどして板の段をのぼる。

小径《こみち》をはさんで竹の枝折戸《しおりど》と胸高の竹垣がある。

敷地は三百坪ほどだ。まんなかに間口五間（約九メートル）の藁葺《わらぶ》き平屋が建っている。戸口も縁側も雨戸がおさめられ、障子もあけてあった。

となりの百姓家は、囲いがなく、藁葺き母屋のほかに板葺きの納屋がある。

百姓家の土間から竹次がでてきた。

右手でにぎっていた十手《じって》をだいじそうに懐にしまう。十手をもっているのをはじめて見る。もたせてもらったのであろう。

あとから小柄な百姓があらわれた。

ふたりが、小径をやってくる。

百姓がたちどまり、ふかく腰をおった。

「申しわけございやせん。あの部屋は畳をいれかえ、ほかの部屋もぜんぶはりかえたんでやすが、そんでも、嬶《かかあ》がここにはいるんはいやだと言いやすんで。堪忍《かんにん》しておくんなせえ」

「雨戸がはずしてあるが、借り手が見つかったのか」

「いいえ、そうじゃござやせん。家は閉めきっておくと傷みやすいんで、陽気のいい日はあけて風どおしをよくしてるだけでやす」

「そうか。では、見せてもらおうか」

「へい。どうぞ」

百姓が枝折戸をあけて脇へよった。

「見終わったら報せるゆえ、そのほうはよいぞ」

「へい。ありがとうございやす」

ほっとした表情をうかべた百姓が、低頭して背をむけた。

隼人は、家をひとまわりした。

右よこも裏も畑だ。

となりの百姓家とのあいだは十五間（約二七メートル）ほど離れている。だが、怒鳴り声や悲鳴なら聞こえる。

まえにまわる。

戸口のよこに弥生と竹次がいた。

竹次が格子戸をあけた。

隼人は、土間にはいり、沓脱石から板間へあがった。弥生と竹次がはいってきた。

部屋をのこらずと、厨、湯殿、一間（約一・八メートル）の渡り廊下でつながっている後架（便所）も見た。

ふたたび部屋を入念にあらためる。

畳表も障子紙もあたらしく、砂壁も塗りなおしている。敷地はひろいが、家は贅《ぜい》をこらした造りではない。

百姓のほうで手入れをしたと言っていた。貸しているだけで家も百姓のもちものということか。

年貢があるので地所が百姓のものだというのはわかる。紀州屋《きしゆう》は木場で有数の材木問屋だ。それが借家の寮。むろん、気にいった上物があれば借りてもよいのだが、いささかひっかかる。なんらかの事情《わけ》か、紀州屋の家訓。それとも、借りた先代か当代の人となり。

糸次の住まいだったところが空家かをふくめてたしかめること、と脳裡《のうり》にしるした。

枝折戸までもどり、すんだと百姓につたえるよう竹次に言う。うなずいた竹次が、小径を百姓家へむかった。

隼人は、いまいちど藁葺きの寮をながめた。

そこそこに古びている。二十年、三十年、もっとかもしれない。大店《おおだな》の商家が近郊の百姓地に寮をもつ理由のひとつは、冬から春さきにかけての火事の多い季節のあいだ、年老いた親、妻女と子らを避難させておくためだ。

竹次がもどってきた。

隼人は、弥生をうながして小径にでた。

「ここで昼を食するといたそう」

「へい。すぐにご用意させやす」

駆けおりていった竹次が、舳にとびのって障子をあけ、艫へまわった。

刀をはずして座敷にはいる。

舳の障子をしめた弥生が、左右の障子をいっぱいにあけた。

涼風が野の香りをもたらした。

弥生が下座に膝をおる。

すこしして、艫の障子があけられた。

仕出屋の法被《はっぴ》を着た若い衆が、かるく低頭してはいってきた。

重箱を一重ずつのせた食膳を二膳おいた。弥生のまえにもおく。汁と箸とがのったちいさめの食膳もならべた。

座敷の隅で膝をおって低頭し、艫にでて障子をしめた。

若い衆と船頭と竹次は艫で食べる。握り飯に香の物。汁を温めた七厘で湯を沸かし、茶を淹《い》れるくらいであろう。

箸をもち、食べた。

障子ごしにすんだと告げると、若い衆が食膳をかたづけ、茶托《ちゃたく》をおいて茶碗をのせた。

若い衆が艫にもどって障子がしめられた。

屋根船がしずかに桟橋をはなれる。

北十間川から横十間川におれてほどなく、桟橋につけられた。

竹次がまわってきて障子をあける。

橋よこの桟橋であった。橋の名は天神橋《てんじん》。亀戸《かめいど》天神にちなむ。菅原道真《すがわらのみちざね》を祀《まつ》る亀戸天満宮《てんまんぐう》は東宰府《とうさいふ》天満宮ともいう。『江戸名所図会』には「宰府天満宮」で載っている。

立夏《りっか》をいろどる藤の名所である。

文化十四年（一八一七）仲冬十一月、ふたたび太鼓橋が造られたのを祝って、深川芸者たちがそろいの帯をむすんでわたった。〝お太鼓結び〟のはじまりである。以降、帯結びに補助紐《ひも》がもちいられるようになった。

天麩羅《てんぷら》や握り鮨が屋台から普及していったのも文化文政期（一八〇四～三〇）である。現在《いま》につたわる日本文化の成熟期だ。

亀戸村まで行くのなら、せっかくだからぜひとも亀戸天神を参拝したほうがよいとさわにすすめられた。

屋根船にもどった隼人は、富岡八幡宮へもよりたいと告げた。

京では弥生の案内で寺社見物をした。ふたりで寺社へ詣でるのはそれいらいだ。一年ほどしかたっていないのに、ずいぶんと昔のことに思える。

富岡八幡宮だけでなく、別当《べっとう》の永代寺も参拝した。

掘割にかこまれているので、永代島ともいう。裏の十五間川にめんして三町（約三二七メートル）。西の永代寺よこが一町（約一〇九メートル）、東の富岡八幡宮よこが二町半（約二七三メートル）ほどある。

永代寺は、晩春三月から初夏四月にかけての牡丹《ぼたん》の名所である。

八幡宮へもどりながら、京の寺社で弥生がいくたびか団子を食べていたのを想いだした。

緋毛氈をかけた腰掛台にさそい、茶のほかに団子をたのみ、弥生にすすめた。

弥生がはにかんだ笑顔で礼を言った。

表情が娘じみて見えた。

――ふむ、やはり女なんだ。

隼人は感心した。

川は運搬路であり、屋根船や猪牙舟のほかに荷舟も往き来している。

大島川を、蓬莱橋、石嶋《いしじま》橋、黒船《くろふね》橋とすぎていく。

黒船橋は南岸に黒船稲荷があることによる。もともとは浅草の黒船町にあったのを遷座《せんざ》した。浅草黒船町の名は、正保《しょうほう》（一六四四〜四八）のころに阿蘭陀《オランダ》の黒船が来航したことにちなむという。

つぎの三蔵《さんぞう》橋も背にしてほどなく、屋根船が舳をめぐらして桟橋につけられた。竹次が障子をあけるのを待って、隼人は座敷からでた。

立ちあがった竹次が、懐から十手をだして言った。

「船宿にことわってめえりやす」

隼人は顎をひいた。

竹次が、桟橋にとびおりて小走りになる。紙屋の娘きよと手代の定吉《さだきち》が屋根船の座敷で死んでいた船宿の桟橋だ。

弥生にはついてこずともよいと言ってある。

舳から桟橋におりる。

対岸は、大名屋敷の塀が河口から三蔵橋のさきまでつづいている。

桟橋から川岸にあがり、黒江川ぞいを行く。大島橋のたもとでたちどまる。紙屋の大森《おおもり》屋は二軒めだ。桟橋から半町（約五四・五メートル）もない。

店《たな》はあいている。が、薄暗さを感じる。

あたりをながめながらほんのしばらくたたずみ、桟橋にもどった。

川岸で待っていた竹次に、ひきあげるとしようと言った。

江戸湊は気だるげに凪いでいた。新堀川の一之橋につくと、相模の空にうかぶ濃淡のある雲を夕陽がそめつつあった。

第四章　きっかけ

一

翌六日は雨の朝だった。

薄墨色《うすずみいろ》の雲が空をおおい、白い糸が音もなく竹林《ちくりん》をぬらした。

雨の日は朝稽古《あさげいこ》ができない。

朝餉《あさげ》のあと、隼人は障子をあけて縁側ちかくに膝《ひざ》をおって雨を見ていた。ときおりやってくるそよ風が、若葉のかぐわしさをもたらした。

廊下を衣擦《きぬず》れがやってくる。

膝をおった弥生が、声をかけ、障子をあけた。

「兄が、夕刻におじゃましたいそうにございます」

「承知した」

低頭した弥生が障子をしめて去った。

晩春三月二十九日夜の一連の死についてあらためて考える。

まずは、先月末に秋山平内が語っていた蕎麦《そば》売り麻次郎《あさじろう》の一件を思いおこした。人はえてしておのれが望む結末のさまたげとなる要素には眼をつぶらんとするきらいがある。不都合であればあるほど、よくよく思案せねばならない。

鳶《とび》の者が見た蜱《こおろぎ》橋の屋根船については、飯田町《いいだまち》をくまなく調べたはずだ。借りた者がいたのであれば、あのおりに平内が話している。

屋根船をつかうのは、表店《おもてだな》の裕福な商人《あきんど》のほかに、医者や習い事の師匠など。それらは町方で調べられる。手がだせないのは武家だ。

小四郎と駿河台《するがだい》へ行ったさいは、俎《まないた》橋から蜱橋にかけては幕臣の屋敷しかなかった。だが、お城へのちかさからして、蜱橋から堀留かいわいには大名屋敷がある。

大名家であれば、留守居《るすい》が料理茶屋での寄合に乗物か屋根船をつかう。

とはいえ、あのようなところで屋根船を待たせておく理由が思いつかない。

唯一考えられるのが医者だ。

町家にしろ武家にしろ、まねいた客が町木戸がしめられる夜四ツ（春分時間、十時）あたりまでとどまることはまずない。

巾着《きんちゃく》をねらっての強盗なら、飯田町の者か武家屋敷の中間《ちゅうげん》あたりだ。しかし、そうだとするなら、そのまえに屋根船は消えていなければならない。

やはり、麻次郎はまきぞえのように思える。

間宮筑前守《まみやちくぜんのかみ》。作事奉行。同夜、急病《きゅうやまい》で他界。駿河台でほかにうたがわしき死があれば、幕臣ばかりでなく大名家であっても、老中である叔父の耳にはいり、小四郎が報《しら》せにきている。

隼人は、腰をあげて障子をあけ、弥生を呼んだ。

弥生がやってきて膝をおり、見あげた。

「雨のなかをすまぬが、和尚のもとへまいり、江戸の絵図があれば借りてきてもらえぬか」

「かしこまりました」

低頭した弥生が腰をあげ、厨《くりや》へ去った。

隼人は、障子をしめてもとのところへもどった。

深川大島町《ふかがわおおしまちょう》の紙屋の娘きよと手代定吉《さだきち》との死について考える。

大森屋《おおもりや》の主作左衛門《さくざえもん》は、いずれ定吉を婿にと思っていたが義理あるあいてからもちこまれたふたつの縁談をことわりかねていた。作左衛門が迷っているようすを、きよと定吉はどちらかに決めかねているととった。

思いつめたふたりは、あの世で添いとげんと死をえらんだ。

鼻孔から息をもらす。

――ありえなくはない。いや、じゅうぶんにありうる。ほかの夜であれば相対死《あいたいじに》をうたがう者はいなかったであろう。

殺しではあるまいかとの疑念は、刃物が見つからなかったからだ。定吉が川にすてたのなら、持ち主に迷惑がおよぶのをはばかってということになる。しかし、店《たな》でくなった刃物はない。

定吉が剃刀《かみそり》を買った。ならば、近場でだ。そのために遠くまででかけるとは思えない。手代の身でかってに出歩くこともできまい。

かいわいで刃物をあつかう店は、係の岡本弥一郎《おかもとやいちろう》が手先をつかってのこらず調べている。そのていどの配慮ができなければ、定町廻りにはなれまい。

相対死にみせかけて殺し、川に刃物を投げすてたと思わせんがために船縁《ふなべり》の障子をあけた。

ほかに考えようがない。

きよと定吉とは殺されたのだ。

隼人は、胸腔《きょうこう》いっぱいに息をすい、ゆっくりはいた。

この年の晩春三月は大の月で三十日が晦日《みそか》。そして月番は北町奉行所。小菊こと杉岡栞《おかしおり》が殺されたのは二十九日の深更。

蕎麦売り麻次郎の殺しと、紙屋の娘きよと手代定吉とのみせかけ相対死はなかったものとする。

作事奉行間宮筑前守の死も、目付《めつけ》の領分であって町方はかかわりない。

のこるは、柳橋《やなぎばし》芸者小菊殺し。そして、亀戸村《かめいどむら》の寮における深川芸者糸次《いとじ》と材木問屋紀州《きしゅう》屋善右衛門《ぜんえもん》の死。

おのがものになると思っていた芸者に肘鉄砲《ひじでっぽう》をくわされ、逆上して殺害《せつがい》。われに返って観念し、みずからの命を絶った。

一見、そのようにうけとれる死だ。

小菊を殺され、甲賀《こうが》はすぐさま報復に伊賀《いが》の女忍二名を殺した。伊賀が反撃すれば、血で血を洗う諍《いさか》いになっていた。

さすれば、町方も、色狂いで正気を失って芸者を殺《あや》め、自裁した者になどかまっている暇《いとま》はない。

そうならなかったのは江戸伊賀の長《おさ》である百地五郎兵衛《ももちごろべえ》の深慮のおかげだ。

隼人は、眉《まゆ》をひそめた。

おのれの迂闊《うかつ》さが腹だたしい。

厨の板戸があけられ、弥生がやってくる。

隼人は、表情を消した。

弥生が声をかけて障子をあけた。入室して障子をしめ、立ちあがり、やってきて膝をおった。

やや土色のおりたたまれた紙をおく。

「お借りしてまいりました。お茶をおもちいたしましょうか」

隼人はほほえんだ。

「ありがたい」

笑みをこぼした弥生が、辞儀をして腰をあげた。

隼人は、絵図をひろげた。

が、絵図ではなく、みずからを見つめた。

浅慮であった。百地五郎兵衛は深編笠《ふかあみがさ》で面体を隠してあらわれた。敵への露顕をふせがんがためだ。にもかかわらず、おのれは明るいさなかになんのくふうもなく伊賀の忍宿へ二度も行っている。

百地五郎兵衛は愚かなと思ったことであろう。いまさら遅いかもしれぬが、もっと思案して気をつけねばならない。

弥生が茶をもってきた。

隼人は、礼を言って喫した。

茶碗をおき、絵図に眼をおとす。

蛼橋のさきの堀留と神田《かんだ》川とのあいだに、何家か大名家の上屋敷と中屋敷がある。上屋敷には家紋が、中屋敷には黒い四角がしるされているのでそれとわかる。下屋敷は黒い丸だ。

隼人は、背筋をのばした。

飯田町の俎橋、駿河台、浅草福井町《あさくさふくいちょう》、深川大島町、亀戸村。すべて殺しで、おなじ一味のしわざだとする。

船が三艘《そう》。俎橋は屋根船だとわかっている。ほかもおそらくはそうであろう。小菊が住んでいた福井町から神田川はちかい。

神田川河口の柳橋両岸は花柳《かりゅう》の町であり、浅草橋の上流も一町（約一〇九メートル）ほどが川岸に道がないので船宿が軒をつらねている。

浅草橋よこの桟橋に一艘。小菊のもとへかよっていた朝でさえ、幾艘もの猪牙舟《ちょきぶね》や屋根船が舫《もや》われていた。

そして、亀戸村で一艘。

秋山平内らによれば、悪事を承知で貸す屋根船もちの船頭がすくなからずいる。したがって、一味がかならずしも船宿をもっているとはかぎらない。が、あったほうが便利だ。甲賀は船宿がある。伊賀もそうであろう。

隼人は、手文庫から間宮筑前守についてしるされた小四郎の書状をだしてきて読んだ。

間宮筑前守は急病。紀州屋善右衛門は色狂いのすえの自裁。両者の死をめだたせぬために、月番の北町奉行所の注意をひくべく小菊を殺した。

小菊殺しには、江戸忍の二大勢力である甲賀と伊賀とを争わせる狙いもあった。甲賀と伊賀とが殺しあって勢力が減ずれば、おのれらが擡頭《たいとう》する余地がしょうじる。その利があるゆえ策にのった。

小四郎が調べ、うかんだのが風魔《ふうま》だ。

間宮筑前守と紀州屋善右衛門とを安易にむすびつけるのも考えものだ。べつべつの依頼を、探索方を混乱させんがためにおなじ日にしたのかもしれない。

それもありうる。

しかし、むすびつける糸がありそうな気がする。

いまいちど絵図を見る。

浅草橋からならすぐに大川だ。両国橋《りょうごく》の長さが九十六間（約一七三メートル）。あの夜は月がない。夜の大川にでてしまえば、屋根船の灯《あか》りなど蛍火をさがすようなものだ。

蛼橋からも浜町川《はまちょう》か日本橋川をくだれば大川。川幅はさらにひろくなる。亀戸村からは、竪川《たて》か小名木川《おなき》を西へむかえば大川にでる。富岡八幡宮門前《とみがおかはちまんぐう》の大島川ぞいは料理茶屋がいくつもある。屋根船や猪牙舟が多いのでまぎれることができる。夜遅くに竪川や小名木川をゆくよりも眼につきにくい。

三艘の屋根船はどこに消えたのか。

秋山平内によれば、本芝《ほんしば》から高輪《たかなわ》にかけては悪事に眼をつぶる船頭や船宿が多い。

それならば、大島川にしたのも得心がいく。

なにか見おとしていることがないか、隼人は脳裡《のうり》でなぞった。

昼九ツ（正午）の鐘も湿っていたが、中食《ちゅうじき》を終えるころには雲間から陽が射した。

隼人は、絵図をもって本堂へ行き、和尚に礼を述べてしばらく談笑した。

夕七ツ（四時四十分）の鐘が鳴ってほどなく、小四郎がきた。客間で対すると、弥生とすずとが食膳をはこんできた。酌をしたふたりが、廊下にでて障子をしめ、去った。

小四郎が、ややかたちをあらためた。

「兄より書状がとどきました。しかしながら、ほかにもしたためられていることがあり、お読みいただくはお許し願いまする。津《つ》城下にて藤堂《とうどう》家当代の評判をさぐってござりまする」

伊勢《いせ》の国津藩三十二万三千石藤堂家十代和泉守高兌《いずみのかみたかさわ》は、この年四十三歳。領民の評判がすこぶるよい。綿を着用して質素倹約の範をしめし、藩政改革にとりくんでいる。役人の私邸勤務を廃止して役所を常設。法制の整備、灌漑《かんがい》事業、産業奨励、藩校開設などをおこなった。まさに名君である。

隼人は眉をくもらせた。

小四郎が言った。

「城主としてのお立場と私心とは別にござりまする。聖人君子も、ときとして私情に溺《おぼ》れまする」

隼人は吐息をついた。

「つまり、わたしはそれほど当代に憎まれているということだ」

口をひらきかけた小四郎が、肩をおとした。

「いらざることを申しあげました。お許し願いまする」

「よい。わかっておる。人の心は理屈ではない」

小四郎が、畳におとしていた眼をもどした。

「藤堂家江戸屋敷は伊賀がかためておりますが、ようやくわかったことがございます。まずは江戸屋敷の所在につきまして申しあげまする」

町家では、神田を川をはさんで〝内神田〟〝外神田〟と区別する。武家地としては、外神田を〝向柳原《むこうやなぎわら》〟という。浅草橋から筋違橋《すじかい》までの神田川南岸が柳を植えた〝柳原土手〟で、その対岸ということだ。

神田川河口から十一町（約一・二キロメートル）ほどに和泉橋《いずみ》がある。北へ二町（約二一八メートル）で、藤堂家上屋敷のかどだ。裏に、分家久居《ひさい》藤堂家の上屋敷がある。

下谷《したや》の三味線《しゃみせん》堀ちかくに中屋敷が、上駒込村染井《かみこまごめむらそめい》に下屋敷がある。そして、両国橋をわたった回向院《えこう》の斜めまえに蔵屋敷がある。ほかにも、数箇所に抱屋敷《かかえ》などがある。

「……上屋敷より小菊が住んでおりました福井町三丁目までは、通りをゆきましても十町（約一・一キロメートル）ほどにござりまする」

「それで伊賀のしわざに相違ないと断じたわけか」

小四郎が、顎《あご》をひく。

「万が一町方に追われましても、上屋敷に逃げこめまする。敵が術中にまんまとはまってしまいました。……つづけまする。江戸家老の名が藤堂監物《けんもつ》。国もとも、家老は藤堂家が何家かござりますゆえ、いずれも一族と思われまする。その監物どのが、宗元寺さまのお命を狙うをいさめているそうにござりまする。さりながら、用人の平井《ひらい》治部左衛門《じぶざえもん》や留守居役などが主君の意にそわんとしているよしにござりまする」

「一族である江戸家老のてまえ、おおっぴらにはしかけにくい。年上か」

「申しわけござりませぬ、くわしい年齢《とし》はつかんでおりませぬ。五十代なかばはすぎているそうにござりまする。当代は聡明であるだけに、一族年寄の理がある諫言《かんげん》をまったく無下にするはできぬのであろうと愚考いたしまする。ただ……」

「江戸家老も、匙加減《さじかげん》をこころえている。さもないと、一族を二分する閥ができる」

「そう思いまする」

「そのけはいがしょうじれば、監物と申す江戸家老みずからいっきょにかたをつけんとするであろうな」

「仰せのとおりかと。上屋敷へ出入りしてる町家の者を一名ひきこむことができました。むりをさせぬよう用心してさぐらせております る」

「それで想いだしたが、高砂町《たかさごちょう》の奈良《なら》屋へでむいたはしくじりであったと思う」

隼人は理由を述べた。

「……で、向後は見張られているものとして文なりをとどけるようにしたい。どうであろう」

わずかに首をかたむけて聞いていた小四郎が顔をあげた。

「てくばりしておきまする。弥生に文《ふみ》をおわたしいただければ、翌朝にはとどくようにいたしまする。もうひとつ、ご報告がござりまする。沼津《ぬまづ》と浜松《はままつ》、両水野家家老が、三月の二十九日に深川の料理茶屋万年楼《まんねんろう》の客となるはずであったか調べるよう仰せにござりました。それにつきまして、わかったことを申しあげまする」

老中水野家は大名小路に役屋敷をかねた上屋敷がある。浜町川河口から三町（約三二七メートル）ほどの北岸に、大川までたっする一万坪余の広大な中屋敷があるが、これが下屋敷までふくんでいるのかがはっきりしない。

「……ごぞんじのごとく、御堀の御門は暮六ツ（日の入）以降の出入りがうるそうござりまする。ご老中水野さま家老の土方縫殿助《ひじかたぬいのすけ》どのが、三月二十九日は中屋敷でお泊まりになるとのことであったのが、当日の朝になってつごうがわるくなったとの報せがあったそうにござりまする」

「浜松の家老は拝郷兵衛《はいごうひょうえ》という名であったな」

「そちらのほうはまだにござりまする」

「そうか。土方のほうだけでもわかればよい。よくやった。まちがいあるまい」

「おそれいりまする。浜町の中屋敷に、十二日に泊まるとのことにござりまする。大島川にめんした万年楼《まんねんろう》から浜町川の中屋敷。それがし、乗物ではなく、屋根船ではあるまいかと愚考いたしまする」

「そうかもしれぬ。当夜、てくばりし、両家がいずこの船宿をつかっているか調べてくれ」

「かしこまりました」

それからほどなく、小四郎が辞去した。

暮六ツ（七時）の鐘のあと、ふいに雨粒が屋根や庇《ひさし》をたたき、半刻（約五十分）ばかり篠突《しのつ》く雨になった。

翌朝は、薄墨色の雲が空をおおっていた。

地面にはいくつも水溜《みずたま》りがあったが、隼人は月影《つきかげ》と霞月《かすみづき》の修練に汗をながした。

朝餉のあと、参道と表通りとのかどにある大月《おおつき》屋へ行き、夕凪《ゆうなぎ》への文をたくした。

昼まえに、竹次が夕刻にうかがうとの平内の言付けをもってきた。隼人は、縁側の障子をあけて竹林《ちくりん》に顔をむけていた。

脳裡に、霧のなかの朧《おぼ》ろな影がある。それが、なにか。知っていることを反芻《はんすう》する。

晋吉のおとないの声がするまで、隼人は竹林に顔をむけていた。

弥生が客間に案内し、すずとともに食膳をはこんできた。酌をしたふたりが、障子をしめて去った。

隼人は言った。

「報せと、たしかめたきことがある。先月のなかばごろ、沼津と浜松の水野家家老が三月二十九日に深川の料理茶屋万年楼へゆくはずであったか調べるようたのまれたが、鵜飼小四郎がそれらしきことをつかんだ。沼津の江戸家老土方縫殿助が、その夜は浜町川の中屋敷に泊まるはずを朝になってやめたそうだ。浜松の家老拝郷兵衛についてはいまだつかめておらぬ」

平内がうなずく。

「浜町川河口の川口橋《かわぐち》から二町半（約二七三メートル）あまり上流の組合橋《くみあい》をすぎた右岸に沼津水野家の中屋敷がございまする。組合橋をはさんで、右岸は横づけ桟橋がならんでおり、浜町河岸との通り名がございまする」

平内が小首をかしげる。

「あるいは……」

隼人は、うなずいた。

「小四郎も屋根船かもしれぬと申しておった」

「乗物（武家駕籠《かご》）は窮屈にございまする。夜遅くなるゆえ、出入りのうるさい大名小路ではなく中屋敷に泊まることにしていた。これでまちがいあるまいとぞんじまする」

「土方は、この十二日にも浜町の中屋敷に泊まるそうだ。おそらく、屋根船であろう。となると、拝郷も乗物とは考えにくい。小四郎が船宿をたしかめるてくばりをしておる」

「尾《つ》けるはわれらのほうが得手にございまする。よろしければ、夕凪から屋根船をだしまする」

隼人は、すばやく思案した。

まだ風魔とはかぎらぬが、ほかの忍組がからんでいる。町方とわかれば、甲賀か伊賀のしわざにみせかけて襲われかねない。だからといって断れば、町方としての矜恃《きょうじ》を傷つけてしまう。

「あいては、老中家と寺社奉行家だ。迷惑をかけるやもしれぬ」

「宗元寺さまは得体の知れぬ者どもにお命を狙われておりまする。われらは、宗元寺さまの身辺に気をくばっているだけにござりまする」

「ならばたのむ。ただし、こたびの一件には承知のごとくほかの忍一味がからんでおる。伊賀や甲賀に濡れ衣を着せんがために狙われるやもしれぬ。じゅうぶんに用心してもらいたい」

「屋根船の一艘にはそれがし、もう一艘には岡本にのってもらい、船頭も十手の心得がある気の利いた者にいたしまする」

隼人は顎をひいた。

「二日まえ、亀戸村へ紀州屋の寮を見にまいった。途中、糸次が住まいを竹次に教えてもらったのだが、雨戸があいていた。あそこで殺されたわけではないし、ふた月にもなる。便利なところにはちがいないが、気味悪がってなかなか借り手がみつからぬものだと思うのだが……」

平内が文蔵を見た。

文蔵が平内にむけた顔をもどす。

「申しあげやす。あっしらもてっきり糸次が借りてるもんだと思っておりやした。仰せのように、縁起でもねえと住みたがる者《もん》はおりやせん。ですが、先月の二十日ごろにおなじ置屋の芸者が移ってきたそうにございやす。なんでわざわざそんなところにと思いやしたんでたしかめたところ、あそこの借り主は置屋でやした。半月ばかりすぎてから畳と襖《ふすま》や障子をはりかえ、坊主を呼んでお祓《はら》いもすませたそうでやす」

「そういうことか。じつは、紀州屋の寮も雨戸があけてあった。家は閉めきっておくと傷むのであけてあると申しておった。それで、糸次の住まいだったところはどうなのであろうかと思うたのだ。ところで、そのおりの口ぶりからするに、地所だけでなく家も百姓のもののように聞こえた。紀州屋は木場《きば》でも指折りの材木問屋であろう、借家というのがいささか気になった」

顔をむけた文蔵に、平内がちいさく顎をひく。

文蔵が口をひらいた。

「亀戸村の寮は借家でまちげえございやせん。紀州屋は、向島《むこうじま》の寺島村《てらじまむら》におおきな寮がありやす。殺されたでまちげえねえと思いやすが、死んだ紀州屋善右衛門の六十五歳になる母親の足腰が弱くなってきたんで一昨年《おととし》の秋からずっと寮住まいだそうでやす。で、去年の夏にあそこを借りたとのことでやす。寺島ノ渡《わたし》からひとつ下流の白鬚《しらひげ》ノ渡ちかくから枝川を行けば北十間川へ、上流の鐘《かね》ヶ淵《ふち》から綾瀬《あやせ》川、中井《なかい》堀を行けば梅屋敷んところへでれやす」

「明日《あす》、屋根船と案内にまた竹次をたのめぬか。寺島村の紀州屋の寮と、鐘ヶ淵から梅屋敷へとまわってみたい」

「それはかまいやせんが……」

文蔵が、遠慮がちに眉間《みけん》をよせた。

平内が言った。

「なにやらご思案がおありのようにお見受けいたしまする。できますればおもらし願いまする」

「どう言えばよいのか。どこかで、なにかが、ちがう気がする」

三人が待っている。

隼人は、考え、考え、言葉をつむいだ。

「木場の大店主《おおだなあるじ》が深川の売れっ子芸者を殺めてみずから命を絶った。ほかの芸者殺しはなく、それのみであっても、読売（かわら版）は大騒ぎであったろうな」

文蔵と晋吉とがうなずき、平内はわずかに小首をかしげている。

隼人はつづけた。

「三月二十九日の夜、九段坂下、駿河台、浅草福井町、深川大島町、亀戸村、この五箇所での死がおなじ一味のしわざだとする。柳橋芸者の小菊は忍ゆえ、一味はのこらず忍か、その心得のある者がいることになる。九段坂下の蕎麦売りと、大島町の紙屋の娘と手代とは巻き添えであったと思う。糸次も、そうかもしれぬと考えていた」

「憶《おぼ》えておりまする。先月の晦日にござりました。狙いが紀州屋で糸次が巻き添えなら、なにゆえそのようにめんどうなやりようをしたのかと仰せにござりました。つたえましたところ、岡本もたしかにと申しておりました」

「何者かが忍一味に紀州屋善右衛門の始末を命じたか、依頼したとしよう。あのおりも申したが、紀州屋を殺すだけなら辻斬《つじぎり》や物盗《ものとり》にみせかければよい。さて、その何者かが、小菊の命を奪うことまで命じたのであろうか。そうは思えぬ。なんとなれば、わたしは紀州屋とはまったくかかわりがないからだ。小菊の死を、甲賀は伊賀のしわざときめつけ、つぎの夜、伊賀の芸者二名を襲った。甲賀と伊賀とがたがいの血で血を洗う諍いをはじめる。だが、それはあわよくばだったのではあるまいか」

まがあり、平内が口をひらく。

「柳橋芸者殺しは、われら町方の眼をごまかすためであった。狙いは、紀州屋ではなく糸次。あるいは、糸次と紀州屋両名」

隼人は顎をひいた。

「浪人ばかりでなく、旗本や御家人の娘が、孝養をつくさんがために芸者になる。それが、めずらしきことではないのはわかった。深川をえらんだのも、柳橋や山谷《さんや》より遠いからかもしれぬ。糸次こと絹《きぬ》の青木《あおき》家、許嫁《いいなずけ》だった半三郎《はんざぶろう》の安藤《あんどう》家、両家のいずれかと、作事奉行であった間宮家とのあいだに、あるいはなんらかのつながりがありはしないか。出入りの商人《あきんど》や振売りなどを、調べてもらえぬか。小四郎にもさぐらせる」

「こたびの一連の殺しにつき、それがしも考えてみました。仰せのごとく、蕎麦売りの麻次郎と、大森屋の娘きよと手代定吉とは巻き添えとぞんじまする。つまり、当夜から一味の思惑に狂いがしょうじたことになりまする。甲賀と伊賀とを相食《あいは》ませる狙いもしくじりました。おなじ夜であり、たとえ作事奉行さまの死に疑念をいだいたとしても、町方は口だしできませぬ。しかしながら、作事方と材木問屋、つながりがござりまする。お旗本家の身辺を調べるにつきましては、いくつか筋をとおさねばなりませぬ。宗元寺さまの一件がらみということで了解がえられましたならば、明後日《みょうごにち》よりかからせまする」

「たのむ」

隼人は、三人を玄関まで見送った。

相模《さがみ》の稜線が藤色に沈み、下総《しもうさ》から夜がしのびよりつつあった。

二

翌八日は雨の朝だった。

明六ツ（五時）の鐘から小半刻（三十五分）ほどで竹次がおとないをいれた。夕凪から半里（約二キロメートル）ほどだ。

隼人は、小四郎へしたためていた書状の筆をおき、玄関へむかった。

空はおもたげな白い雲におおわれ、雨が音もなく糸をひいていた。式台のまえに、菅笠《すげがさ》と蓑《みの》をはおった竹次がいた。

「殿さま、雨でやすがいかがいたしやしょう」

「かまわぬ。まいるとしよう」

「へい。お昼はどうなさいやす」

「そうだな。雨ゆえ、どこぞで温かい蕎麦あたりを食したい。訊《き》いておいてくれ」

「承知いたしやした。でしたら、五ツ（七時二十分）をすぎたあたりにお迎《むけ》えにめえりやす」

「待っておる」

「ごめんなすって」

竹次が、菅笠の縁《ふち》から右手を離して低頭し、踵を返した。隼人は、部屋へもどって書状を書き終え、封をして弥生にたくした。

朝五ツの鐘からほどなく、竹次がきた。

番傘《ばんがさ》をさしていた。

隼人は、弥生の見送りをうけ、雨に蛇《じゃ》の目傘《めがさ》をひらいた。

一之橋で屋根船にのる。舳《みよし》の障子をあけて片膝をついている竹次に座敷にはいるように言ったが、めっそうもございやせんと固辞して艫《とも》にうつった。

雨の日の障子は雨滴で濡れぬように油をぬってある。隼人は、腕をくみ、眼をとじた。

新堀川《しんぼりがわ》から江戸湊《みなと》にでて、船がゆれた。大川にはいり、ゆれがおさまった。

雨は人を沈んだ気分にいざなう。

小菊を思う。もう胸の痛みはない。おのれは慕われていたのではない、身代りであった。小菊はひき裂かれた思い人を見ていた。

ならば役目ゆえ抱かれていたほうがよかったのか。

隼人は、鼻孔から吐息をもらした。

おのれにおのれの思いがあるがごとく、人には人の思いがある。そうにはちがいないが、胸の奥深くに、やるせなさとせつなさとがある。

眼をとじたままで指をおる。この十九日が四十九日だ。

大川四橋の影が頭上をすぎていった。

吾妻橋《あずま》を境に、下流が大川で上流は隅田川《すみだ》だ。

竹次によれば、吾妻橋から鐘ヶ淵まではおおよそ一里（約四キロメートル）。その半里余のところに、寺島村と浅草はずれの橋場町《はしばちょう》とをむすぶ渡《わたし》がある。向島では〝寺島ノ渡〟と呼ばれ、浅草では〝橋場ノ渡〟と呼ばれている。

やがて、屋根船が桟橋につけられた。

竹次がまわってきて舳の障子をあけた。向島も雨だった。竹次が身をかがめ、手桶をおいた広蓋《ひろぶた》から草履《ぞうり》をとってならべる。

隼人は、手桶の蛇の目傘を手にして雨にひらいた。

渡し場のまえに藁葺《わらぶ》きの水茶屋がある。緋毛氈《ひもうせん》を敷いた腰掛台は土間のなかだ。前垂《まえだれ》をした娘が、庇のところまででてきて笑顔をうかべた。

水茶屋のまえで小径《こみち》が左右にわかれている。竹次が右へ行く。娘の笑顔が、がっかりした表情になった。

竹次は十九歳。身の丈五尺四寸（約一六二センチメートル）。なかなかにととのった面差しをしている。竹次がくると、すずが頰《ほお》を上気させる。水茶屋の娘もすずとおなじ年ごろだ。

商売用とは思えない落胆ぶりのあまりの正直さに、隼人はほほえんだ。

娘が気づき、頰を染めてうつむいた。

二町（約二一八メートル）ほど離れた隅田堤《づつみ》とのあいだにおおきな溜池《ためいけ》がある。下流に一町（約一〇九メートル）ほど行き、左におれた。

堤のむこうに幾本もの梢《こずえ》が見える。

雨で径がすべりやすくなっている。足もとに気をくばり、堤への坂をのぼる。堤のうえにでた。桜並木の葉が、雨にうなだれていた。

正面に寺がある。

竹次が言った。

「法泉寺《ほうせんじ》というんだそうでやす。紀州屋の寮はこの裏手でやす」

隼人は、うなずき、左へ眼を転じた。いくつもの武家屋敷が見える。大名か、高禄旗本の抱屋敷であろう。

堤をおりる。窪《くぼ》みは水溜りになっている。のぼりよりもくだりのほうが滑りやすい。

くだり坂からそのまま法泉寺よこをすすむ小径がある。竹次が、左へおれ、堤ぞいに行く。山門をすぎ、法泉寺も背にする。

武家屋敷とのかどを右にまがる。

このあたりは、武家屋敷も板塀や塗塀を禁じられている。鷹狩り用の鷹の餌《えさ》になるちいさな獣のためだ。したがって、どこの屋敷も、竹垣や板垣、生垣、もしくはその組合せでくぎられている。

一町半（約一六四メートル）ほどさきのつきあたり右に、腰高の竹垣でかこまれたおおきな藁葺き家があった。

瓦葺《かわらぶ》きよりもこけら（薄板）葺きや藁葺きのほうが安い。こけら葺きだといかにも安普請だが、藁葺きはふぜいがある。

竹次がふりかえった。

「あれでやす」

隼人はうなずいた。

田畠《たはた》のなかの一軒家よりも、ちかくに武家屋敷があれば安心できる。

小径が丁《てい》字になっているかどまで行った。右への小径がやや斜めなので法泉寺のよこをくるとそのぶん遠回りになる。

水をはった田に、苗が整然とならんでいる。そして、ところどころに、百姓家や寮がある。

雨が景色に糸を描き、遠くを霞《かす》ませている。

隼人は、右への小径に躰《からだ》をむけた。竹次がついてくる。径なりにすすみ、二軒の武家屋敷のあいだをすすむ。

つきあたりの丁字を左へいく。

どの屋敷もそれほどひろくない。数百坪から千坪余だ。小径をはさんだり、垣根でくぎられたり、やや離れていたりの屋敷がおおよそ十数軒ある。

ふたたび隅田堤にのぼるまで誰とも会わなかった。

水茶屋の斜めよこから渡し場まえにでた。水茶屋に眼をやる。客の姿はない。娘もでてこない。顔をもどす。桟橋にあるのも、のってきた屋根船だけだ。

このあたりの川幅は一町半ばかり。橋場ノ渡で、渡し舟の影が雨にぼやけていた。

屋根船の座敷におさまると、船頭が棹《さお》をつかった。

鐘ヶ淵から梅屋敷まえの北十間川まで一里半（約六キロメートル）ほどだ。北十間川から横十間川にはいってほどなく、屋根船が桟橋につけられた。

舳にまわってきた竹次が障子をあけた。

「亀戸天神のすこしさきに、旨《うま》くて小綺麗《こぎれい》な蕎麦屋がございやす。ご案内《あんねえ》いたしやす」

門前の参道をすぎた町家のはずれに瀟洒《しようしや》な蕎麦屋があった。

「ここでやす」

「そのほうもつきあえ」

「えっ。とんでもございやせん。身分がちげえやす」

「わたしがよいと申しておるのだ。つきあえ」

「ですが……」

「船頭をのこしておるのが気になるなら、呼んできてもよいぞ。ともに食そう」

「と、とんでもございやせん。ありがとうございやす。ご相伴《しようばん》にあずからせていただきやす」

温かいつゆ蕎麦を食べ、新堀川の一之橋まで送ってもらった。

隼人は、懐紙を裂いた小紙二枚にそれぞれ小粒（豆板銀）をつつみ、ひとつが竹次への礼で、もうひとつが船頭の酒代だと言ってわたした。

雨は、やむようすがなかった。通りをゆきかう者も、まばらであった。


季節がようやく梅雨らしくなった。

晴れたり、雲におおわれたり、ほんのいっときだけ陽が射したりとはっきりしない天気がつづいた。

十二日も、朝のうちは陽射しがあったが、昼になって、相模の空から江戸の空へ厚い雲がおしよせてきた。

陽射しがあれば影の向きでおおよその刻限がわかる。

夕七ツ（四時四十分）の鐘が鳴り、やがて半刻（一時間十分）になろうとするころ、難波屋の手代昇助《しょうすけ》がやってきた。

したくはできていた。

袖下《そでした》から腰までが格子縞《こうしじま》の熨斗目《のしめ》に羽織袴《はかま》。上屋敷へ行くおりの姿だ。

式台のまえで、昇助が番傘をさしていた。

雨がおちてきたようだ。

足早にもどった弥生が蛇の目傘をもってきた。

隼人は、式台におりて草履をはき、蛇の目傘をひらいた。脇へよった昇助が三歩斜めうしろをついてくる。晴れていれば子らの声でにぎやかな境内が、ひっそりとしている。

山門をでると、雨粒が傘をたたいた。が、参道から表通りへでるころには小降りになった。

一之橋のてまえで、昇助がさきになって石段を桟橋へおりていった。菅笠と蓑をまとった船頭が腰をあげた。川底に刺した棹を右手でにぎっている。

昇助が舳の障子をあけた。

隼人は、とじた蛇の目傘の雨粒を切り、広蓋の手桶にたてた。

昇助が、脱いだ草履を広蓋にならべておき、障子をしめた。艫にうつり、船頭が棹をつかう。

屋根船がゆっくりと桟橋を離れる。

上座両隅におかれた川舟用箱型雪洞《ぼんぼり》の蠟燭《ろうそく》に火がともされている。新堀川から江戸湊にでて、大川河口から人島川にはいるころには、蠟燭の灯りに障子の白さが映えるようになった。

雨の日暮れは早い。やがて、屋根船が桟橋についた。昇助が障子をあけて草履をそろえた。隼人は、雨に蛇の目傘をひろげ、座敷をでた。桟橋におりる。障子をしめた昇助がつづく。

岸にあがったところで、昇助が頭をさげてさきになった。

六尺（約一八〇センチメートル）の塗板塀があるが、門はない。一間（約一・八メートル）ひっこめて間口三間（約五・五メートル）の土間がある。左右一間の塗板塀には庭へのくぐり戸があった。

柱の掛行灯《かけあんどん》に〝万年楼〟とある。

昇助が土間にはいって声をかけた。

隼人は、傘をとじた。

ひろい土間だ。乗物ごとはいれる。式台が造れないので四尺（約一二〇センチメートル）幅ほどの板間が二段造りになっている。

でてきた仲居がきちんとした身なりの武士の姿に、お待ちくださいと一礼して足早にもどった。

すぐに、女将《おかみ》が姿をみせた。

昇助が難波屋でございますと名のると、お見えになっておられます、どうぞ、と満面の笑みでこたえた。

ふりかえった昇助に蛇の目傘をわたす。昇助がみずからの番傘とともに仲居にあずけた。

女将が案内にたった。階《きざはし》を二階へあがる。膝をおった女将が、声をかけて障子をあけた。

難波屋清右衛門《せいえもん》がやってきた。

「女将、宗元寺さまとまずはお話がございます。すみましたら声をかけさせます。……昇助、おまえはそこにいなさい」

「かしこまりました」

昇助が言い、女将が障子をしめた。

ふりかえった清右衛門が上座をしめす。十五畳の座敷に、床の間と違い棚がある。床の間には刀掛けがおいてあった。

隼人は、上座で膝をおり、左脇に刀をおいた。

こちらが相手のうごきをさぐっている。相手もこちらのうごきをつかんでいると考えるべきだ。刀を離すは不覚につながる。

窓を背にした清右衛門が、わずかに膝をむけた。

「宗元寺さま、心づもりをお聞かせ願います」

「むこうが帰るさいに、戸口の土間あたりで顔をあわせ、わたしが宗元寺隼人であるをわかるようにしてもらいたい。家老両名と木曾《きそ》屋とがどのような顔をするのか見たい。それがむつかしければ、三名と顔をあわせるだけでもよい」

「かしこまりました。失礼いたします」

かるく低頭した清右衛門が、立ちあがって座敷をよこぎり、障子をあけた。身をかがめて昇助にしばらく話し、障子をしめてもどってきた。

清右衛門が、膝をおり、笑みをうかべる。

「ところで、宗元寺さまを芸者たちにはどのように話せばよろしいでしょうか」

「大給《おぎゅう》松平の宗元寺隼人でよい。木曾屋が、芸者たちにここでのようすなどをふくめて根掘り葉掘りたしかめるであろう。芸者は口が堅いと聞いているが、木場の大店にはさからえまい」

清右衛門が、笑みをこぼした。

「仰せのとおりにございます。ではそのように」

暮六ツ（七時）の鐘が鳴った。

時の鐘は、捨て鐘三度につづいて時の数だけ撞《つ》かれる。三度の捨て鐘は、初打を長く、二打と三打を連打する。そしてまをおき、時の数だけしだいに間隔をみじかくしながら撞く。

六打めの鐘の音がかすんでいき、衣擦れがちかづいてきた。気配をかぞえる。四人だ。

衣擦れがやんだ。やわらかな声がかかり、障子が左右にひかれた。

芸者が四名、いっせいに三つ指をついて低頭する。上体をなおす。なかのふたりが年増で、両脇が若い。年増のひとりに見覚えがある。

四名が入室して膝をおる。若手ふたりが障子をしめて膝をなおす。低頭してからとなり座敷との襖を背にした下座にうつり、あらためてふかぶかと三つ指をついた。

なおるのを待ち、清右衛門が言った。

「鶴吉《つるきち》、これへ」

よこをしめす。

「あい」

鶴吉が、清右衛門のしもに膝をおった。清右衛門が顔をむけて上体をかしげる。鶴吉が耳をよせる。清右衛門がささやき、鶴吉がうなずく。

難波屋は日本橋通町《とおりちょう》に店《たな》をかまえる両替商である。口ぶりからして、深川の料理茶屋へきている。あらためて見ると、鶴吉はなかなかの美形である。馴染《なじみ》でなくとも顔くらいは知っているのであろう。

座にもどった鶴吉が年増に耳打ちした。

年増が清右衛門のまえへ。若いふたりが正面にやってきて膝をおった。

鶴吉が、座敷をでて、障子をしめる。

清右衛門が、ご老中松平和泉守《いずみのかみ》さまの甥御《おいご》さまで宗元寺隼人さまです、と言った。

三人の表情に驚きがはしる。

清右衛門にうながされ、三人が名のった。

鶴吉がもどり、若い芸者のひとりが清右衛門のまえにうつった。

ほどなく、三の膳までの食膳がはこばれてきた。叔父に呼ばれて上屋敷で馳走《ちそう》になる三の膳よりも贅沢《ぜいたく》であった。老中家でさえそうなのだ。天下泰平の世がつづき、武家はより貧しくなり、商家はより裕福になっていった。

清右衛門が慣れたようすでたくみに場をもった。食し、諸白《もろはく》は喉《のど》をしめらすていどにとどめる。鶴吉ともうひとりの年増がそれぞれ三味線を弾き、ふたり、三人、ひとりずつ、舞った。

やがて、夜五ツ（八時四十分）の鐘が鳴った。

すこしして、女の足はこびがやってきた。

声をかけて一尺（約三〇センチメートル）ばかり障子をあけた仲居が、鶴吉にちいさくうなずき、障子をしめた。

清右衛門が言った。

「宗元寺さま、今宵《こよい》はこれまでにいたしたくぞんじます」

隼人は、清右衛門に笑顔をむけ、左脇の刀を手にした。

腰をあげた鶴吉がさきになる。障子を左右にあけて廊下にでてふりかえった。

「ご案内いたします」

かるく辞儀をして、わずかに横顔をのこしたまま歩をすすめる。

隼人はついていった。清右衛門のあとに芸者三名がつづく。

階をおり、廊下を行く。女将がでてきた。土間への段をおりる。若い衆が草履をそろえた。

清右衛門がまえにでてきた。

「宗元寺さま、船を見てまいります。おそれいりますがお待ちを願います」

草履をつっかけた清右衛門がでていく。

雨はやんでいた。

表には幾人もの駕籠舁《かごかき》がたむろしている。桟橋に舫われた屋根船の灯りも見える。

うしろから男たちの足はこびがちかづいてきた。

隼人は脇へよった。

若い衆ふたりが、草履と芸者たちの東下駄《あずまげた》をもってくる。

深川芸者は冬でも足袋《たび》をもちいず東下駄をはく。それが辰巳《たつみ》芸者の見栄と張りであった。深川芸者を辰巳芸者と呼ぶのは、江戸城から見ておおよそ巽《たつみ》（南東）の方角にあたることによる。

人影がおりてきた。遠慮のない眼でうかがっている。酒の匂いがする。酔っているようだ。

隼人は、顔をむけた。

沼津水野家江戸家老土方縫殿助は、七十歳前後の眼光がするどい小柄な老人であった。安永《あんえい》九年（一七八〇）に二十代の若さで父親の跡を継いで家老になっている。

足裏のぶんほど土方縫殿助より後方に身をひいている浜松水野家江戸家老拝郷兵衛は、五十歳すぎの小肥りであった。

芸者とともにうしろでひかえている木曾屋儀右衛門《ぎえもん》は四十歳。中肉中背でたくましく陽焼けしている。

土方縫殿助はやや眉根をよせ、拝郷兵衛は無礼なと言わんばかりに顎をつきだして睥睨《へいげい》し、木曾屋儀右衛門はいぶかしげな表情をうかべている。

昇助をともなって清右衛門がもどってきた。

「宗元寺さま、お待たせいたしました。まいりましょう」

土方縫殿助が瞼《まぶた》をふせる。拝郷兵衛と木曾屋儀右衛門は驚愕《きょうがく》を隠すのにしくじった。ふたりが、眼をそむける。

隼人は、顔をもどして清右衛門にうなずいた。

草履をはき、左手でさげていた刀を腰にさす。昇助が若い衆から蛇の目傘を二本うけとり、芸者四人のあとになる。

夜空は雲間に星がある。料理茶屋からの灯りがあり、屋根船や猪牙舟の灯りが水面《みなも》に揺れている。

隼人は、桟橋のてまえでふりかえった。

四人とも左褄《ひだりづま》をとり、若い芸者ふたりが万年楼の屋号入りぶら提灯《ぢょうちん》の柄《え》を右手でにぎっている。

「楽しませてもらった。礼を申す」

鶴吉がこたえた。

「またのお越しをお待ちしております」

隼人は、かるく顎をひき、踵を返した。

昇助が舳の障子をあけている。清右衛門は艫のほうの桟橋にいる。

隼人は、刀をはずして座敷にはいり、膝をおった。昇助が障子をしめる。艫の障子があけられ、清右衛門が下座正面についた。

屋根船がうしろむきに桟橋を離れ、舳を転じる。

清右衛門が言った。

「あちらのお三方とも宗元寺さまをごぞんじのようにお見受けいたしました」

隼人は首肯した。

「土方はたくみに眼をふせたが、相違あるまい」

「来月あたり、おつきあいを願います。年内にいまいちど。さすれば、今宵がたまたまであったとごまかせるかもしれません。鶴吉にはそのように申しておきました」

「なるほど、たしかにそうだな。雑作をかける」

「いいえ。先日、お殿さまにご挨拶《あいさつ》におうかがいいたしました。宗元寺さまを深川の料理茶屋へご案内することになりましたと申しあげましたところ、よき芸者がおれば世話をしてやってくれと仰せにござりました。そして、大名家か旗本家あたりで婿養子をさがしているところがあれば教えてもらえぬか、あれも三十五歳になる、いつまでも遊ばせておくわけにもゆかぬ、と」

隼人は、憮然《ぶぜん》となった。

「芸者の世話も、婿養子も無用にしてくれ。遊びでまいったわけではない。ごぞんじであろうに」

こぼれかけた笑みを隠さんと、清右衛門が顔をふせた。

三

翌十三日の朝、竹次がきた。

秋山平内が文蔵や晋吉とともに夕刻にたずねたいという。隼人は、承知して、そのむねを弥生に告げた。

朝のうちは見わたすかぎりの青空だったが、昼すぎあたりから雲がでてきた。

夕七ツ（四時四十分）の鐘から小半刻（三十五分）ほどで三人がきた。客間で対すると、弥生とすずとが食膳をはこんできた。

酌をしたふたりが、廊下にでて辞儀をし、厨へ去った。

平内が言った。

「まずは晋吉より申しあげまする」

「へい。沼津さまも浜松さまもやはり屋根船でやした。木曾屋は、おふたりをお見送りしたあと、駕籠で帰《けえ》りやした。乗物ってことも考《かんげ》え、親父《おやじ》が陸《おか》の手先らをたばねておりやしたんで、木曾屋がつかってる駕籠屋もつきとめやした。ところがでやす、あっしらのほかに尾けている船はなかったように思いやす」

平内がうなずく。

「それがしも同感にござりまする」

北町奉行所が平内には伏せて要所に手先を配し尾けさせれば、甲賀の船宿をつきとめることがかなう。忍の船宿があるなら、町奉行所としてつかんでおきたいはずだ。そこに思いいたらぬおのれも迂闊であった。

隼人はこたえた。

「そのほうらが船をだすを報せたゆえ、かえってさまたげになりかねぬとやめたのやもしれぬ。会《お》うたおりにたしかめよう。それで」

「へい」

平内と晋吉とがのった屋根船は、土方縫殿助の屋根船を尾けた。

座敷には食膳と見送りの芸者が二名。艫には、羽織袴の家士と草履取りの中間《ちゅうげん》、万年楼の若い衆一名。拝郷兵衛の屋根船にも、芸者が二名、家士と中間、万年楼の若い衆がついた。

酒肴《しゅこう》に芸者をつけて送らせる。木曾屋の気のつかいようがうかがえる。

土方縫殿助をのせた屋根船は、大島川から大川にでて、永代《えいたい》橋をくぐり、浜町川にはいった。

平内は、そこで尾けるのをやめ、舳を返させた。

芸者と若い衆がのっているからには、屋根船は万年楼までもどる。蓬莱《ほうらい》橋の桟橋につけると、小店《こだな》の主ふうな恰好《かっこう》をした文蔵がのってきた。

船頭が、舳両脇柱の掛行灯をかえた。〝夕凪〟ではなく、それらしき屋号入りの掛行灯をかけていた。それを、形も屋号もことなるほかの掛行灯にする。

平内は、文蔵をのこし、晋吉に、屋根船を見失ったさいにそなえ、大島川の河口、永代橋の両岸、霊岸島《れいがんじま》に手先らを配するよう命じた。

浜松水野家は、増上寺《ぞうじょうじ》の時の鐘がある切通《きりとおし》をのぼった坂のうえに上屋敷が、芝《しば》の三《み》田《た》に中屋敷がある。田《た》町《まち》三丁目の入堀を堀留まで行けば、中屋敷まで三十間（約五四メートル）ほどだ。

中屋敷へ行ったのであれば、浜町河岸より三倍ほど遠い。

土方縫殿助を送った屋根船がもどってきた。芸者と若い衆とをおろした屋根船を、平内はあいだをおいて尾けさせた。

屋根船は、永久島《えいきゅうじま》の箱崎町《はこざきちょう》一丁目にある船宿のものだった。

平内は、夕凪で弥一郎を待った。

浜松水野家江戸家老拝郷兵衛がむかったのは、やはり中屋敷だった。弥一郎も、田町三丁目の入堀にはいるのを見とどけ、海ぞいのすこしさきでひきかえしたとのことであった。

屋根船は、霊岸島の東湊町《ひがしみなとちょう》二丁目の越前堀《えちぜん》にある船宿の桟橋につけられた。

平内と弥一郎とが八丁堀《はっちょうぼり》に帰ったのは暁《あかつき》九ツ（午前零時）の鐘が夜の静寂《しじま》をひそやかにふるわせたあとだった。

隼人は言った。

「遅くまで雑作をかけた。礼を申す。たしかめさせてもらいたい。わたしは、難波屋手代の案内で一之橋から屋根船で万年楼へまいった。沼津も浜松も出入りの船宿があるはずゆえ、そこをつかうものときめつけていた。だが、送りの屋根船には酒肴に芸者までいたという。しかも、べつべつの船宿。木曾屋は木場の大店《おおだな》ゆえ、何軒もの船宿をつかっていてもおかしくはなかろうが……」

平内がほほえむ。

「こういうことにござりまする」

たしかに、大名家にかぎらず、大身旗本家やおおきな寺社などは、出入りの乗物屋や船宿がある。

身分ある客を料理茶屋へまねくさいに、商人《あきんど》はかならず乗物なり船なりをどうするかたずねて相手のつごうにあわせる。

隼人のようにはじめての者は、商人の手配にまかせる。なかには、送り迎えをことわる気むずかしいあいてもいる。料理茶屋にかよいなれている者は、たいがい懇意の船宿や乗物屋を名指しして商人にはらわせる。そのために、船宿や乗物屋は得意先への挨拶を欠かさない。

「……木曾屋の気のつかいようからしますに、ご普請がらみのご機嫌うかがいかもしれませぬ。ところで、首尾はいかがでござりましたでしょうや」

「うむ」

隼人は語った。

平内が眉をよせる。

「宗元寺。めったにあるご名字ではございませぬ。木曾屋はこれまでの経緯《いきさつ》からして当然ぞんじておりまする。沼津の水野さまもそうでありましょう。浜松家家老のあからさまな驚きは、座敷におきまして話題にしていたからではありますまいか」

隼人はうなずいた。

「わたしも、そう思う」

鶴吉の正体をあかすわけにはいかない。

「……芸者たちにたしかめるのはむずかしいであろうな」

「客が、ご老中首座の水野家と寺社奉行水野家のご家老。まねいたのが木場の木曾屋。芸者たちから聞きだすのはむりかとぞんじまする」

「こうは考えられぬか。前回の三月二十九日は、土方縫殿助と拝郷兵衛とのいずれかではなく、まねいた木曾屋のほうのつごうがわるくなった。したがって、こたびはその詫《わ》びをこめての過分な饗応《きようおう》となった」

平内が眼をほそめる。

「なるほど、ありえまする。いや、むしろ、得心がまいりまする。木曾屋と紀州屋。木場で商いを競う大店にござりまする。これまでの調べでは、仲がよくないとか、もめごとがあるとの噂《うわさ》などはうかんでおりませぬ。岡本にもつたえ、あらためて仔細《しさい》にさぐらせたくぞんじまする。ところで、われら、宗元寺さまの一件にかかわりができますまで、江戸に幾多の忍一味があるを承知しておりませんでした。むろん、われらが知らなかっただけであって、これまでの町家の殺しや押込み強盗などに忍一味がからんでいたやもしれませぬ」

「言わんとすることはわかる。忍はご公儀と大名家との間諜《かんちょう》だ。商人など町方の者もあいてにしておるなら、とうの昔に町奉行所の知るところとなっていた。さて、一連の殺しの背後に木曾屋がおるとしよう。ならば、木曾屋と忍とをむすびつけた手蔓《てづる》があることになる。あらためて申すまでもなかろうが、深入りは避け、自重《じちょう》してもらいたい」

ややあった。

「木曾屋に忍をひきあわせる。なんらかの事情なり理由なりがあるはずにござりまする。ただいま仰せいただきましたことは、肝に銘じまする。作事奉行であった間宮家、糸次の青木家、許嫁の安藤家につきましても探索をはじめております」

それからしばらくして、三人が辞去した。

翌十四日朝、小四郎から夕刻にたずねたいとの言付けがあった。

朝のいっときは陽射しがあった。相模の空から灰色の雲がおしよせてきて雨をもたらし、昼まえに陽射しがもどったがじきにまた曇った。

夕刻、小雨のなかを小四郎が蛇の目傘をさしてやってきた。

客間で対すると、すぐに食膳をはこんできた弥生とすずが酌をして去った。

隼人は言った。

「鶴吉のおかげでうまくいった。礼を申しておいてくれ。疑いがかからぬようとの難波屋の配慮であろう、来月あたりと、年内にもういちどと申しておった。それと、あらかじめ申しておくがむりをさせてはならぬ。鶴吉に、できうれば、木曾屋が両水野家家老をまねいた座敷でどのようなことが話されていたか、座敷をつとめた芸者たちから聞きだしてもらいたいとたのんでくれぬか」

「かしこまりました」

「昨夕、秋山らがまいっておった」

座敷から帰りの船までを詳細に語り、沼津と浜松とがつかっている船宿の屋号も告げた。

「……秋山は、座敷でわたしの名がでたのではあるまいかと申しておった。わたしも、木曾屋と拝郷兵衛の驚きようからしてそうではあるまいかと思うておる」

まがあった。

「鶴吉は宗元寺さまの座敷にでておりました。木曾屋の座敷をつとめた芸者たちに、ご老中の甥御さまで宗元寺隼人さまと噂話をもちかけさせてみましょう。殿が難波屋によき芸者の世話をたのんだというのが恰好の餌になりましょう」

「あまりよい気分でけないな」

「女はそのての話にけ夢中になります。ご容赦願いまする」

「ふむ、やむをえまい。ところで、秋山が、ほかに尾ける船はなかったと申すゆえ、かえってさまたげになりかねぬゆえやめたのやもしれぬと申しておいた。町方に船宿を知られぬためだな。わたしの浅慮であった」

小四郎が、ほほえんだ。

「尾けるのは町方のほうが得手。仰せのごとくじゃまにならぬよう遠慮したしだいにござりまする」

隼人は、笑みをかえした。

「ではそういうことにしておこう」

小四郎が真顔になる。

「作事奉行であった間宮筑前守さまにつきまして、あらたに判明せしことがござりまする」

間宮筑前守信興《のぶおき》は、岡野《おかの》肥前守《ひぜんのかみ》知暁《ともさと》の三男である。岡野家は三千石の大身旗本だ。

信興は七百石の間宮家に婿養子として迎えられた。

岡野知暁は、宝暦《ほうれき》七年（一七五七）に二十八歳で遺跡を継いでいる。小姓組番頭や西丸書院番頭を歴任し、天明《てんめい》七年（一七八七）から享和《きょうわ》二年（一八〇二）までの十五年間留守居の役にあった。史料では〝辞〟となっているが、七十三歳の高齢であり、ほどなく死去したものと思われる。

跡を継いだ長兄の知鄰《ともちか》は、文化《ぶんか》十四年（一八一七）仲春二月二十七日に五十六歳で亡くなっている。前年の初冬十月朔日《ついたち》に西丸側衆《そばしゅう》から本丸側衆に転出したばかりであった。

側衆は側用人配下で八人いる。役高五千石で、老中待遇の重職である。

現当主は、信興にとっては甥にあたる外記《げき》知英《ともひで》で、文政五年（一八二二）より小姓の役にある。

「……宗元寺さま、紀州屋は亀戸村のほかに向島の寺島村にも寮がございまする」

隼人は、うなずき、眉をよせた。

「先日、見にまいった。ちかくに武家屋敷が十数軒あったが……」

小四郎が顎をひく。

「紀州屋寮の三十間（約五四メートル）ほどてまえ右が岡野家の拝領屋敷にございまする」

功績ある旗本は将軍家のおぼしめしなどにより、近郊に別墅《べっしょ》用屋敷地をあたえられることがある。

隼人は、眉根をよせて畳に眼をおとした。

「たしか間宮筑前守は五十五歳で、紀州屋善右衛門は四十七歳であったな。顔見知りであったとしてもおかしくないわけか」

「そう思いまする。しかも、ただの町人ではございませぬ、木場の大店にございまする」

「そして、間宮筑前守は作事奉行であった。そのふたりがおなじ夜に殺された。なにゆえだ。待っておれ」

隼人は、部屋から手文庫をとってきた。蓋をあけ、四つ折にした半紙をだす。

「そなたが叔父上の命《めい》で書いたものだ。作事奉行間宮家より三月三十日の朝、急病の届けがあった。四月十二日、佐野肥後守《さのひごのかみ》が普請奉行より作事奉行に、大河内肥前守《おおこうちひぜんのかみ》が小普請奉行より普請奉行に、夏目左近将監《なつめさこんしょうげん》が西丸留守居より小普請奉行になっておる」

小四郎が顎をひく。

「憶えておりまする。殿よりさぐるよう命じられておりまするが、いまだこれといってつかめておりませぬ」

「西丸留守居の夏目左近将監を作事奉行に就《つ》ければ、佐野肥後守と大河内肥前守とはうごかさずともすんだ。叔父上もそれが腑《ふ》におちぬゆえあたってみるようにとのことであった。小四郎」

「はっ」

「なにゆえおなじ夜に間宮筑前守と紀州屋善右衛門の両名を殺さねばならなかった」

「警告、かと」

隼人は首肯した。

「わたしもそう思う。では、誰への警告だ」

口をひらきかけた小四郎が、息をのみ、眼をみはる。

「あいてがしぼれていない」

「それもある。たぶんな。くりかえすぞ、なにゆえおなじ夜に間宮筑前守と紀州屋善右衛門の両名を殺さねばならなかった」

小四郎が、眉間に縦皺をきざむ。腕をくみ、眼をおとす。

隼人は、諸白をつぎ、はんぶん飲んだ。杯をおき、箸《はし》をとって焼いた鯛《たい》の切り身を割って食べる。箸をもどし、のこった諸白で喉をうるおした。

腕組みをといた小四郎が、顔をあげる。

「こういうことでござりましょうや。何者かにとって不都合なことを、筑前守さまが紀州屋の手をかりてさぐっているのに気づいた。さりながら、どこまでつかんでいるかがわからない。さらには、筑前守さまおひとりだけか、ほかにもいるのではあるまいか。お待ちください」

小四郎が、ふたたび眉根をよせて小首をかしげる。

ながくはなかった。

「夏目左近将監さまは、たしか、文化十四年（一八一七）に松前《まつまえ》奉行になり、昨年の七月に西丸留守居になられておられまする」

「なるほど。ならば、はずしてもよさそうだな」

「そう思いまする。佐野肥後守さまが普請奉行より。大河内肥前守さまが小普請奉行より。おふたりのどちらかをうたがった」

「間宮筑前守どのが、長崎奉行より作事奉行になったのは昨年の六月だ。……前任の作事奉行についてぞんじておるか」

「織田信濃守《おだしなののかみ》さま。うろ憶えにござりますが、文政二年（一八一九）に普請奉行より作事奉行にご就任。昨年六月大目付に栄転なさっておられまする」

文箱から小四郎がよこした書状をだす。

「筑前守どのは、西丸目付から本丸目付をへて長崎奉行を拝命しておる。長崎奉行職は報奨《ほうしょう》の意図が濃いと聞くゆえ有能であったのがうかがえる。それでも、就任後さほど日をへずして不正なりに気づくというのはどうかな」

「佐野肥後守さまか大河内肥前守さまよりお聞きした。もしくは、おふたりのどちらかが口にされたことから気づかれた」

「かもしれぬ。筑前守どのと紀州屋との始末を命じた者もそれを懸念した。わかるか、小四郎。命じたのは、奉行職の役目ができる者ということだ」

小四郎が、頬をこわばらせる。

「覚悟はできておりまする」

「嫁御をむかえたばかりだ。できれば、そなたはまきこみたくない」

小四郎が、顔を紅潮させる。

「宗元寺さま、恥辱にござりまする」

隼人は、鼻孔から息をはいた。

「すまなんだ。許してくれ。……そなたが申したごとく佐野肥後守どのか大河内肥前守どののいずれか、あるいは両名からというのはじゅうぶんにありうる。もうひとつ、筑前守どのと紀州屋とが昵懇《じっこん》だとするなら、その線も考えられる」

「ご指示をいただきました青木家の周辺をあたらせております。絹こと糸次につきましても調べなおしました。二年まえの四月朔日《ついたち》に深川の置屋入りし、昨年の新春より座敷にでております。鶴吉によれば、木曾屋が霊岸島の酒問屋とはりあいだしたのが昨年の晩夏六月あたりからだそうにござります」

「木曾屋の落籍話を糸次がことわったと聞いた」

小四郎がうなずく。

「十一月のなかばごろにその話があり、糸次が色よい返事をせぬものですから木曾屋も意地になっているところがあったそうにござります。が、いくら口説いても首を縦にふらぬので、年が明けてからは寄合などのほかは声がかからなくなったとのことにござりまする」

「そこで紀州屋が糸次の馴染になった。紀州屋が、木曾屋の鼻をあかさんとしておる。世間はそうとる。だが、昨年の秋以降、木曾屋が料理茶屋にどのような客をまねき、どのような話をしたのか、糸次より聞くことができる。木曾屋は万年楼をひいきにしておる。まねいたあいて、糸次とともに座敷にでた芸者。たとえ町方にであっても、万年楼はあかしはすまい」

隼人は、小四郎をにらんだ。

「万年楼にしのびこんではならぬぞ。帳面を見れば客がわかる。だが、それだけだ。なにが話されていたかまではつかめぬ。なによりも、こちらのうごきを敵にさとられてしまう」

「かしこまってござりまする」

「糸次、紀州屋、間宮筑前守。いっきょに口を封じなければならなかった。筑前守どのの急病を知れば、紀州屋と糸次は身を隠すやもしれぬ。あるいは、紀州屋と糸次との死にざまを筑前守どのがまにうけるとも思えぬ」

「宗元寺さま、紀州屋が糸次を木場にかくまえば、われらとてうかつに手はだせませぬ。木場の大店の主が命を狙われているとさわげば、町方もほうってはおけますまい」

「三名をおなじ夜に殺める。かかわりがあるなら、佐野肥後守どのか大河内肥前守どのの挙措に変化がある」

「それをたしかめるのと、口止め」

「おそらくはな。ふたりともまだ生きておる。かかわりがあるなら、よほどに自重しておるのであろう。このさき、なにがでてくるかわからぬ。そのむねを叔父上に申しあげ、このままつづけてよいものか、おうかがいしてみてくれ」

「承知いたしました」

ほどなく、辞去の挨拶をした小四郎を、隼人は玄関まで送った。

四

翌十五日は雲ひとつない青空であった。

朝、小四郎からの文がとどいた。いましばらくつづけよ、との叔父の命であった。

隼人は、平内への文をしたためて、大月屋の丁稚《でっち》に夕凪までとどけさせた。夕七ツ半（五時五十分）じぶんにたずねたいが不都合なら報せてもらいたいと書いた。

夕七ツ（四時四十分）の鐘からしばらくのち、したくをして宿坊をでた。

麻布《あざぶ》の妙善寺から芝湊町《みなとちょう》の夕凪まで半里（約二キロメートル）余。ゆっくり歩いても小半刻（三十五分）ほどだ。

三人は二階の座敷にいた。もどってきたばかりのようだ。女将のさわが女中ふたりに四人の食膳をはこばせてきた。

酌をすませた三人が廊下にでて三つ指をつき、障子をしめた。

隼人は言った。

「昨夕、鵜飼小四郎が、あらたに判明せしことを報せにまいった。なお、船については、やはり町方のほうが得手ゆえじゃまにならぬようにひかえたとのことであった」

間宮筑前守信興が三千石の旗本岡野肥前守知暁の三男で、間宮家の婿養子となったことから、寺島村の紀州屋寮と岡野家別墅がちかいこと、間宮筑前守、紀州屋、糸次がなにゆえおなじ夜に殺されなければならなかったかの推測までくわしく語った。

膝に手をおき、畳に眼をおとしていた平内が、背筋をのばした。

「ひとつひとつたしかめさせていただきたくぞんじまする。旗本のご息女であった青木絹どのが、芸者になるにあたって深川をえらんだはなにゆえかと仰せにござりました。さりながら、二年まえの四月は、間宮筑前守さまは長崎奉行にござりまする。

……文蔵」

「へい」

「はじめに糸次をひいきにした霊岸島の酒問屋を調べ、きっかけをあたってみな」

「承知しやした」

平内が顔をもどした。

「お話をおうかがいしていて気になったことがございまする。糸次が見習で座敷にでるようになって木曾屋を袖にするまで、つまりこの春まで、紀州屋は糸次を座敷に呼んだことがないのか。評判の芸者なら、一度や二度くらいは座敷をかけそうなものにございまする。これは、岡本にあたらせまする。……文蔵」

「へい」

「置屋は弥一郎にあたらせる。おめえは、あらたに青木家の蔵宿になった札差《ふださし》を調べ、なんで深川だったんかをさぐってみな。この件には弥一郎とおいらのほかはかかわらしたくねえ。あいては札差だ、むつかしかろうが、おいらの名をだすのはかまわねえからたのむぜ」

「わかりやした」

平内が、諸白をついでいっきに飲み、杯をおいた。

「武家の出らしき十八歳の芸者。木曾屋であれば、旦那《だんな》のあるなしはすぐにわかりまする。で、酒問屋とはりあい、おのがものにせんとした。……文蔵、木曾屋の女遊びもな」

「へい」

　隼人は、口をはさんだ。

「だとするなら、紀州屋は以前よりなにごとかで木曾屋をうたがっていたことになる」

　平内が、ちいさく顎をひく。

「男は女のまえでは見栄をはるものにござりまする。いま思いうかびましたが、さきに眼をつけた酒問屋はなにゆえ手をひいたのでござりましょう。あいてが木場の木曾屋なら、むしろはりあいそうなものにござりまする」

　平内が文蔵を見た。文蔵がうなずく。

　隼人は言った。

「わたしは、むしろ青木家か許嫁の安藤家と間宮筑前守どののとのかかわりを考えておったが、なるほど、紀州屋のほうがありうるな。こういうことではなかろうか。はじめ、紀州屋は芸者仲間の噂話をふくめてなにかつかめればというていどであった。ところが、昨年六月、懇意の間宮筑前守どのが作事奉行に就任し、おなじころ、木曾屋が糸次をひいきにしだした」

「そう思いまする」

平内が、口をつぐんだ。眉間をよせ、畳に眼をおとす。

食膳には、だし巻き玉子、鯛の塩焼き、海老《えび》と茄子《なす》の揚物（天麩羅《てんぷら》）、鶯菜《うぐいすな》（小松《こまつ》菜）と油揚げの煮染があった。

いつも馳走になっている。だから、とてもたりているとは思えないが、祝儀や謝礼などは多めにつつんでいる。このようなことも、下田《しもだ》の山里での暮らしで師より学んだ。

玉子は高いので病にでもならなければ口にしない。宿坊でもめったにでない。隼人は、だし巻き玉子の一切れを食べ、諸白を杯のはんぶん飲んだ。

平内が顔をあげた。

「ご無礼いたしました。商いのうえの恨みなり、疑念なり、紀州屋が木曾屋にたいしてふくむものがあったはたしかであろうとぞんじまする。ただ、ご寛恕《かんじょ》願いますが、絹どのが芸者になられたことと、木曾屋とはかかわりあるまいと愚考いたしまする。くわしく申しあげまする」

祖母が病がちで医者代がかかる。これまでの借金は棒引きになったが、早晩、また借金にたよらざるをえなくなる。

それで、絹が前借をえて芸者になることにした。しかし、絹は、許嫁の四十九日をすませたら、ほんとうに鎌倉《かまくら》の尼寺へゆくつもりだったのではあるまいか。

青木の当主は、当初、みなで自害する気でいた。娘を芸者にする。とても旗本の思案とは思えない。絹は、青木家のあらたな札差の口利きで深川の芸者置屋にはいった。

なるほど、御蔵前の札差たちは深川でも豪遊している。だが、山谷《さんや》や柳橋のほうが顔が利く。浅草橋場町《はしばちょう》には船宿が多く、置屋もあり、向島の料理茶屋を得意先にしている。

「……向島は芸者がおりませぬゆえ、深川や柳橋からもでむきまする。ごぞんじのごとく静かであり、客筋もわるくありませぬ。武家の娘にとっては深川よりもつとめやすいはずにござりまする。さらにもうひとつ。蔵宿になったばかりの身で、しかもいわくがありまする。たとえ相談があったとしても、ご息女を芸者にとは申しあげかねるとぞんじまする」

隼人はうなずいた。

「そなたが申すとおりだ。絹ことと糸次は、紀州屋がまねいたものと信じ、みずから屋根船にのったのやもしれぬ」

「おそらくは。それゆえ、昼日中にかかわらず、気にとめる者は誰もいなかった」

「すると、絹が亀戸村の紀州屋寮へまいるのは三月二十九日がはじめてではないということになる」

文蔵が平内に顔をむけた。

「秋山の旦那、亀戸村までとなると手がたりやせん。本所北《ほんじょきた》、中之郷《なかのごう》竹町《たけまち》の梅吉《うめきち》に声をかけてえと思いやす」

「かまわねえ」

隼人は言った。

「文蔵」

「へい」

「その梅吉だが、わたしからもたのみがある。紀州屋の寮と岡野家の屋敷との昔をぞんじておる者をできれば見つけてもらいたい。間宮筑前守と紀州屋善右衛門とが顔見知りかどうかだけでもよい」

「わかりやした」

平内が、杯をおいて顔をあげた。

「いますこしすすめたくぞんじまする。絹どのは旗本家のご息女にござりまする。置屋にはいり、見習から座敷にでるようになったとしても、半年やそこらで世間がわかるとは思えませぬ。木曾屋も紀州屋もおなじ木場の材木問屋にござりまする。木曾屋はこばみ、紀州屋には心をひらく。ありうるかもしれませぬが、うたがわしゅうござりまする。芸者糸次となった絹どのが、ひそかに紀州屋と会っていたのなら、なんらかのつながりがあるはずにござりまする」

「売れっ子芸者糸次が、木曾屋を袖にした。その木曾屋の鼻をあかさんと熱心に口説いていた紀州屋もこばんだ。恥をかかされた紀州屋は逆上して殺め、われに返って自害。よくできている。しかも、おなじ夜、わたしにかかわりのある柳橋芸者が伊賀忍に殺された。月番の北町奉行所は、色狂いした木場の材木問屋より、甲賀と伊賀との諍いに気をうばわれる」

平内が首肯する。

「これまでは手探りにござりました。ようやく、なにを調べ、なにを追えばよいかが見えてまいりました。よろしければ、夕餉《ゆうげ》をはこばせたくぞんじまする」

「馳走になる」

腰をあげ、障子をあけた晋吉が、声をかけた。

待つほどもなく、さわが女中ふたりに食膳をはこばせてきた。ご飯と汁、酢の物と香の物との小鉢があった。

のこった料理を菜《さい》にご飯を食べる。

食べおえたあと、さわに見送られ夕凪をあとにした。

左手に夕凪の屋号入り小田原提灯《おだわらぢょうちん》、蒼穹《そうきゅう》には皓皓《こうこう》たる満月があった。

金杉橋《かなすぎ》のてまえは川しもに、わたった南岸は両脇に、担ぎ屋台や据え屋台がある。

二八蕎麦、田楽、煮売、酒。懐がさびしい裏長屋の独り者は、ご飯と味噌汁《みそしる》と香の物とをたのみ、ご飯と味噌汁とをかっこみ、のこした香の物に茶碗酒をたのしむ。さらに巾着の軽い者は、二八蕎麦だけで我慢する。

客がいる屋台もあれば、いない屋台もある。おなじ灯りなのに、客のいない屋台は暗い。

橋をわたった隼人は、ふり返った。対岸川しもの桟橋によこづけされた屋根船から人影がおりてくる。二本差しだ。

隼人は顔をもどした。肩で息をする。襲われる懸念はあった。弥生も案じてきた。助勢は無用と言うと、不満げなようすをみせた。

――すずをひとりにするでない。

弥生は理解した。

桟橋から石段を岸にあがってくる。五名。

隼人は顔をもどした。

金杉同朋町《かなすぎどうぼうちょう》の通りにはいっていく。

灯りがあるのは食の見世《みせ》だけだ。夏のあいだは、戸口の腰高障子をはずして蚊遣《かや》りをたく。

ところどころにある食の見世からの灯りが、通りに帯をひろげている。

金杉橋から将監橋《しょうげんばし》までは一町半（約一六四メートル）ほど。将監橋から五町半（約六〇〇メートル）は、左は武家屋敷、右は松原と新堀川と増上寺《ぞうじょうじ》だ。

胸腔いっぱいに息をすい、しずかにはき、臍下丹田《せいかたんでん》に気をためる。

歩きながら、羽織の紐《ひも》をほどき、片腕ずつぬいでまるめ、左脇にかかえる。

いまだ気配を感じない。詰めてくるようすもない。ふり返りたいのをこらえて歩く。

薩摩《さつま》藩七十二万八千石松平（島津《しまづ》）家は外桜田《そとさくらだ》の幸《さいわい》橋御門内に六千八百坪余の上屋敷があるが、増上寺とは新堀川をはさんだ芝新馬場《しばしんばば》にある二万二千坪弱の中屋敷を居屋敷にしていた。馬場のある松原にめんして、中屋敷へいたる横道をはさんで島津家の下屋敷がある。

その横道もすぎた。

川上の下屋敷は一町（約一〇九メートル）余で、町家に接している。下屋敷かどから赤羽橋《あかばね》までは二町（約二一八メートル）たらずだ。

赤羽橋の桟橋に灯りがある。が、灯りは揺れず、あがってくる者もいなかった。つぎの中之橋までは三町（約三二七メートル）だ。

中之橋の桟橋にも灯りがある。

赤羽橋からさきは、南岸にも土手がある。中之橋とのなかほどまできた。中之橋桟橋の灯りが揺れる。

人影がとびだしてきた。

五名。

背後をふり返る。町ほどのところを、五名がよこならびにひろがってやってくる。

隼人は、筑後《ちくご》の国久留米《くるめ》藩二十一万石有馬《ありま》家上屋敷の塀に駆けより、羽織をおいて小田原提灯の柄をさした。下緒《さげお》をはずして襷《たすき》をかける。懐から手拭《てぬぐい》をだして嚙《か》み、二枚に裂く。かがんで、左膝をつく。

草履をぬげば裸足《はだし》になってしまう。土踏まずのところで手拭を巻き、交差させて足首にまわしてまえでむすぶ。左足もおなじくむすぶ。

立ちあがる。

左右から敵が五名ずつ足早にちかづいてくる。

差料は四振りある。この日は、父の形見の一法《いっぽう》を腰にしてきた。日置《へき》山城守《やましろのかみ》一法。江戸前期の刀匠《とうしょう》。刀身二尺四寸（約七二センチメートル）の業物《わざもの》である。

かこまれるまえに敵の数を減じねばならない。川しも、川かみ。どちらへ行くべきか。いまいちど、川しも。

赤羽橋のたもとに桟橋から人影が駆けあがってきた。

一町半（約一六四メートル）ほど離れている。が、満月と星明かりがある。面体を隠し、襷掛け、伊賀袴の裾《すそ》を脚絆《きゃはん》でしぼっている。

あの背恰好。百地五郎兵衛。

――敵、いや、味方だ。

隼人は、左手で大小をおさえ、川かみへ駆けた。

敵もいっせいに駆ける。

三十間（約五四メートル）。

背後で、夜の静寂《しじま》を甲高い音がひき裂く。

二十間（約三六メートル）。

敵五名が抜刀。

十間（約一八メートル）。

左手で鯉口《こいぐち》を切り、一法を鞘走《さやばし》らせる。夜空を突き刺す丁子乱刃《ちょうじみだれば》が妖しく光る。

五間（約九メートル）。

まんなかの大柄に殺気を放つ。敵が上段から大上段に振りかぶる。わずかな、ま。

左肩をひき、左より二番手細身との間合を割る。

細身が悪鬼の形相で上段から撃ちこんでくる。

左手を一法の柄頭《つかがしら》へ。右足を踏みこみ、八相から敵の白刃を叩《たた》く。左足をひきながら、上体を反転。こちらに向きをかえ、とびこんでくる大柄を薙《な》ぐ。左胸に一法の切っ先が消え、右胸へ奔《はし》る。

心の臓を断たれた大柄の眼から光が失せる。奔る一法の棟《むね》を血飛沫《ちしぶき》が追う。

おおきく前方に跳ぶ。宙で反転。百地五郎兵衛が三人の敵に対している。はやくもふたりを斃《たお》している。

右足、うしろへ流れんとする上体を左足の爪先をたててこらえる。

「おのれーッ」

細身が突きにきた。

白刃が喉に迫る。

一法が昇竜《しょうりゅう》と化して敵の毒牙《どくが》を弾きあげ、弧を描く。切っ先が大気を震わせて唸《うな》る。

細身の肋《あばら》と水月《みぞおち》とを裂く。

後背より殺気。右足の爪先をたてて反転。柄頭から左手を離してたなごころを切っ先ちかくの棟にあてる。

まっ向上段からの敵の一撃。

ガツッ。

右手をひき、左指で棟をはさむ。切っ先で敵の右頸の血脈を圧《お》し斬る。血を迸《ほとばし》らせながら、敵が突っ伏す。

左右からきた。両者とも上段からの薪割《まきわ》り。右が疾《はや》い。一法が奔る。右、左、右の小手《こて》を打ち、左の白刃を捲《ま》きあげて腹を薙ぎ、右の白刃を弾きあげて袈裟《けさ》に斬りさげた。

前方に跳ぶ。両足が地面をとらえる。反転。右したに血振りをかけ、口をすぼめて息をはきだす。

百地五郎兵衛がやってくる。

懐紙をだして刀身をていねいにぬぐい、一法を鞘にもどす。着物も両腕も血に濡れている。

ゆっくりすってはき、息をととのえる。

五郎兵衛が立ちどまる。眼のほかは鼠色《ねずみ》の布でおおわれている。

隼人は言った。

「かたじけない」

「助勢したわけではござらぬ。ご貴殿に話があるゆえ、邪魔者を始末しただけでござる」

「なるほど。では、話とやらを聞こうか」

「一連の殺しがあった夜、深川大島町の紙屋の娘と手代とが相対死にみせかけて殺されました。あそこの杭橋は、ならんでいる四軒の船宿でつかっております。そこの一軒が、おそらくは風魔が船宿。対岸から見張ることもかなわず、われらでは気づかれかねませぬ。ご貴殿は町方をつかうことができまする」

「承知。よく報せてくれた」

「つきとめましたらお教え願いまする」

「それも承知。わたしのうごきは見張られておるようだ。文を奈良屋へとどけさせる」

「ではそのように」

「待ってくれ」

「なにか」

「手拭をかしてもらえぬか」

五郎兵衛が、懐から手拭をだした。

隼人は、うけとり、言った。

「洗ってかならず返す」

「お好きなように。ご無礼」

五郎兵衛が踵を返した。

十間（約一八メートル）ほどあいだをおき、隼人は有馬家上屋敷まえの自身番屋へむかった。

第五章　河原の血闘

一

翌十六日朝、隼人は下男の寅吉《とらきち》を京橋の南鍛冶町《みなみかじちょう》二丁目へ使いにやった。刀をまじえ、斬れば、血糊が付着し、眼には見えずとも刃こぼれができる。刀の手入れをおこたってはならない。南鍛冶町二丁目にある出雲屋《いずもや》は代々西尾松平家出入りの刀剣商である。これまでも、そのつど刀を研ぎにだしている。

厨《くりや》から部屋にもどった隼人は、文机《ふづくえ》にむかい、小四郎への書状をしたためた。秋山平内とのやりとり。帰りに十名の刺客に襲われたが、百地五郎兵衛の助勢をえたこと。深川大島町《ふかがわおおしまちょう》に風魔《ふうま》の船宿があるらしきことをしるす。

弥生を呼び、夕刻にやってくる豆腐売りの茂助《もすけ》にたくすように言った。弥生には、朝餉《あさげ》のおりに話した。

朝のうちにやってきた出雲屋の手代に、刀袋にいれた一法をあずけた。

梅雨の季節は盛夏であり、晴れると暑い。妙善寺では端午の節句の前日である五月四日に本堂や客殿をのぞいた庫裡《くり》などを簾《すだれ》障子にかえる。

商家なども、端午の節句から中旬にかけて天気をみながら簾障子にする。屋根船も客のもとめにおうじて簾障子にする。それが残暑のころまでつづく。

ただ、簾障子は、紙障子にくらべると、風をとおすので涼しいが光をさえぎる。

部屋も縁側と廊下の簾障子をあけてあった。

隼人は、縁側ちかくに膝《ひざ》をおった。

昨夜《さくや》、下緒《さげお》の襷掛《たすきが》けをはずして羽織に腕をとおし、小田原提灯《おだわらぢょうちん》をもって自身番屋へ行った。

町役人は、腰をぬかさんばかりに蒼《あお》ざめ、震えだした。

有馬家よこの道で浪人どもに襲われた、湊町《みなとちょう》の船宿夕凪《ゆうなぎ》の文蔵にいそぎ報《しら》せてもらいたいと告げると、町役人に命じられた書役《かきやく》がぶら提灯をもって駆けていった。

町役人に、手桶《ておけ》か小盥《こだらい》に水をもらいたいと言った。

縁側に腰かけ、百地五郎兵衛から借りた手拭《てぬぐい》を濡らしてしぼり、顔と首、腕の血をぬぐった。小盥で手拭を洗い、つよくしぼって袂《たもと》にいれた。

しばらくして、書役よりもさきに平内と晋吉と竹次をふくむ手先たちが駆けつけてきた。文蔵はさらに手先をあつめてあとからくるという。

平内も襲われるかもしれぬと思い、夕凪にいたとのことであった。

刺客の数に、平内が愕然《がくせん》とした。

平内をうながし、竹垣のそとにでた。

伊賀《いが》忍の長《おさ》である百地五郎兵衛が助勢にあらわれたことと、その理由《わけ》を話した。

平内が、明日《みようにち》は浪人どもの始末をして、晩に岡本弥一郎《おかもとやいちろう》と相談し、不都合がしょうじなければ明後日の夕刻におたずねします、と言った。そして、竹次に十手と弓張提灯とをもたせて宿坊まで送るように命じた。

おのれはまだまだ未熟だといましめる。

できうるかぎり返り血をあびないようにせねばならない。とくに顔だ。たとえかたほうであっても、眼にあびては不覚につながる。百地五郎兵衛の着衣にはめだつ血の跡はなかった。

中食《ちゆうじき》のあと夕餉《ゆうげ》まで、ふたたび夕凪から帰路までを思いおこした。

一味は屋根船をつかっている。にもかかわらず、なにゆえ大島町の船宿をうたがわなかったのか。昨夜、四軒のうちの一軒が忍一味の塒《ねぐら》やもしれぬと告げると、平内はひどく驚いた顔をした。

手練《てだれ》の探索方である秋山平内だけでなく岡本弥一郎も疑念をいだかなかった。おのれもだ。運悪く一味とでくわしてしまったと考えていた。

――なにゆえだ。

くり返して問いかけ、考える。

影がながくなり、陽が相模《さがみ》の空にかたむいていった。

ようやく思いいたる。

――たまたまか。かもしれぬ。だが、狙ってだと考えたほうがよい。

弥生が声をかけて、すずとふたりで夕餉をはこんできた。

落日の残照に、雲が炎のごとき紅蓮《ぐれん》に染まった。

翌十七日は小雨の曙《あけぼの》だった。

白糸《しらいと》の雨が、音もなく夜明けをぬらしていた。雨はほどなくやみ、雲間にひろがる澄みきった青空から陽が射し、竹の葉の雨滴がきらめいた。

夕刻まで、隼人は書見ですごした。

文蔵と晋吉を供に平内がきたのは、夕七ツ半（五時五十分）じぶんであった。客間に案内した弥生がすすとふたりで食膳をはこんできた。

酌をしたふたりが去り、平内が口をひらいた。

「一昨日《いっさくじつ》の件にござりますが、不逞《ふてい》の浪人十名、宗元寺さまおひとりで斬りすてたことにしていただきたくぞんじまする」

公儀は、表向き忍がいるのを認めていない。北町奉行所は、宗元寺隼人が老中松平和泉守《いずみのかみ》の甥《おい》だと承知している。が、これまた、表向きは麻布《あざぶ》妙善寺の宿坊に暮らす浪人にすぎない。

宗元寺隼人については、松平和泉守が公儀に甥としてとどければすむ。が、闇討に遭ったところを助勢した者がいるなら、それが何者かを詮議《せんぎ》しなければならない。

「……つまりはそういうことにござりまする。なにとぞご承知願いまする」

「あいわかった」

「お奉行が苦笑をうかべられ、おうかがいするようにとのことにござりまする。宗元寺さまは、百地五郎兵衛の本音が那辺にあるとお考えにござりましょうや」

「これまでいくたびも刺客をはなっておる。ほかの者に斬られては面目《めんもく》を失する、といったところであろう」

平内ばかりでなく、文蔵や晋吉までが笑いをこぼした。

「ご無礼。ですが、まるで他人事《ひとごと》のように仰せでござりまする。ところで、浪人どもは、やはり身をあかすものはなにも所持しておりませんでした。手先二名に高輪《たかなわ》より品川宿《しながわじゅく》のさきまであたらせております。昨日《さくじつ》、文蔵がおもしろきことをつかみました。文蔵」

「へい。申しあげやす。昨日《きのう》の朝、霊岸島銀町《れいがんじましろがねちょう》二丁目の井筒《いづつ》屋へめえりやした。木曾屋と糸次をはりあった酒問屋でやす。主《あるじ》の名は佐兵衛《さへえ》でやす」

大川河口の霊岸島は菱垣廻船《ひがきかいせん》や樽《たる》廻船で回漕《かいそう》されてくる下《くだ》り荷の集積地で、酒問屋と瀬戸物問屋が多くあった。

佐兵衛が、亡くなったかたのことをあれこれ申しあげるのはひかえさせていただきます、としぶった。

文蔵は、口止めをしたうえで、御番所では糸次と紀州《きしゅう》屋善右衛門《ぜんえもん》は殺されたと考えていると言った。

佐兵衛は、しんそこ驚いたようであった。

すこしして、喉仏《のどぼとけ》を上下させて唾《つば》をのみ、じつは、と話しだした。

井筒屋は何代にもわたって紀州屋を得意先にしている。木場でも指折りの大店《おおだな》であり、だいじな取引先である。

毎年、正月には挨拶《あいさつ》に行く。昨年も木場の紀州屋をたずねた。そのおり、しばらくぶりに料理茶屋へおつきあいくださいとさそった。善右衛門が快諾してくれたので、翌月のたしか中旬、門前仲町《もんぜんなかちょう》の料理茶屋で歓待した。

晩春三月になってまもなく、お返しにと門前仲町へまねかれた。

門前仲町は通りをはさんで掘割がある。岸には柳と朱塗りの常夜灯が交互にあり、夜の深川でもっともにぎやかな通りだ。

見送りにでてきた女将《おかみ》と芸者たちを手でとどめた善右衛門にうながされ、佐兵衛は常夜灯のよこで掘割に躰《からだ》をむけてならんだ。

掘割をはさんだ対岸の門前山本町《もんぜんやまもとちょう》にも、柳と常夜灯とがあり、料理茶屋もあるが、門前仲町のように軒をつらねるほどではない。

対岸に顔をむけたまま善右衛門が口をひらいた。

――この春から座敷にでるようになった糸次という見習芸者がおります。理由《わけ》はご容赦願いますが、寄合などのおりに座敷に呼んでくだされば恩にきます。

たのみごとをするのに顔もむけない。事情があるのだろう。佐兵衛は、承知して名をたしかめた。

糸次をはじめて座敷に呼んですぐに、その挙措から武家の出だなとわかった。口数がすくなく、百合のごときしとやかな美しさで、佐兵衛は気にいった。

それからは、深川での座敷にはかならず糸次を呼んだ。

すると、木場の材木問屋木曾屋儀右衛門《ぎえもん》が座敷をかけるようになった。こちらのほうが先口《せんくち》であり、いっときは意地もあってはりあった。

初秋七月朔日《ついたち》から見習がとれて引越もした。

佐兵衛は、見習がとれた祝いに着物の一揃《ひとそろ》いを送り、引越祝いの祝儀もだした。噂《うわさ》では木曾屋もかなりの祝いをしたとのことであった。

仲秋八月になったばかりのある日、佐兵衛は紀州屋善右衛門に両国《りょうごく》橋薬研《やげん》堀《ぼり》の料理茶屋にまねかれた。

帰りは、店《たな》のまえにある新《しん》川の桟橋まで送ってもらった。

その屋根船の座敷のなかで、善右衛門からおおきな注文をうけた。思いもしないことであり、佐兵衛は心からの礼を述べた。

善右衛門が、このような意のことを言った。

――手前のほうこそお礼を申しあげねばなりません。糸次のことでは散財をさせてしまい、まことに申しわけなく、心苦しく思っております。噂では木曾屋さんが意地になっているそうにございます。これ以上ご迷惑をおかけするわけにはまいりませんので、はりあうのはやめていただきたくぞんじます。

佐兵衛は、正直ほっとした。

糸次に惹《ひ》かれているのであれば、こちらも霊岸島では知られた大店であり、千両箱を積むことになってもかんたんにひきさがるわけにはいかない。が、たのまれての義理からだ。

そういうことかと、佐兵衛はさとった。

木曾屋も紀州屋も大店の材木問屋だ。商いで競っていても、木場の商売仲間である。

井筒屋について調べ、紀州屋出入りの酒問屋だと知った木曾屋が、糸次に座敷をかけるようたのんだのが紀州屋であるのを知らずに井筒屋に手をひかせるよう相談をもちかけた。むろん、ただではない。紀州屋は取引におうじた。

佐兵衛は承知した。

糸次が、木曾屋の執拗《しつよう》な身請け話をかたくなにこばんでいる。それを耳にするたびに、佐兵衛は溜飲《りゅういん》がさがる思いだった。

もちろん、芸者たちは佐兵衛が木曾屋儀右衛門と糸次をはりあったのを知っているからこそ告げる。顔にはださずとも機嫌がよくなるのを、客商売の芸者たちはこころえている。

ところが、今年になって木曾屋から声がかからなくなると、紀州屋が座敷に呼ぶようになった。

ならば、たのんだりせずにみずからひいきにすればよい。そしたら、木曾屋も手をだすこともなかったろう。

佐兵衛は、おのれがだしにつかわれたようで不快であった。

そして、晩春三月すえのいまわしいできごとがあった。

読売（かわら版）には、亀戸村《かめいどむら》の紀州屋寮で善右衛門が糸次を殺《あや》めて自害したとあった。

糸次をはさんで木曾屋儀右衛門と紀州屋善右衛門とのあいだでなにごとかあったに相違ない。おのれは利用されたのだ。

得意先ではあるが、よくも虚仮《こけ》にしてくれたものだ。だが、みずから命を絶ったと聞けば、知り人だけによほどのことがあったのだろうと気の毒にも思う。

だから、さらなるかかわりあいにはなりたくないので口をつぐんできたのだった。

平内がひきとった。

「……宗元寺さま、臨時廻りの関口潤之助《せきぐちじゅんのすけ》を憶《おぼ》えておいでてでしょうや」

北町奉行所の臨時廻りはひとりしか面識がない。

「憶えておる。正月、上屋敷からの帰りに御堀（外堀）ばたで伊賀におそわれたおりに世話になった」

平内がうなずく。

「蕎麦《そば》売り麻次郎殺しをあつかっておりまする。柳橋芸者殺しは宗元寺さまがらみゆえ掛《かかり》はそれがし。大島町と亀戸村の扱いは岡本。それがしは岡本とふたりのみでと思うておりましたが、お奉行のご指示により、関口どのもくわわることになりました。昨夜《さくや》、三名で会い、大島町の船宿を見張るてくばりを相談いたしました。そのあと、井筒屋のことを話しますと、岡本が思いついたことがあると申しました。それで、今朝、岡本は年番方《ねんばんかた》に願って見まわりを臨時廻りにたのみ、糸次の置屋へまいったそうにござりまする。それがしが中食とる一膳飯屋で待っておりました」

岡本弥一郎が気になったのは糸次の前借がどうなったかだ。

糸次は二十五両の前借で一昨年の初夏四月朔日《ついたち》から置屋に身をおいた。昨年の正月から見習で座敷にでるようになったが、食べる物、着る物、習い事の謝儀《しゃぎ》（稽古代）などがかかる。

売れっ子になったとはいえ、置屋へはいってからの入用《にゅうよう》さえ全額返済したとは思えない。

「……初七日がすぎた四月九日、紀州屋の手代がたずねてまいり、前借証文とひきかえに迷惑料をふくめてと五十両をおいたそうにございまする。世間をさわがしておりまする。さらに悪い評判がたたぬように、亡くなった主の後始末をきちんとやる。いかにもありうる話にございまする。ですが、岡本は、なにかひっかかるものがあり、その手代の背恰好《かっこう》などを訊《き》いたとのことにございまする」

晩春三月二十九日朝、紀州屋を糸次の使いがおとずれている。弥一郎は、応対して主にとりついだ手代から人相や背恰好などをくわしく訊いた。置屋はむろんのこと、料理茶屋もあたったが、それらしき者はうかんでこなかった。

置屋をおとずれた手代は、紀州屋にやってきた使いの者と似ているように思えた。置屋は紀州屋の手代だと信じ、まるでうたがっていなかった。ほかに五十両もの大金をはらう者がいるはずがないからだ。

「……置屋や料理茶屋の若い衆《しゅ》から、商家の手代ふうに髷《まげ》をかえれば、人相を聞いているだけではわかりませぬ」

「気をつかい、かえって尻尾をだしておる」

「いますこしお聞かせ願いまする」

「たしかに五十両もだすのは紀州屋しかおるまい。つまり、置屋がわざわざたしかめに行くことはない。紀州屋としては一日も早く世間に忘れてほしいであろうゆえなおさらだ。いっぽうで、なにゆえそこまでするのか。ほうっておけばよかろう。置屋が売れっ子芸者を殺された損害がうんぬんと申してきたら、そのときおうじればよいではないか」

平内がほほえむ。

「仰せのとおりにござりまする。どうあっても紀州屋善右衛門が糸次を殺《あや》め、みずから命を絶ったことにしたい者がいる」

「そういうことになる。糸次と紀州屋。いったいどのようなかかわりであろうか。紀州屋は、井筒屋に糸次をたのんだ。ふつうに考えれば、おのれが表にでたくないからだ。井筒屋が申すがごとく、はじめからおのれがひいきにすればよかったではないか。木曾屋が糸次に眼をつけたはたまたまであろう。たとえそれをたくらんでいたのだとしても、うまくいくとはかぎらぬ。どうにもわからぬ」

「間宮筑前守《ちくぜんのかみ》さまの件をおいておきましても、屋台の蕎麦売り、柳橋芸者、紙屋の娘と手代、亀戸村の寮。それがし、ひと月半のあいだによくここまで調べられたと思うておりまする。岡本も申しておりましたが、宗元寺さまのおかげにござりまする」

「わたしは、耳をかたむけ、存念を述べているにすぎぬ」

平内が笑みをこぼす。

「文蔵は猪牙舟《ちょきぶね》で霊岸島へまいり、そのあと、吾妻橋《あずま》へ行き、梅吉《うめきち》をたずねておりまする。梅吉が申しますには、亀戸村の寮で糸次を呼ぶなり、客をもてなすなりしたのであれば、どこぞの仕出屋をつかったはずにござりまする。あのかいわいでは、まずは亀戸天神の門前。さっそくにもあたると申しておりまする。寺島村《てらじまむら》の寮につきましても、手先に調べさせるとのことにござりまする」

平内が、ややかたちをあらためた。

「宗元寺さま、こたびの件は北御番所扱いにござりまする。梅吉につきましては、岡本も考えると申しておりまする。したがいまして、梅吉へのあらたまった謝礼は無用に願いまする」

「あいわかった。ところで、大島町の船宿四軒のうち一軒が忍一味の塒やもしれぬと申したおり、驚いていたな。わたしも、紙屋の娘と手代は運悪く見られてしまったのであろうと考えていた」

小首をかしげ、畳に眼をおとしかけた平内が、顔をもどした。

「ただいまはどのようにお考えにござりましょうや。よろしければお聞かせ願いまする」

「うむ。なにゆえ疑わなんだか。思うに、屋根船が桟橋に舫《もや》われたままだったからだ。あの世で添いとげんと誓う。縄をほどき、船を川の流れにまかせ、手首を切る。このほうがありうるように思える。だが、考えたのだ。逆ではあるまいか、と」

平内がうなずく。

「船は潮のかげんでどこまで流されるかわかりませぬ。見つからぬおそれもあります る。それでは、弔《とむら》ってもらえず、成仏できませぬ。屋根船が流されて見つかれば、船宿を疑いました。かかわりを隠さんがために流したのではあるまいかと。だが、障子をあけて、得物を川におとしたかのごとき小細工をなしながら、船はそのまま。それゆえ、それがしどもは疑いませんでした」

「たまたまということもありうる。だが、そこまで読んでいたと考えるべきであろうな」

「そう思いまする。宗元寺さま、今宵《こよい》もまた、八丁堀《はっちょうぼり》の居酒屋にて関口どのと岡本の三人で会うことになっておりまする。文蔵にさぐらせるつもりでおりました糸次こと絹どのの青木家のあらたな札差につきましては、本日、関口どのが調べているはずにございまする。明日《あす》、文蔵を行かせまする。埒《らち》があかねば、関口どのがでばることになっておりまする。せっかくの料理をのこして申しわけございませぬが、これにて失礼させていただきまする」

辞去する三人を、隼人は玄関まで送った。

部屋へもどった隼人は、文机をまえに膝をおった。酔うほどには飲んでいない。それでも、茶をはこばせて、墨を摺《す》った。茶を喫して筆をとる。

文面は、拝借した手拭の礼を述べ、たのまれたてくばりがすんだことをしるした。内容を曖昧《あいまい》にしたのは、万が一にも書状がうばわれるのを考慮してだ。

昨日、京橋南鍛冶町の出雲屋へ使いにやった寅吉に、帰りに箱入りの鰹節を買わせた。その木箱のうえに手拭と書状をおき、弥生にわたして伊賀の忍宿である日本橋高《たか》砂町《さごちょう》の奈良《なら》屋にとどけさせるように言った。

二

翌々日の十九日は、陽が昇るにつれてまばゆい青空がひろがっていった。

昼八ツ（二時二十分）の鐘が鳴り、文蔵がひとりでやってきた。

隼人は、玄関へでていき、客間に招じいれた。盆で茶をもってきた弥生が、簾障子をしめて去った。縁側の簾障子はあけてある。

失礼しやす、と文蔵が言って、懐から手拭をだして首筋をぬぐった。

手拭を懐にしまい、ちいさく低頭する。

「昨日《きのう》、浅草御蔵前《あさくさおくらめえ》へ行ってめえりやした。青木さまの蔵宿は、天王町《てんのうちょう》の下野《しもつけ》屋といいやす。許嫁《いいなずけ》だった安藤《あんどう》さまの蔵宿だそうで。主の名は宗次郎《そうじろう》、三十六歳。昨日《きのう》の朝、行きやしたら、でかけてると申しやす。居留守だったかもしれやせん。夕方またくるって言ったら、待ってやした」

文蔵は、客間へ案内された。

青木家ご息女の絹さまを深川の置屋に紹介した経緯《いきさつ》を教えてもらいたいと言うと、宗次郎はあからさまに迷惑げな表情をうかべた。

――どういうことにございましょう。

札差のごとき手合には強くでたほうが得策である。

――訊いてるのはこっちだ。臨時廻《めえ》りの関口の旦那《だんな》に留守でやしたと申しあげたら、夕方行ってもだめなら明日《あす》の朝五ツ（七時二十分）に町役人同道で北御番所にくるよう伝《つて》えろってことだ。こっちは、どっちでもいい。

宗次郎の肩がおち、虚勢が消えた。

――なにをお知りになりたいのでしょうか。

――亀戸村の紀州屋の寮で殺されたんは知ってるよな。

――ぞんじております。たしかに手前がご紹介いたしました。お調べがおすみになったあと、手前のほうでお亡骸《なきがら》を青木さまへお移しいたしました。手代と女中とをお住まいへ行かせ、ご遺品もまとめさせました。

――そいつはご苦労だったが、知りてえのはお旗本のお姫さまがなんで芸者になんぞなったかだ。

宗次郎が肩でおおきく息をした。

――失礼いたします。

立ちあがった宗次郎が、簾障子を左右にあけた。

廊下をはさんで手入れされた裏庭がある。宗次郎が、廊下の左右に眼をやり、もどってきた。

――お絹さまは鎌倉《かまくら》の尼寺へゆかれたことになっておりました。

――知ってる。

――はじめはそのお心づもりであったとうかがっております。……親分……手前は、入婿で、あれは、その、ひとり娘で、たいへんに悋気《りんき》がつよく、根岸《ねぎし》の寮で暮らす両親《ふたおや》のもとへ子らをつれてしじゅうかよっております。

それで立ち聞きされぬよう障子をあけたわけか、と文蔵は得心がいった。

――知りてえのけ芸者になったいきさつであって、おめえさんに女がいようが知ったことじゃねえし、吹聴する気もねえ。

宗次郎が安堵《あんど》の吐息をもらした。

――申しあげます。

火事で焼けだされた青木家は、屋敷が建つまで妻女の実家《さと》に身をよせていた。下野屋は許嫁だった半三郎《はんざぶろう》が江原屋《えばら》惣助《そうすけ》を斬って割腹した安藤家の蔵宿である。それでなくとも、札差仲間としてなにがあったかを承知している。だから、蔵宿にきまったので、菓子折と火事の見舞い金とを包み、青木家の仮寓《かぐう》先へでむいた。

ところが、借金が消え、一文もかけずに屋敷が再建できるというのに、当主の青木喜八郎《きはちろう》はうかぬ顔だった。

初対面の挨拶もそこそこに、近日ちゅうにたずねたいという。お待ちしておりますとこたえ、宗次郎は内心の疑念を隠したまま辞去を述べた。

札旦那が蔵宿をたずねるのは借金の依頼しかない。宗次郎は、供の手代に勝手にまわってようすをさぐるように言い、懐からだした巾着《きんちゃく》をわたした。

奉公人の口も重さも、たいがいは小粒（豆板銀）でかるくなめらかになる。札差も左団扇《ひだりうちわ》で商いをしているわけではない。どこまで借金を認めるか。焦げつくおそれはないか。札旦那の家政をつかんでおかねばならない。そのため、手代をやって勝手向きをのぞかせる。

もどってきた手代によって、おおよその事情はわかった。

喜八郎の母堂が臥《ふ》せってしまったのだという。病がちではあったが気丈にしていた。

青木家は二百四十石。妻女の実家は三百三十石。火事で焼けだされたさい、母堂は二百二十石のみずからの実家をあてにしていたらしい。

ところが、やはり内証が苦しく屋敷も手狭なのでとやんわり断られてしまった。それを苦にしているようすがうかがえ、なにかと遠慮がちであった。

仮住まいではなく屋敷にもどれるのが、気のゆるみとなり、たまっていた疲れがいっきょにでてしまったのではないか。

医師のみたてだ。滋養のあるものを食べさせ、養生させるように。医者に言われずともそのくらいはわかる。箱根《はこね》あたりへ湯治に行かせることができれば、さらによくなるかもしれない。

ようやく借金が帳消しになったのに、また借金をせざるをえない。うかぬ顔の理由はわかったが、宗次郎も気がおもかった。

数日後、青木喜八郎がたずねてきた。

あるていどは承知せざるをえまいと思い、宗次郎は客間で会った。病がちな母親がまた臥せってしまったと話す喜八郎に、宗次郎は見舞を述べた。つぎは借金の申し出である。

そう思っていたら、喜八郎が、娘の絹を囲ってくれる者を世話してもらえまいかと言った。

あまりのことに、宗次郎は言葉を失った。

喜八郎が、苦渋の表情をうかべた。

――絹が言いだしたことだ。

いちどはお妾《めかけ》になる覚悟をした。それを、半三郎さまが救ってくださった。許嫁は夫婦《めおと》とおなじ。鎌倉の尼寺《にじ》で半三郎さまの位牌《いはい》にお祈りして生涯をおくるつもりでいた。

だけど、お婆さまがまたしても臥せってしまった。神仏がわたくしにあたえたもうた試練ではあるまいか。しばらくはお妾になり、そのあとで髪をおとす。半三郎さまもわかってくださると思う。

宗次郎は言った。

――すぐには思いつきません。しばしの猶予を願います。いくつか、訊いて……。

喜八郎がさえぎった。

――いや。他人《ひと》には知られたくない。内密でみつけてくれぬか。

――ご事情はわかりました。ご希望にそえるようつとめます。めどがつきましたら、手前のほうでおたずねいたします。

むずかしいな、と宗次郎は思った。

帰る喜八郎を店《たな》で膝をおって見送り、一番番頭の民蔵《たみぞう》に声をかけて客間にもどった。

民蔵には婿入りしてきた当初からよくしてもらっている。

宗次郎は、喜八郎の用向きを語った。

民蔵の顔が曇る。

――札差仲間ではごむりでございましょう。江原屋さんの一件のご当人とわかっていて妾になさるかたはおられますまい。もし、万が一にも、自害でもされたらとりかえしがつかなくなります。お旗本のお嬢さまを妾にするとなると、それなりの大店でなければなるまい。

――そうだよな。内密にみつけてくれと言われてもな。

――おみつさんにご相談なさってみてはいかがでしょう。事情をふせてお旗本のお姫さまが妾の口をさがしていると、親しい芸者たちに話してもらうのです。それに、お母さまは、深川で三味《しゃみ》と踊りの師匠をなさっておられます。お弟子にも声をかけてもらえば、ぞんがい早くみつかるかもしれません。善は急げと申します。これからおでかけになられてはいかがでしょう。夕餉もすませ、ゆっくりなされればよろしいかとぞんじます。手前のほうでうまくとりつくろっておきます。

――うん。そうだな、では、そうしよう。

みつは、もと柳橋芸者で、薬研堀にちかい橘町《たちばなちょう》三丁目の路地に一軒家を借りて囲っている。

町家のほうがかよいやすいからと借家をみつけて手配のいっさいをやり、毎月の金子《きんす》を工面してくれているのも民蔵であった。

文蔵が、口端に微苦笑をうかべた。

「宗元寺さま、あっしは、民蔵って一番番頭は根岸の寮で暮らしているという先代《せんでぇ》の指図でうごいてると思いやす」

　隼人は、わずかに眉根《まゆね》をよせた。が、すぐに文蔵が言わんとしていることをさとった。

「なるほど。入婿で心細い。そこに味方のふりをして信頼をえるわけか」

「へい。花柳《かりゅう》ばかりとはかぎりやせんが、一筋縄ではいかねえ性悪女もおりやす。そんなんにひっかからねえように番頭が眼をくばる。たぶんでやすが、孕《はら》んでも、宗次郎にはわからねえように流させていると思いやす。子ができると、あとで揉めるもとになりやす」

　隼人は、鼻孔から息をもらした。

「その宗次郎、哀れに思えてきた」

「人のよいところがあって、どうにでもあやつれると思われたからこそ婿にえらばれたんでやしょう。倅《せがれ》ができねえんなら娘に婿をむかえ、男の子を産んでもらう。婿取りをする表店《おもてだな》にはいくらでもある話でやす。みつの母親はちよって名で、芸者のころの通り名が千代吉《ちよきち》って聞いて、あっしも想いだしやした。評判の芸者でやした。住まいは永代寺門前山本町ということでやす。今朝、会ってめえりやした。この千代吉が紀州屋とかかわりがありやす」

千代吉は、幾人かと浮名をながした。そのうちのひとりが、紀州屋善右衛門である。そんな売れっ子の千代吉が、京からきた担ぎ商いの小間物売りに惚《ほ》れてしまった。

惚れると、女はほかのものが見えなくなる。住まわせ、身のまわりの世話をし、月の障りがなくなった。

迷惑だと言われたらどうしよう。ありったけの勇気をふりしぼって告げると、小間物売りはよろこび、夫婦《めおと》になろうと言ってくれた。

千代吉は夢中になった。そして、押入に隠していた有り金のこらず奪われ、小間物売りは消えた。

半狂乱になり、呆然《ぼうぜん》とし、すべてがどうでもよくなった。死のうとさえ思った。恥ずかしくて出歩く気にもなれず、住まいにこもっていた。

そこに、善右衛門がやってきた。料理茶屋の庖丁人《ほうちょうにん》と若い衆《しゅ》をともなっていた。

何日も湯屋に行っていない。髪は乱れ、着崩れてもいる。戸口の土間からちらっと見あげた善右衛門が、あがらしてもらうよ、と言った。

千代吉は、居間にもどり、長火鉢の上座をしめした。庖丁人と若い衆が厨へ行った。

すこしして、厨から庖丁で俎板《まないた》を叩《たた》く音が聞こえてきた。

善右衛門が口をひらいた。

「じつをいうと、おまえに、すこしばかり、惚れていた」

「ご冗談を」

「いや、こういうことは冗談では言えません。だから、おまえに、本気で惚れた相手ができたらしいと聞いたときは、生まれてはじめてやけ酒を飲んだ。ちっとも旨くなかった」

千代吉は、瞳から涙をこぼした。

善右衛門がつづけた。

「ろくなもの食べてないようだな。……千代吉」

「あい」

「お腹《なか》の子に罪はないよ」

涙があふれた。千代吉は、肩を震わせ、しのび泣いた。

善右衛門が懐から手拭をだした。千代吉はうけとり、眼にあてた。

ほどなく、若い衆が、ふたりの食膳を二の膳まではこんできた。若い衆はのこり、庖丁人は廊下で挨拶を述べて帰った。

善右衛門にうながされ、千代吉は食膳をまえにした。箸《はし》をつかい、すこし食べた。善右衛門が、箸をおき、銚子に手をのばした。あわてとろうとすると、いいから食べなさいと言われた。

また、涙がこぼれた。

明日《あした》からとうぶん座敷をかけるからね、と言って善右衛門は帰った。

そのとおりだった。十日ほど、毎日座敷がかかった。客がいなくてさしむかいでということもいくたびかあった。そして、住まいに行くよ、と言われた。お腹がかなりめだつようになるまで、ときおりきて、抱かれた。

どうしてこんなにしてくださるのですかと訊いたことがある。いっときにしろ惚れた女だ、みじめな姿は見たくない、道楽とでも思ってくれればよい、とおっしゃっていた。

だが、善右衛門には冷たいところがあるのを、千代吉は知っている。口説いて色よい返事がもらえないと、座敷にすら呼ばなくなる。馴染《なじ》んでも、飽きるとすてられる。むろん、手切れ金などはじゅうぶんにもらえる。だが、惚れてしまうと、泣くことになる。

本気になったり、勘違いしたりして泣いた女が何人かいた。だから、千代吉は心をうばわれまいとつとめた。

木場の旦那がたは、気短で、ながつづきしない人が多い。川並《かわなみ》（木場人足）をたばねているので、日本橋あたりの大店の旦那というより鳶《とび》や大工といった出職の親方のようなところがある。

「……木曾屋はどうなのか訊いたら、しぶっておりやした。紀州屋はあの世でやすが、木曾屋は生きてるからでやしょう。迷惑《めえわく》をかけねえってことで話してもらいやした」

紀州屋善右衛門は閨事《ねやごと》のなかでさえ心ここにあらずというか本音をみせない得体の知れないところがある。それにくらべれば、木曾屋儀右衛門はわかりやすい。いいところをみせたがり、威張っていて、くどいし、しつこい。それに、思いどおりにならないとなにをするかわからない怖いところもある。それで、泣く泣く抱かれた芸者が何人もいる。

おやと思い、文蔵は訊いた。

――それにしちゃあ、糸次にはずいぶんとおとなしいじゃねえか。

――理由《わけ》ありだと知ってたみたいですよ。置屋は身元をあかさないことになってるんですけどねえ。それで、未練がましく口説いたのではないんですか。

「……話が前後しちまいやした」

下野屋宗次郎に言われた妾のみつは、さっそくにも深川の門前山本町へ母親のちよに会いにいった。

巷《ちまた》では、いっとき、みつの父親は紀州屋善右衛門ではないかとの噂がたった。お産から、三味と踊りの師匠として独り立ちできるまで、いっさいのめんどうをみてくれたからだ。

しばらくは、ときおり躰をもとめられた。いやではなかった。ただ、惚れてはだめよとみずからに言いきかせて抱かれた。

だから、ちよはまっさきに善右衛門に相談した。

思案顔で聞いていた善右衛門が、すこし待ちなさい、あたってみよう、と言って帰っていった。

あたってみようと言ったのはしかし、囲う者ではなかった。五、六日してやってきた善右衛門が、むつかしい事情があるようだ、かなりの縹緻《きりよう》よしらしいから妾より芸者のほうがよかろうと言った。

で、置屋はどこそこがよい、紀州屋の名がでては噂になったりしてよくない、知り人に声をかけてたのんでおくが、こまったことができたら相談するようにつたえておきなさいと言われた。

「……母親のおちよが娘のおみつに伝《つて》えた。おみつから聞いた下野屋が先方に告げて納得してもらえたんで、置屋に紹介した。おちよと下野屋との話で辻褄《つじつま》のあわねえところはありやせんでした」

「こういうことか。紀州屋は数日かけて青木絹が妾にならんとしている事情を調べた。札差の下野屋がわかっておる。割腹騒動までたどるのは雑作もない」

「仰せのとおりで。御用聞きを騙《かた》ってるのはいくらもおりやす。そいつらをつかい、鼻薬を嗅《か》がせて訊きまわらせる。それほど手間どらなかったはずで。それと、千代吉は評判の色っぽい芸者でやした。ですから、紀州屋がめんどうをみたんはわからなくもありやせん。お旗本のお姫さまが妾になろうとしている。それを気の毒に思い、はじめは仏心をおこしただけじゃねえかと思いやす」

「そうであろうな」

「ついでに申しあげやすと、おちよも、木曾屋に肘鉄《ひじてつ》をくらわした糸次を、紀州屋は木曾屋の鼻をあかすためにてめえのものにしようとして断られ、われを失ったと考《かんげ》えておりやした」

「ご苦労であった。あとはなにゆえ殺されねばならなかったかだ」

「へい。失礼《しつれえ》いたしやす」

隼人は、玄関まで送った。

影がながくなっていた。

文蔵が、低頭してふり返り、増上寺の時の鐘が鳴りだした。

部屋にもどって縁側ちかくに膝をおった隼人は、陽が暮れるまで竹林《ちくりん》を見ていた。

親が借金苦におちいらぬため妾になる。孝養のためだ、半三郎もわかってくれる、と絹は考えた。いや、願い、祈った。

安藤半三郎の気持ちはどうであろうか。色欲から毒牙にかけんとした江原屋惣助を斬って絹の操《みさお》を護り、割腹して果てた。

小菊こと杉岡栞《すぎおかしおり》は、おのれにひき裂かれた者の面影を見て抱かれていた。命じられていやいやではなかった。そのはずだ。いやがるそぶりを感じたことはない。

それが、おのれにとっては救いである。だが、相手の男はどうか。躰はひらいても心はひらかぬ。そのほうがまだしも救いではあるまいか。

隼人は、おのれに問うた。

――小菊は心をひらいていたか。

――やさしくつくしてくれた。だが、心となると……わからぬ。

四十九日である。

隼人は、瞑目《めいもく》し、合掌《がっしょう》した。

三

翌二十日の朝に使いがあり、夕刻に小四郎がきた。

食膳をおいて酌をした弥生とすずが去り、隼人は文蔵がもたらした絹が芸者になった経緯《いきさつ》を語った。

わずかに首をかしげぎみに聞いていた小四郎が眼をあげた。

「それがしも、文蔵が申すとおりだと思いまする。昔馴染んだ女に相談をもちかけられ、調べた。旗本の娘御で事情《わけ》あり。表にたてば火の粉をかぶるおそれがある。それゆえ、みずからの名がでぬようにした。仏心というより、昔の女で、しかも三味や踊りの師匠となれば、弟子の芸者たちがおりまする。いいところを見せようとしたのではありますまいか」

「小四郎にしては辛辣《しんらつ》だな。妻女と喧嘩《けんか》でもしたか」

「お、おたわむれを」

「許せ。そのとおりであろうと、わたしも思う。材木問屋と作事奉行。紀州屋と間宮筑前守とのかかわりがつかめれば、もうすこしはっきりするであろう」

「それにつきまして、いささか気になることが判明いたしました」

小四郎が、懐からおりたたんだ半紙をだしてひろげた。

文政三年（一八二〇）の春から夏にかけて、不忍池《しのばずのいけ》の南西かどから東南かどにかけて長さ三町（約三二七メートル）、幅二十間（約三六メートル）のおおがかりな普請がおこなわれた。

道ぞいを掘削《くっさく》して掘割にし、掘った土で埋立地を造った。橋が架けられ、桜が植えられた。

そこに、多くの茶屋が建てられた。

茶を飲ませ、団子などを食べさせる水茶屋もある。汁粉屋や蕎麦屋、居酒屋、一膳飯屋、料理茶屋もある。ほかに、多かったのが密会につかわれる茶屋だ。それも男女《なんにょ》だけとはかぎらない。陰間《かげま》といわれる男色《なんしょく》もあった。

のちのことだが、風紀紊乱《ふうきびんらん》がすぎるということで天保《てんぽう》の改革によって家屋はとり壊される。

埋めたてに寺社奉行として水野忠邦がかかわったのであれば、老中首座として改革に辣腕《らつわん》をふるうなかで、若かりしころの汚点を消そうとしたかもしれない。

「……寛永寺《かんえいじ》したの不忍池にござりまする。そのようなところに、なにゆえ遊興の地が許されたのか。この地の埋めたて普請から木曾屋がかかわっておりまする。まだござりまする」

翌文政四年（一八二一）初春一月十七日の大火で品川宿が全焼している。多くの寺社も焼失した。寺社再建の材木はのこらず木曾屋があつかったとの噂がある。

「……寺社奉行の水野さまが、賄《まいない》によって奏者番《そうしやばん》、そして寺社奉行にご出世なされたことは以前にお話しいたしました」

「憶えておる。今年三十歳。たしか、文化十四年（一八一七）秋に寺社奉行になられた」

小四郎がうなずく。

「晩秋九月十日にござりまする。実高二十五万石の唐津《からつ》より実高十五万石の浜松へ転封を望んでの寺社奉行ご就任。しかも、そのために多額の賄。浜松水野家はご進物《しんもつ》をこころよく受けとるそうにござりまする」

「要職をえるために大金を積む。役に就いたのち、賄をえて帳尻あわせをする。焼失した寺社の再建と寺社奉行。だいぶ見えてきたが、まだありそうな口ぶりだな」

「ございまする」

おなじ文政四年の仲春二月、清水《しみず》御門北、牛《うし》ヶ淵《ふち》の土手が九段坂《くだんざか》ちかくにかけて崩れ、石堤にする普請での材木もすべて木曾屋が受けた。

「……宗元寺さま、宿場は道中奉行支配にございまする。道中奉行は、大目付より一名、勘定奉行の公事方《くじかた》より一名が兼務いたしまする」

「大目付だと……よもや水野若狭守《わかさのかみ》」

水野若狭守忠通《ただゆき》、七十七歳。京町娘の身投げからうかんできたのが、木曾屋儀右衛門と九里《くり》伝十郎の父親の水野若狭守忠通であった。

「若狭守さまが道中奉行であったは、勘定奉行公事方《くじかた》のころの文化三年（一八〇六）十二月より翌年十二月までの一年にございまする」

大目付の道中奉行は、寛政《かんせい》十年（一七九八）より文政三年初春一月二十五日まで井《いの》上《うえ》美濃守《みののかみ》利恭《としやす》がつとめていた。同日、老衰を理由に役を辞している。七十二歳。翌仲春二月十五日より岩瀬《いわせ》伊予守《いよのかみ》氏紀《うじのり》が就《つ》いている。

氏紀六十六歳での就任だが、古参として七十四歳の水野若狭守忠通がいる。しかも、忠通は前任の利恭より二歳年長であり、一年ほどは同役であったことからよく相談にあずかっていた。さらに、氏紀は、文化十二年（一八一五）から文政三年まで南町奉行であった。

町奉行から大目付へは実質左遷であり、在任期間の短さからも有能でなかったことがうかがえる。

「……不忍池埋立地に架けられた橋は三箇所。地所はおおよそ三千五百六十坪。一町（約一〇九メートル）四方の町家に相当します」

「上野山下《やました》、不忍池に遊興の地を造る。よくお許しがでたものだ」

「そう思いまする。間宮筑前守さまは、文化十年（一八一三）より文政元年（一八一八）まで西丸から本丸のお目付をつとめておられまする。なお、幕府のご普請は、作事奉行、普請奉行、小普請奉行が共同であたりまする。普請奉行が縄張《なわばり》や石垣など。作事奉行が殿舎の建造。小普請奉行が殿舎の内部造作をおこないまする。また、作事奉行は遠国《おんごく》寺社の修造にもかかわりまする。品川宿は遠国とは申せませぬが、ご府外にござりまする」

「幕府の普請は三奉行共同、か。それで、いっきょに役目替えをした。普請奉行と小普請奉行とに、作事奉行間宮筑前守はただの急病ではないぞと告げているようなものだな。叔父上はなんと」

「昨日《さくじつ》、ご報告いたしました。用心してさぐれとの仰せにござりまする。宗元寺さまへのお言付けがござりまする。懇意にしておる町方をあまりにまきこむとやっかいな立場に追いこむことになる、とのことにござりまする」

「わかっておる。掘割までいれて幅二十数間ていどにせよ、不忍池の埋めたて、老中首座水野さまのご同意なくしてはありえぬであろう。おなじ水野一族。浜松は沼津に与《くみ》することによってさらなる出世の糸口にせんとしていると思うておったが、そればかりではなく懐具合もあるようだな」

「いまひとつござりまする。牛ヶ淵のご普請はお手伝いを命じられた大名家がござりまする。そこより木曾屋の名が聞こえました。さらに、品川宿は大名家の屋敷も燃えておりまする。そこからも木曾屋の名がでました。さらにさぐりましたところ、不忍池がうかんだしだいにござりまする。殿が、ひそかにあたるはかまわぬがあからさまに追いつめるでないとの仰せにござりまする」

隼人は、眉をひそめて畳に眼をおとした。

顔をあげる。

「木曾屋か」

「おそらくは。間宮筑前守さまと紀州屋、そして木曾屋からなにごとか聞いていたかもしれぬ糸次の三名が始末されました。このようなことで書付などのこすほど愚かではあるまいと思いますが、だからこそ身の安全のために木曾屋は書きしるしてあるかもしれませぬ。が、見つかればお縄にござりまする。それがしは、なにものこしておるまいと愚考いたしまする。したがいまして、木曾屋が始末されますと、すべては闇のなかにござりまする」

隼人は、鼻孔から息をもらした。

小四郎が辞去の挨拶を述べた。

隼人は玄関まで送った。

三日ほど雨もようの日がつづいた。

朝のいっとき、霧雨が境内をあわい灰色にかすませたりした。雨がながれるのは朝のうちだけだったが、空は終日濃淡のある雲におおわれていた。

それから二日は雲間に青空がのぞいて陽も射したが、二十六日はまた雨もようの朝だった。

小雨のなかを、番傘《ばんがさ》をさした竹次が平内からの書状をとどけにきた。

隼人は、縁側ちかくに膝をおり、さっそくにもひらいた。簾障子は左右にあけてある。

岡本弥一郎の調べによれば、この春まで紀州屋は寄合などの座敷で顔をあわすことはあったが糸次に座敷をかけたことはなかった。文蔵がちよから聞きだしたこともたしかめていた。

札差の下野屋は、永代寺門前山本町の三味と踊りの師匠ちよの紹介でこちらにお願いすることにしたと語っている。

それで置屋はさとった。ちよの娘みつが深川では母親にたよってしまうからと柳橋で芸者にでて、札差に身請けされて囲われているのを聞いている。

武家は窮しているが体面をたもたねばならない。事情を察し、あまり詮索《せんさく》しなかったとのことだ。

木曾屋の女癖については、文蔵がちよから聞いたとおりだった。

ひとりの女にいれこむことはしない。気にいれば、かなり強引な手をつかってでもおのれのものにする。が、ながつづきすることはない。手切れ金をけちることがなく、なによりも木場で指折りの大店なので表だって悪く言う者はいない。

寺島村の紀州屋の寮と岡野《おかの》家の屋敷については、梅吉が手先をつかって昔の奉公人をさがさせている。

亀戸村の寮については、梅吉が亀戸天神の門前で料理の注文をうけていた仕出屋を見つけた。いますこし調べておたずねいたしまする、とむすばれていた。

この日は、宵になって瓦《かわら》や庇《ひさし》に雨が音をたてた。

しばらくして雨音はやんだが、雨は翌朝になってもふっていた。空は薄墨色で、風景は雨にけぶり、地面はそこかしこに水溜《みずたま》りができていた。

雨は朝のうちにやみ、昼すぎからは雲がわれて陽が射し、荘厳《そうごん》な夕焼けが相模の空をいろどった。

翌二十八日もよく晴れた。

朝陽はほがらかで、朝五ツ（七時二十分）まえに使いでやってきた竹次もほがらかな顔をしていた。

夕刻、平内と文蔵と晋吉がきた。

食膳をはこんできた弥生とすずが酌をして去った。蒸し暑いので縁側で蚊遣《かや》りを焚《た》き、簾障子は両側にあけてある。

平内が、刺客はやはり高輪から品川宿にかけてで賭場の用心棒をしている浪人たちだったと語った。

「……以前にも申しあげましたが、品川宿へ行けば稼げるとほかの宿場から用心棒どもがあつまってきているそうにござりまする。さしあげました文には書きませんでしたが、岡本が梅吉に手札《てふだ》をわたしたのではりきっているそうにござりまする」

「手札とは」

「われら八丁堀の者が手先にわたす鑑札のごときものとご理解願いまする。これがあれば、梅吉は、北御番所定町廻り岡本弥一郎さまが御用をうけたまわっている、と名のることができまする」

「なるほど。二十日だったと思うが、鵜飼小四郎がまいっておった。ただし、くわしくは話せぬ。それでも、他言無用で聞いてもらいたい。たとえあいてが北町奉行の主計頭《かずえのかみ》さまであってもだ」

ややあった。

平内がかたちをあらためる。

「約定いたしまする」

「間宮筑前守と紀州屋と糸次の三名がなにゆえ殺されたか、おおよそのところがわかったと思う。品川宿大火後の寺社の再建、不忍池の埋めたて、お城のあるご普請。いずれも木曾屋がかかわった」

平内が、眉間に縦皺《たてじわ》を刻む。

「品川宿の燃えた寺社。すべてなら寺社だけとはかぎらぬとぞんじまする。不忍池の埋めたて。あそこには裏長屋はござりませぬ。ほとんど贅《ぜい》をこらした食の見世《みせ》や色茶屋ばかりにござりまする。それがしは昼間しか行ったことがござりませぬが、宵も常夜灯がともり、たいそうな賑《にぎ》わいだとか。ん、不忍池……寛永寺」

平内が表情をこわばらせる。

芝増上寺と上野寛永寺には将軍家の御霊廟《みたまや》がある。そのいっぽうで、桜の名所であり、上野山下は、両国《りょうごく》橋東西広小路、浅草浅草寺《あさくさせんそうじ》とならぶ盛り場だ。

岡場所（私娼窟）もある。しかし、いくど取り締まっても、裏通りの路地に雨後《うご》の筍《たけのこ》のごとく岡場所ができるのとはちがう。

あらたに埋めたてて遊興の地を造るのである。その許しがでたのは、幕府老職が関与し、莫大《ばくだい》な賄がおこなわれたということだ。さもなくば、認められるわけがない。

水野忠成《ただあきら》が老中首座にあったこの時代は、田《た》沼意次《ぬまおきつぐ》時代を凌駕《りょうが》する賄賂《わいろ》政治がはびこった。

隼人はうなずいた。

「だから胸の奥にしまい、聞かなかったことにしてもらいたい」

「かしこまってござりまする。ご高配に感謝いたしまする」

口をすぼめて息をはきだした平内が、諸白《もろはく》を注ぎ、いっきに飲んだ。

平内のようすからただごとでないのを感じたのであろう、文蔵と晋吉も神妙な顔つきだ。

杯をおいた平内が顔をあげる。

「岡本の手先と文蔵らが深川を、梅吉と手先が向島を調べ、こまかな日付は割愛させていただきますが、かなりつかめたように思いまする」

紀州屋善右衛門が糸次にはじめて座敷をかけたのは、今年の初春一月十九日である。門前仲町の料理茶屋で芸者は糸次のみ。一月はこの日をふくめて三回座敷をかけている。いずれも料理茶屋にたしかめたところ、客はなく、芸者も糸次のみである。

「……ここからがおもしろうございまする」

仲春二月が七回、晩春三月が八回座敷があった。これは受けた座敷である。断った座敷が、二月が四、三月が五回ある。

「……いささか説明せねばなりませぬ。紀州屋は、月に十五日から二十日前後、寄合などで酒席にでかけております。ほぼ屋根船をつかい、船宿もきまっておりまする。で、船宿の帳面にありますのはじっさいにつかった日のみにございまする。置屋の帳面にも、じっさいにつとめた座敷と刻限、芸者名しかしるされておりませぬ。糸次が、かさなってしまったり、月の障りなどで断った座敷はほかにもございまする。

注文は書付にしるされ、取消しがあれば罰点をつけまする。そうやって商いになったものがきちんと帳面に書き写され、客筋のことですから書付は焚きつけにつかわれまする。したがいまして、紀州屋の回数は置屋の記憶にすぎませぬ」

「船宿と置屋の帳面を照合し、一件ずつ料理茶屋をあたったのか。たいへんな手間であったろう」

平内が首肯する。

「岡本も、この件のみをかかえているわけではござりませぬ。しかしながら、なにを調べればよいかがわかれば、手分けしてかからせることができまする。それがしも、文蔵に手先を何名かつけました。関口どのも、手先をまわしてくださりました」

仲春二月になると、紀州屋は寄合や客をまねいての座敷に糸次をほかの芸者とともに呼んでいる。それらはすべて門前仲町の料理茶屋だ。

ところが、二月と三月に二回ずつ、糸次は紀州屋の座敷で向島にでかけている。置屋の帳面には〝向島〟とあるだけで料理茶屋の屋号はなかった。そのような例はほかにもある。刻限は夕七ツ（春分時間、四時）から夜四ツ（十時）まで。深川なら座敷での刻限だが、遠出はでかけてから帰るまでの刻限である。

おなじ日、紀州屋は芸者横町の桟橋で糸次をのせて向島へ行っている。

「……いまにして思えば、迂闊《うかつ》にござりました。大店の主がひいきの芸者をつれて向島へ物見遊山《ものみゆさん》。ありふれすぎておりまする。仕出の弁当か向島の料理茶屋。いずれにしろ、行ったからにはおなじ船で帰ってくる。誰しもそう思いまする。しかしながら、ふたりは、竹屋《たけや》ノ渡《わたし》でほかの屋根船にのりかえておりまする。こたびは、一件一件料理茶屋をふくめてあたったからこそわかったしだいにござりまする」

「やむをえまい。そなたが申すがごとく、なにを調べればよいかがわかれば迷ったりしくじったりせずともすむ」

「おそれいりまする。ここからが梅吉の出番にござりまする」

話を聞いた梅吉は、山谷《さんや》堀かいわいから隅田川ぞいの船宿をあたらせた。

山谷堀から八町（約八七二メートル）ほど上流に白鬚《しらひげ》ノ渡があり、そこから一町（約一〇九メートル）余さきの橋場町《はしばちょう》から浅草はずれの橋場ノ渡にかけては川ぞいに道がないので、船宿や料理茶屋、〝お休み処〟とさりげなく幟《のぼり》をだしている二階建ての水茶屋がある。むろん、色茶屋である。このあたりは、船宿も二階座敷を房事《ねやごと》に貸している。

そこの白鬚ノ渡にちかい船宿が屋根船をだしていた。

竹屋ノ渡で商人《あきんど》と芸者をのせ、寺島ノ渡につける。すると、商人がおりていって頭巾で面体を隠した立派な身なりの武士を案内してくる。三名をのせて白鬚ノ渡下流の枝川から北十間川《きたじつけん》梅屋敷ちかくの桟橋まで行く。そこで待ち、帰りは、寺島ノ渡で武士をおろし、深川大島川のちいさな桟橋で芸者をおろし、汐見橋《しおみ》の桟橋で商人をおろす。

仲春二月の二回と晩春三月の一回めはおなじだった。が、三月の二回めは武士をのせなかった。だから、横十間川から深川にむかい、路地の桟橋と汐見橋でおろした。

四回ともおなじ船頭である。

梅吉は、船頭がすらすらしゃべりすぎると思った。そこで、面《つら》をかしなと言って桟橋につれだした。そして、北御番所定町廻り岡本弥一郎の名をだし、正直に言うんなら厄介《やっけえ》なことにならねえよう旦那にお願《ねげ》えするが、おめえしでえだときめつけた。

四回とも翌日に住まいをたずねてきた者がいる。なりからして船頭だと思うがはっきりしない。

竹屋ノ渡でのりうつった客のことを聞きたいという。話すわけにはいかねえと断ると、巾着をだして、小粒（豆板銀）を一個だした。黙っていると、二個。さらに一個。話し声は聞こえなかったと言うと、それでもいいと。けっきょく、のせてからおろすまでを四回とも話した。

「……おなじ日に、亀戸天神門前の仕出屋が料理をとどけておりまする。三月の一回めまでは三人前を、二回めは二人前にござりまする。その二回めが三月の二十二日」

「こういうことであろうか。紀州屋は一月に三回糸次に座敷をかけた。初回はようすをうかがうだけであったろう。二回めから三回めにかけて木曾屋についてさぐった。沼津と浜松、あるいはどちらかをまねいての座敷にでたことはないか。たとえばそこで、品川宿の火事、不忍池の埋めたて、など、糸次にとってはなんのことやらわからぬ脈絡ない言葉であっても、紀州屋にはその意味がわかる。で、あやしまれぬよう二月からおおっぴらに座敷をかけてひいき筋にみせかけ向島へさそった」

「そのとおりとぞんじまする。紀州屋は木場の大店であり、客商売は口がおもくなりまする。こたびは岡本が足をはこび、なかばおどしつけて聞きだしておりまする。紀州屋が亀戸村に寮を借りたのは去年の夏だと申しあげました。船宿の帳面によりますれば、紀州屋はしばしば泊まりがけで芸者をともなっておりまする。さらに、昨年の秋から冬にかけて、五回も寺島村へ母親の見舞にでかけておりまする。春は正月にいちどと、花見のころにでかけているのみにござりまする」

「気になっていたのだが、なにゆえ梅吉に仕出屋を調べさせたのだ。三月の二十九日は深川の仕出屋に寮で料理をとどのえさせたように憶えておるが」

「永代寺門前東仲町《えいたいじもんぜんひがしなかちょう》の丸亀屋《まるがめ》にござりまする。亀戸村へおおっぴらに芸者を連れてまいるさいは、すべて丸亀屋に仕出を注文しておりまする。船宿と丸亀屋の帳面でたしかめました」

「つまり、もしほかから仕出をとっているなら、知られたくないあいてということになる。なるほど、さすがに探索方だな。糸次はこの春に蕾《つぼみ》が花開くように美しくなって、一、二をあらそう売れっ子になった、とも申していたな」

初春一月になって紀州屋が糸次に座敷をかけたのは、木曾屋について聞くためであった。それまで、寄合などの座敷で糸次を眼にすることはあったろうし、事情《わけ》ありだということも承知している。

いっぽうの糸次にとっては、紀州屋のおかげで囲い者にならずにすんだとの恩義がある。芸者になるにさいして、こまったことがあれば相談するようにとの親切もしめされた。糸次は、問われるままに憶えていることを話したであろう。

そんな糸次をまぢかで見るうちに、紀州屋はその美しさに気づき、おのがものにしたいとの欲をいだきだした。

紀州屋が糸次にしばしば座敷をかけるようになったのは、ひいき筋になり、向島へ物見遊山にさそってもいぶかしく思われないようにとの深謀があったかもしれない。

が、たぶんに下心もあったろう。

長崎奉行から作事奉行となった間宮筑前守が、就任からさほど日をおかずして疑問をいだくようになった。あるいは、普請奉行や小普請奉行に指嗾《しそう》された。どちらも考えにくい。木曾屋の商売敵《がたき》である紀州屋が疑念をいだくか、品川宿の寺社普請の一手引き受けなどをつかんでいて、旧知の筑前守に話した。

旧知とはいえ、紀州屋の言のみで信をおくわけにはいかない。筑前守が紀州屋にそう告げる。紀州屋は、木曾屋がひいきにしていた糸次に眼をつけた。そして、座敷における木曾屋と両水野家のやりとりのはしばしを聞きだした。

筑前守は、じかにたしかめるのを望んだ。で、再度、三度《みたび》と、糸次に亀戸村の寮で会った。

聞いたことや、訊きそびれたことを、さらに会ってたしかめる。筑前守にとっても有益であったのがうかがえる。

ところが、四度めは筑前守はおらず、料理もふたりぶんであった。

紀州屋は糸次を口説いた。力ずくでもと思ったのなら、このときそうしたであろう。

恩義あるあいてであり、芸者をつづけるかぎりいずれは覚悟しなければならない。

糸次は、しばらくの猶予を願った。

二十九日の朝、使いをもらい、紀州屋はよろこんだ。糸次が、抱かれるつもりだったか、断るつもりだったかはわからない。しかし、とにかく返事をしなければと屋根船にのった。

「そう思いまする。ふたりっきりになり、料理に手をつけ、話がかみあわないのに気づくか、気づくまえに襲われた。お笑いください、それがしは、糸次こと絹どのが断る決意であったと思いとうござりまする」

「わたしもだ。命をかけたあの世の安藤半三郎のためにもな」

平内が顎《あご》をひいた。

「だいぶ遅くなりました。これにて失礼させていただきますが、このところみような辻斬《つじぎり》がたびかさなっておりまする。この件につき、なにか心あたりがないか、鵜飼どのにお訊き願いたくぞんじまする」

隼人は、眉をひそめた。

「小四郎に、な。訊いてみよう」

「お願いいたしまする」

晋吉が懐から小田原提灯をだし、行灯《あんどん》から蠟燭《ろうそく》に灯《あか》りをとった。

隼人は、三人を玄関まで送った。

客間にもどると、弥生とすずが食膳をかたづけていた。

「弥生」

「はい」

「いますこし飲みたい。つきあってくれぬか」

「かしこまりました。すぐにご用意いたします」

隼人は、膝をおっし腕をくんだ。

四

翌二十九日の晦日《みそか》、夕七ツ（四時四十分）の鐘が鳴ってほどなく、小四郎がきた。

会いたいとだけ言付けたのだが弥生が報せたのであろう、小四郎はかたい表情であった。

弥生とすずが、酌をして去った。

隼人は言った。

「昨日《さくじつ》、秋山らがまいっておった」

あらたに判明したことと推測とを語った。

「……で、帰りぎわに、このところみょうな辻斬がたびかさなっておるが、それについて心あたりがないか、そなたに訊くようたのまれた」

「申しあげまする。今月十五日の夜、宗元寺さまは伊賀の百地五郎兵衛より深川大島町に風魔の船宿があるをお聞きになられました。それがしが書状をいただきましたは、翌十六日の夕刻。町方でも同夜に見張るてくばりをしたやに聞きおよびまする。それがしも、十七日にひそかに見にまいりました。宗元寺さまも、かの地にならぶ船宿をごらんになっておられまする」

大島川をはさんだ対岸は大名屋敷がならんでいる。したがって、対岸から見張ることはかなわない。

河口にちかく、掘割がいりくんでいて、しかもすぐに江戸湊にでることができる。忍の船宿をおくには恰好の地である。

「……疑念がござりまする。まず、伊賀はいかにしてそこに風魔の忍宿があるをつきとめたか。こういうことではあるまいかとの推測はござりますが、問うてもつまびらかにすまいとぞんじまする。いま一点が、なにゆえ宗元寺さまにもらしたかにござりまする。ご説明いたしまする」

なるほど探索は町方の本務である。だが、紙屋の娘と手代とを殺《あや》めたは一味にとって手違いであったはずだ。

相対死にみせかけ障子をあけておき、手首を切った剃刀《かみそり》なりを川に捨てたと思わせんとした。屋根船を川に流せば、かえって細工ではないかとうたがわれかねない。だから、舫《もや》ったままにしておいた。

これで、相対死ではないと見破られても、たまたまでくわしただけであってそこにならぶ船宿があやしまれることはあるまいとふんだ。

だから、あの日以降はきわめて用心しているはずである。

ほんのわずかでもこれまでと変わったことがあれば、気づく。それに、忍が見れば、身のこなしなどで忍ではとの目星がつく。

だが、はたして、町方ではどうか。

「……仔細《しさい》はお許し願いますが、われらも要所に物見を配し、大島町を見張っておりまする」

「われらも、だと。伊賀も見張っておるということだな。つまり、百地は見張りのてくばりをすませたうえでわたしに教えた。すぐに気づいたのだな。なにゆえ黙っていた」

小四郎が、膝に両手をおいて低頭した。

「申しわけございませぬ」

うなだれたままだ。

隼人は、肩でおおきく息をした。

「百地はわたしをつかって町方をうごかした。さとらせるために。炙《あぶ》りだした風魔一味を襲い、始末しだした。それが辻斬だな。忍のほうが忍に気づく。なるほどそうであろう。だが、町方とて素人ではない」

小四郎が顔をあげた。

「甲賀《こうが》は船宿がござりまする。伊賀もそのはずにござりまする」

「船宿の商い、やりようをこころえておるということか。だがな、夕凪も船宿ぞ」

小四郎がうなずく。

「四軒のうち、町方は黒江《くろえ》川から三軒めと四軒めをうたがっておりまする。三軒めにふたり、四軒めにもふたり、忍と思わしき船頭がおりまする。町方は、どちらかいっぽうか、二軒ともそうかと迷っているようにござりまする。われらは、黒江川から二軒めが忍宿とにらんでおりまする。三軒めと四軒めは、めくらまし、囮《おとり》であろう、と」

隼人は首をふった。

「再度問う。なにゆえ黙っていた」

「…………」

隼人は、吐息をついた。

「そなたの思案ではあるまい。百地は江戸伊賀の長《おさ》。まえの甲賀の長が、ただいまは宇都宮《うつのみや》城下に暮らす黒川伴内《くろかわばんない》だとも聞いた。だが、いまの江戸甲賀の長が誰かは聞いておらぬ」

「…………」

「小四郎」

「はっ」

「つたえてくれぬか。杉岡栞こと小菊は甲賀の忍であった。風魔がからんだ忍どうしの争いにわたしをまきこむまいとしておるのやもしれぬ。だが、小菊はわたしのせいで殺された。配慮はかたじけないが無用にしてもらいたい、と」

「お詫《わ》び申しあげまする。お許しください」

「話せる範囲でよい、辻斬について聞かせてくれ」

「申しあげまする」

風魔にとっての痛恨は大島町の一件であろう。

亀戸村の寮と柳橋の小菊、どちらかの屋根船が紙屋の娘と手代とを殺した。しかし、間宮筑前守を始末した屋根船は、おそらく九段坂下蜱《こおろぎ》橋のしたに翌未明のあやしまれぬ刻限までとどまっていた。もどってくると、桟橋はさわぎになっている。

「……俎《まないた》橋の蕎麦売りで狂いがしょうじて夜のうちにもどれなくなった。翌朝《よくちょう》もどってみると、忍宿の桟橋に屋根船がつけられない。伊賀がご府内に張っております網に、その屋根船、もしくはのっていた一味の者がなんらかのかたちでひっかかった。不審に思い、糸をたぐり、大島町の船宿にいたったのではあるまいかと考えまする。甲賀と伊賀とを殺しあわせるたくらみもしくじりました。宗元寺さまに十名もの刺客を放ち、なお伊賀の仕業にみせかけんとした。ところが、町方が大島町の船宿を嗅ぎまわりだした。風魔がもっとも怖れていたことでありましょう」

町方はあきらかに四軒の船宿に的《まと》をしぼってさぐっている。早晩、塒《ねぐら》だとつきとめられてしまう。ひっきょう、用心しつつも出入りが多くなる。

四軒に出入りする者を、町方がのこらず尾《つ》けている。風魔は町方に気をうばわれているので、こちらには気づかない。

そうやってあらたな塒をつきとめる。が、撒《ま》かれることもある。気づかれることも

「……気づかれれば、追いつめ、始末いたしておりまする。当方で三度《みたび》、四名を仕留めました。こちらも手疵《てきず》をおった者が二名おりまする。承知しているかぎりにおきましては、伊賀も三度、六名にござりまする。当方がご府外でいちど、三名。伊賀につきましてはわかりませぬ」

「秋山はみょうな辻斬と申しておった」

「夜陰に刀をまじえれば音は遠くまで響きまする。にもかかわらず、斬られているのが担売り《かつぎうり》。あるいは、座頭《ざとう》らしき風体にもかかわらず、杖がなく、眼をむいて死んでいる。担売りも座頭も仕込みの得物にござりますれば、のこしておくわけにはまいりませぬ」

「手裏剣もだな」

小四郎がうなずく。

「宗元寺さま、われらは伊賀と争っておりますが、それはたがいの務めをはたさんがため。風魔が栞を殺したは漁夫の利をえんとしてでござりまする」

「鷸蚌《いつぼう》の争いをたくらんだ」

「まさに。江戸忍が掟を破る振舞い、断じて許せませぬ。……あらためまして、船宿の件につきましては、ふかくお詫びいたしまする」

「それはもうよいが、どうしたものかな、そうやって風魔の塒をのこらずつきとめんとしているのであれば、秋山らにはいましばらく黙っておいたほうがよさそうだな」

「願わくば」

隼人は、うなずき、辞去する小四郎を玄関まで送った。


晩夏六月になった。

朔日《ついたち》は、風が吹き、鼠色《ねずみ》の厚い雲が空を奔《はし》り、朝五ツ（七時二十分）の鐘が合図でもあるかのごとく桶をひっくりかえしたかのような大雨になった。

二日は快晴で、三日もよく晴れ、小四郎から書状がとどき、朝の陽射しをあびて竹次もきた。

夕刻、晋吉がおとないをいれ、すずが三名を客間に案内した。

食膳をはこんできた弥生とすずが去り、平内が言った。

「大島町でおかしなうごきがござりますが、そのまえに、梅吉によりあらたに判明せしことがござりまする。紀州屋の寮も岡野さまお屋敷も、昔の奉公人を見つけるのに難儀《なんぎ》しているそうにござりまする。それよりも、昨年の秋ごろから間宮筑前守さまがいくたびも泊まりがけでおとずれているそうにござりまする。ごぞんじかと思いますが、無断の外泊は許されませぬ。急な報せなどにそなえ、そのむねを役所なり、上役なりにとどけねばなりませぬ」

「作事方なり、かかわりのある者は知ることができるというわけか」

平内がうなずく。

「梅吉が、お屋敷の下男より聞きだしたことがござりまする。昨秋から冬にかけて、すくなくとも二度、紀州屋善右衛門はお屋敷の客間にて筑前守さまとお茶のみで一刻（秋分時間、二時間）あまりをすごしておられまする」

「よくやったと梅吉につたえてくれ」

平内が、笑みをこぼし、表情をひきしめた。

「それと気になるうごきがござりまする。大島町の船宿は四軒とも見張り、出入りする者は気づかれぬよう尾けさせております。川にも、夕凪ばかりでなく、岡本や関口どのがつかえる船宿の舟も配しておりまする。それがしどもは、黒江川から三軒めと四軒めがあやしいとにらんでおりますが、なかなか尻尾がつかめませぬ。ところがでござります」

昨日の朝から、旅姿の年寄と女子供がやってきて猪牙舟や屋根船にのった。行き先は千住宿《せんじゆじゆく》。旅籠《はたご》に草鞋《わらじ》をぬぎ、あとからくる者と、女子供年寄だけでは道中が心配なので男衆《おとこしゆ》もそろったら、日光東照宮《にっこうとうしょうぐう》参拝に行くと話している。

「……いまひとつ。漁師の留吉《とめきち》を憶えておいででしょうや」

「憶えておる」

「朔日は大雨にござりました。見まわりをおえて夕凪にもどりますと、留吉が待っておりました。雨ばかりでなく海は風もあって漁にでられぬので、思いきって相談しようとやってきたそうにござりまする。さっそく話を聞きました」

二十七日、品川宿《しながわじゆく》へ行った遊び仲間から儲《もう》け話があるともちかけられた。お縄になるようなやばいことではない。いささかわけありなので夜分にはこびたいだけだと言っている。

――それでひとりあたま二両だとよ。みなで品川へくりだしてどんちゃん騒ぎができらあ。

ほかの者はやるという。留吉もうけた。が、しだいに心配になってきた。

屋根をたたく大雨が不安をあおった。で、相談にきた。

「……いつ、どこへ、は報せがあるとのことでした。それがわかったさいの合図のやりかたを教え、心配するなとはげまし、口止めをして帰しました。それがし、愚考いたしまするに、売ることはかなわず、おおっぴらにはこべぬ品」

「忍道具いっさい。だが、幾艘《いくそう》もとなると、万が一にも調べられたさいにそなえて家財道具のたぐいに隠すのであろう」

「年寄や女子供に旅じたくをさせて千住宿へ行かせていることを考えあわせますと、忍一党うちそろって江戸より逃げださんとしているように思えまする」

隼人は、胸腔《きょうこう》いっぱいに息をすい、鼻孔《びこう》からはきだした。

「こたびのことで、甲賀と伊賀とが手をむすんでおのれらを潰《つぶ》さんとしておる。一味はそううけとったのであろう。晦日に、鵜飼小四郎がまいっておった。わたしも謀《たばか》られた。辻斬は甲賀と伊賀のしわざだ」

蕎麦売り麻次郎《あさじろう》のせいで、間宮筑前守を襲った一味は蜱橋のしたで夜を明かすしかなかった。ところが、大島町の栈橋でも手違いがあり、もどると騒ぎになっていて屋根船をつけることができなかった。

伊賀が江戸府内に張りめぐらしている網に、その屋根船ないし、朝になってももどらぬ一味の誰かがひっかかり、たぐっていって大島町の船宿にたどりついた。

「……見張るてくばりをすませた百地五郎兵衛は、町方をつかって塒をつつき、鼠どもをさわがすためにわたしに報せた。わたしから聞いた鵜飼小四郎はそれに気づき、甲賀もてくばりをした。それを、わたしには黙っていた。辻斬の件をたしかめると、詫びておった」

「正直に申しあげまする。愉快ではござりませぬ」

「わたしもだ。四軒の船宿に出入りする者と舟とを町方が尾ける。一味は町方を用心する。ゆえに、町方の背後にいる甲賀や伊賀に気づかぬ。そうやってほかの塒をたしかめておると申しておった。そして、尾けられてるのに気づかれれば、追いつめ、始末しておるとな。考えてみるがよい。甲賀と伊賀とが大島町を見張っておる。それでいて、功を競うけはいはない。手分けして一味の者を始末しだしたようにしかみえぬ。こたびの件で甲賀と伊賀とが手をくんだ。一味はそのようにうけとった」

「ですが、辻斬は辻斬。ご府内は、それがしども町方の領分にござりまする。三月晦日《みそか》の深川芸者友吉《ともきち》と柳橋芸者小舞《こまい》殺しもしかり。賊のしわざということにしておりますが、見つければ、容赦なくお縄にいたしまする」

「当然だ。双方とも覚悟のうえであろう。千住宿の件は、今朝、鵜飼より書状があった」

　隼人は平内を見た。

「たのみがある」

「ひとつだけたしかめさせていただきたくぞんじまする。忍一味の正体をごぞんじであらせられる」

隼人はうなずいた。

「言えばまきこむことになる」

「やはり。……留吉より合図がございましたら、すぐにお報せいたしまする」

「かたじけない」

三人を見送った隼人は、小四郎と百地五郎兵衛への書状をしたため、弥生を呼んだ。

翌四日も暑くなりそうな朝であった。簾障子はのこらず左右にあけて風通しをよくした。日暮れには、縁側で蚊遣りを焚いた。

夜五ツ（八時四十分）の鐘が鳴りおわり、ふいに虫の鳴き声がやんだ。

隼人は、縁側ちかくに膝をおった。

左から鵜飼小四郎が、右から百地五郎兵衛がやってきた。ふたりとも深編笠で顔を隠している。部屋から帯をひろげている灯りをあびるてまえで、ふたりがたちどまった。

隼人は、五郎兵衛に顔をむけた。

「鵜飼小四郎だ」

五郎兵衛が、小四郎にむけてちいさく顎をひいた。

「かけるがよい」

「いや、けっこうでござる」

小四郎もうなずく。

隼人は、正面に顔をむけ、言った。

「双方へ今朝とどけた書状でわたしの考えは述べた。たしかめさせてくれ。千住宿へ屋根船をだしておるのは三軒めと四軒めで二軒めはかかわっておらぬ」

まがあり、小四郎がこたえた。

「さようにござりまする」

「書状にもしるしたが、年寄女子供を小分けにして護衛をつけ、江戸よりたちのかせたのち、本隊が江戸を去り、捲土重来《けんどちょうらい》を期する。千住宿にしたは東海道筋より眼をそらさんがため。旅立つ組を尾けておるのであろうな」

小四郎が言った。

「はじめの組は伊賀が追いましたゆえ、われらはひかえ、二組めを追っておりまする」

五郎兵衛がうけた。

「おなじにござりまする。ご案じやもしれませぬが、年寄女子供に手出しはいたしませぬ。日光へはむかわず、脇往還《わきおうかん》から富士講《ふじこう》をよそおい、御殿場《ごてんば》方面へくだると思いまする。が、日光へむかうなら宇都宮《うつのみや》城下まで、脇往還へならば追分《おいわけ》まで尾け、ただの護衛とは思われぬ者がまぎれこんでおれば始末するよう命じてござりまする」

隼人は、小四郎に顔をむけた。

「護衛のなかに手練がおれば、尾ける者は合図をのこし、ひとりが報せに駆けもどるように厳命しておりまする」

隼人は、腰をあげ、衣桁《いこう》から羽織をとって行灯にかけた。灯りの帯が翳《かげ》った。もどって声をかける。

「これでよかろう。こちらへより、かけてくれ」

ふたりがよってきて、縁側に腰かけた。

翌五日の朝、旅姿をした五十年輩の老武士がおとずれた。鵜飼八郎右衛門《はちろうえもん》、弥生の親戚。が、名も親戚もいつわり。小四郎がよこしたつなぎ役である。

大島町の船宿ばかりでなく、ほかからも千住大橋の桟橋まで年寄女子供の日光参拝一行をはこんでいるようであった。

そのつど、小四郎が使いで報せてきた。一行は、百地五郎兵衛が言ったごとく日光へではなく甲州《こうしゅう》への脇往還へおれているという。

十四日の暮六ツ半（七時五十分）をすぎたころ、竹次が平内のむすび文をとどけにきた。

隼人は、すぐさま八郎右衛門を伊賀の忍宿である高砂町《たかさごちょう》の奈良《なら》屋と甲賀の忍宿である馬喰町《ばくろちょう》の近江《おうみ》屋へ使いにやった。

でかける八郎右衛門を見送った弥生が廊下に膝をおった。

「隼人さま」

「かまわぬ」

簾障子をあけた弥生が、一歩はいって膝をおり、簾障子をしめて膝をむけた。

「いつでございますか」

「明日《あす》の宵」

「わたくしもお供いたします。おすずが狙われるとは思えませぬ。とめてもむだにございます」

「弥生」

「はい」

「だめだとは申しておらぬ。そなたが背後をかためてくれればありがたい。なにより の味方だ」

こわばっていた表情が安堵にかわる。

「失礼いたします」

弥生が、一礼し、去った。

翌十五日は、あざやかな青空がひろがった。

この夜は満月である。留吉によれば、晴れていれば十五夜に、雨か曇りで海がしけているなら日をあらためて報せるとのことだという。

お茶とにぎり飯で腹ごしらえをし、暮六ツ（七時）の鐘で弥生が用意した古着にきがえ、草履で宿坊をでた。弥生もふだんの恰好であった。

一之橋の桟橋で屋根船にのる。座敷には小四郎がいた。小四郎もまた、いつもの恰好であった。

察した小四郎が言った。

「のちほど、きがえていただきまする。昼間、三軒めと四軒めの船宿より二艘ずつ屋根船が大川をさかのぼりました。しかも、船頭は、四艘とも風魔にござりまする。こたびは、年寄と女子供ばかりでなく二、三十代の者もおりまする。いかが思われまする」

「わからぬ。どちらとも言えぬ」

風魔は、おのれと北町奉行所定町廻り秋山平内とのかかわりを知っている。留吉は平内が持ち場で暮らす漁師である。

忍道具を江戸のどこぞに隠す。留吉らの舟にそれらしき護衛をつけてただの家財道具をはこばせる。奥州日光道中と東海道に眼をつけさせておき、ひそかに中山道《なかせんどう》と甲州道中とで江戸を離れる。

四宿すべてを見張ることはできる。が、手勢を分散すれば敵に突破される。それが狙いかもしれないのだ。

けっきょく、相談し、千住宿筋と東海道筋にしぼることにした。

小四郎がいるということは、江戸甲賀の長は千住宿へ行き、顔をあわせるのを避けたことになる。会いたいわけではない。だが、百地五郎兵衛にくらべると長としての器量に劣る。

隼人は訊いた。

「こちらは幾名だ」

「宗元寺さまに、弥生、それがしをくわえて二十三名にござりまする」

ほどなく、屋根船が江戸湊にでた。

川から海にでると波で揺れる。新堀川河口から品川宿までおよそ一里（約四キロメートル）。品川宿から川崎《かわさき》宿までが二里（約八キロメートル）。川崎宿のてまえに六《ろく》郷《ごう》ノ渡がある。

留吉らは、五艘で六郷ノ渡の川崎宿がわ桟橋まで荷をはこぶ。一艘に何名かずつ荷をおろす者がのっているであろう。敵がそれだけなら、二十名から三十名ほど。

屋根船は簾ではなく紙の障子であった。左右とも一尺半（約四五センチメートル）ほどあけてある。いっぱいにあけぬのは、汐風になれていないからだ。

右舷《うげん》に品川宿の灯りが見える。

よこになり、背後に消えた。

小四郎が言った。

「宗元寺さま、そろそろきがえていただきまする」

弥生が風呂敷をひろげた。

鼠色の半着に鼠色の伊賀袴《ばかま》。

漆黒の闇夜はない。したがって、黒は闇夜でもわかる。だから、忍装束は鼠色である。なぜなら、鼠は闇夜でめだたぬからだ。

伊賀袴の裾《すそ》を脚絆《きゃはん》でしぼり、草で足を傷つけぬよう足袋をはき、草鞋をむすぶ。手甲もむすんだところで、弥生が覆面をしてくれた。でているのは眼だけだ。紅白の捻《ねじ》り鉢巻《はちまき》を額にあてる。弥生がうしろでむすぶ。味方であるを見分ける印だ。そして、襷《たすき》をかけた。

待っていた小四郎が、舳《みよし》の障子をあけた。

「宗元寺さま」

「まだはやいであろう」

「弥生がきがえまする」

「ああ、そうか、そうだな。すまぬ」

舳にでて胡坐《あぐら》をかく。障子をしめた小四郎がよこにならぶ。

「小四郎」

「はっ」

「なにがあるかわからぬ。ふたりには感謝しておる」

「もったいのうござりまする」

風魔より一刻（夏至夜分時間、一時間四十分）ほど先行している。新堀川から六郷ノ渡までが一刻ばかり。

弥生が声をかけた。

座敷にもどる。弥生も鼠色の忍装束であった。

多摩《たま》川へはいる。河口から渡あたりまでは六郷川との呼び名もある。

六郷ノ渡をすぎる
しばらくして、屋根船が南岸の川底に音をたてた。

舳にでて豊後《ぶんご》を腰にした。二尺三寸（約六九センチメートル）の業物だ。

叢《くさむら》から幾名もの人影があらわれた。隼人は、足をくじかぬよう水のなかにおりて岸にあがった。小四郎と弥生がつづく。

屋根船の灯りが消えた。忍装束の者たちが、杭を打って屋根船を舫い、葦簀《よしず》をたてかけて草をかける。

左右に眼をこらす。ほかに三艘の屋根船が舫われている。やはり、葦簀と草とで隠されている。

案内され、土手したの叢の陰に腰をおろす。

隼人は、腕をくみ、眼をとじた。ゆっくりと息をすい、しずかにはく。それをくりかえす。

しのびやかな足はこびがちかづいてくる。

眼をあけた。

駆けてきた者が片膝をつき、ささやく。聞いた者が小四郎の耳に口をよせる。

小四郎がうなずき、顔をむけた。

「舟がつき、荷揚げをはじめたそうにござりまする。いざ」

隼人は腰をあげた。弥生が、左斜めうしろにしたがう。

弥生の得物は、四尺（約一二〇センチメートル）の仕込み金剛杖《こんごうづえ》だ。刀身一尺六寸（約四八センチメートル）の直刀で、鞘《さや》は先端に六寸（約一八センチメートル）の穂先がついた小槍としてつかえる。

左手で直刀を逆手《さかて》ににぎり、右手の小槍で敵を突く。刀で受け流し、槍で仕留める。膂力《りょりょく》に劣る女ならではの刀法だ。

蒼穹《そうきゅう》に、満月と満天の星がある。ところどころに浮かぶ綿雲の白さがわかるほどの明るさだ。

川の音が忍装束の者たちがうごく気配を消しているが、虫はぴたりと鳴きやむ。

物見が駆けてくる。

報告を聞いた小四郎がふり返る。

「敵が数、三十三。荷揚げをおえ、漁師どもは去ったそうにござりまする」

「伊賀は」

「わかりませぬ」

「裏切りはすまい。宿場の者が騒ぎを聞きつけぬうちに一気にかたをつけよう」

「かしこまってござりまする。……ゆくぞ」

小走りになる。林のなかを駆ける。小高いところもある。草が脚にあたる。満月と星々が多摩川に撥《は》ね、夜の底をほの白く染めている。

林をぬける。渡し場のまえはひろい。荷の周囲にいる敵がいっせいにこちらをむく。

川しもの林からいくつもの人影がとびだしてきた。二十人余。が、目印の鉢巻がない。敵だ。多すぎる。これほどの風魔が江戸に。まさか。ならば、襲撃にそなえて呼びよせたのだ。

いまだ伊賀の姿が見えない。

——南無三《なむさん》。

抜刀。敵味方の十字手裏剣や棒手裏剣が夜風を切る。

気配を弾き、叩き、躱《かわ》す。

敵、味方が、左右で、そこかしこで、倒れる。

川崎宿のほうのこんもりとした林から多くの人影がとびだしてきた。紅《あか》は沈み、白は浮く。目印の鉢巻。

殺気が飛来。顔をもどし、豊後で弾きあげる。

敵は覆面をしていない。眦《まなじり》を決し、悪鬼の形相で駆けてくる。

間合を割る。

大上段から薪《まき》割《わ》りの一撃を叩き、すれ違いざまに頸《くび》を薙《な》ぐ。襲いくる袈裟《けさ》懸《が》け。捲きあげ、一文字に胴を裂く。

よこからとびこんできた敵の脇を弥生の小槍が突く。背後に剣風。弥生を狙う白刃。左足を軸に反転。両腕を断つ。

背筋に戦慄。左てのひらを棟にあて、豊後を頭上へ突きだす。

――ガツッ。

敵の白刃が嚙《か》む。

弥生が敵の脇を斬る。白刃の力がゆるむ。左手をつきあげ、柄頭《つかがしら》をにぎり、燕返《つばめがえ》し。敵の頭が宙にとび、血飛沫《ちしぶき》。

よけている暇はない。さっと左したに血振りをくれ、まっ向上段からの一撃を弾く。弥生が敵の胸を小槍で突く。

背をあわせる。弥生が肩でおおきく息をする。

「怪我は」

「ございませぬ」

刀が嚙みあう音。肉を斬る音。ぐっ、ぐぇ、との声。

隼人は、積みあげられた荷のあいだに眼をやった。敵が数名で総髪を護っている。

「弥生、敵の長と見た。ゆくぞ」

「はい」

倒れている敵味方をよけ、はばまんとする敵を斬る。弥生が白刃を受け流した敵の上体がまえのめりになる。豊後が円弧を描き、背を斬り裂く。

決死の形相で突きにきた。

捲《ま》きあげた白刃が宙へ舞う。

弥生が喉を突く。

敵味方百名ほどがぶつかり、刀をまじえ、斬られ、血をながしている。立っている者がはんぶんほどに減った。

どれほどたったかさえさだかでない。

迫る敵、じゃまする敵を斬る。

総髪が気づいた。首のうしろで白髪《しらが》まじりを束ねている。行く手をはばむ者をつぎつぎと斬りすてる。

総髪を護る者がさがるよううながした。総髪が首をふる。

「弥生」

小四郎の声だ。

ふたりが背後をかためる。

豊後に血振りをくれる。

総髪が荷のあいだからでてきた。

「宗元寺隼人だな」

「名のれ」

「風魔興雲斎《こううんさい》。甲賀と伊賀とに手をくませるとはな。しくじったわ」

上段に構えてとびこまんとする敵を、興雲斎が睨《にら》んだ。

「手出し無用」

刀を抜く。

「……幾多の血が流れた」

「しかけたはそのほうであろう」

「いかにも」

興雲斎が、青眼から左手をはなして鎬筋《しのぎすじ》に親指と人差し指をあて、切っ先へながしながら鍔《つば》を左耳のよこにもってきた。

「風魔流鎌鼬《かまいたち》」

隼人は、青眼から下段におとして左へ返した。右腕はまっすぐ、左腕はくの字。左足を半歩ひいてややひらく右半身にとる。

「無心水月流月影《むしんすいげつりゅうつきかげ》」

月影は防の構えである。

興雲斎が詰めてくる。

待つ。ゆっくりと息をすい、しずかにはく。臍下《せいか》丹田《たんでん》に気をためる。

二間（約三・六メートル）。

たがいにとびこめば切っ先がとどく。

興雲斎が、わずかに腰をおとし、摺り足になる。

相手を見るのではなく感じる。

興雲斎の腰がさらにおち、右足がじりっ、じりっとまえへでる。

ふいに一陣の風。牙《きば》を剝《む》いて襲いかからんとした白刃の切っ先が消える。興雲斎が左足がおおきくまえへ。突くと見せかけた白刃が蒼穹に弧を描く。剣風を曳《ひ》き、袈裟に奔る。

左足を踏みこみながら豊後を右へ返して左腕をつきあげる。白刃があたる。右足を踏みこみ、左腕をひく。豊後の切っ先が円弧を描く。圧し、返す刀で頸を薙ぐ。

眼をみひらいた興雲斎が、喉から血をほとばしらせて突っ伏す。

敵がいっせいに刀を構える。

隼人は叫んだ。

「どちらかが死に絶えるまで闘う所存か。さらなる殺しあいは無益」

沈黙がおちた。

死んだ者ばかりではない。疵のかげんによっては助かる者もいる。正面で上段に構えていた敵が、刀をさげた。

隼人は、一歩しりぞき、豊後に血振りをくれて懐紙をだし、刀身をていねいにぬぐった。

小四郎がよこにならぶ。

「宗元寺さま、弥生とさきにおひきあげ願いまする。それがしは、ここの始末をいた

します る。生きている者は助け、亡骸は連れ帰り、葬《ほうむ》ってやらねばなりませぬ」

「あいわかった」

百地五郎兵衛がきた。

「宗元寺どの、ひと言申しあげまする。明日《みようにち》よりはまた敵でござる」

隼人はこたえた。

「承知」

満月が、流れくる雲に翳った。

本書は文庫書下ろし作品です。

|著者| 荒崎一海　1950年沖縄県生まれ。出版社勤務を経て、2005年に時代小説作家としてデビュー。著書に「闇を斬る」シリーズなど。たしかな考証に裏打ちされたこまやかな江戸の描写に定評がある。

名花《めいかち》散る　宗元寺隼人密命帖《そうげんじはやとみつめいちょう》（三）

荒崎一海《あらさきかずみ》

講談社文庫
定価はカバーに
表示してあります

2016年9月15日第1刷発行

発行者──鈴木　哲
発行所──株式会社　講談社
東京都文京区音羽2-12-21　〒112-8001
電話　出版（03）5395-3510
　　　販売（03）5395-5817
　　　業務（03）5395-3615

デザイン─菊地信義
本文データ制作─講談社デジタル製作
印刷───大日本印刷株式会社
製本───大日本印刷株式会社

Printed in Japan

ISBN978-4-06-293492-3

講談社文庫刊行の辞

二十一世紀の到来を目睫に望みながら、われわれはいま、人類史上かつて例を見ない巨大な転換期をむかえようとしている。

世界も、日本も、激動の予兆に対する期待とおののきを内に蔵して、未知の時代に歩み入ろうとしている。このときにあたり、創業の人野間清治の「ナショナル・エデュケイター」への志を現代に甦らせようと意図して、われわれはここに古今の文芸作品はいうまでもなく、ひろく人文・社会・自然の諸科学から東西の名著を網羅する、新しい綜合文庫の発刊を決意した。

激動の転換期はまた断絶の時代である。われわれは戦後二十五年間の出版文化のありかたへの深い反省をこめて、この断絶の時代にあえて人間的な持続を求めようとする。いたずらに浮薄な商業主義のあだ花を追い求めることなく、長期にわたって良書に生命をあたえようとつとめるところにしか、今後の出版文化の真の繁栄はあり得ないと信じるからである。

同時にわれわれはこの綜合文庫の刊行を通じて、人文・社会・自然の諸科学が、結局人間の学にほかならないことを立証しようと願っている。かつて知識とは、「汝自身を知る」ことにつきていた。現代社会の瑣末な情報の氾濫のなかから、力強い知識の源泉を掘り起し、技術文明のただなかに、生きた人間の姿を復活させること。それこそわれわれの切なる希求である。

われわれは権威に盲従せず、俗流に媚びることなく、渾然一体となって日本の「草の根」をかたちづくる若く新しい世代の人々に、心をこめてこの新しい綜合文庫をおくり届けたい。それは知識の泉であるとともに感受性のふるさとであり、もっとも有機的に組織され、社会に開かれた万人のための大学をめざしている。大方の支援と協力を衷心より切望してやまない。

一九七一年七月

野間省一

講談社文庫　目録

2016年9月15日現在

講談社文芸文庫

永井龍男
東京の横丁
解説=川本三郎　年譜=編集部
没後発見された手入れ稿に綴られた、生まれ育った神田、終の住処鎌倉、設立まもなく参加した文藝春秋社の日々。死を見据えた短篇「冬の梢」を併録した、最後の名品集。
978-4-06-290322-6　なD8

佐々木邦
苦心の学友　少年倶楽部名作選
解説=松井和男
『少年倶楽部』全盛期に連載、大好評を博したベストセラー。〝普通の人〟の視点から社会の深層を見つめ、明るい笑いを文学へと昇華した、ユーモア小説の最高傑作。
978-4-06-290321-9　さR2

幸田露伴
蒲生氏郷／武田信玄／今川義元
解説=西川貴子　年譜=藤本寿彦
「歴史家くさい顔つきはしたくない。伝記家と囚われて終うのもうるさい」。脱線あり、蘊蓄あり。史料を前に興の向くまま、独自の歴史観で「放談」する、傑作評伝。
978-4-06-290323-3　こH4

講談社文芸文庫ワイド
不朽の名作を一回り大きい活字と判型で

小林信彦
袋小路の休日
解説=坪内祐三　年譜=著者
変貌する都市に失われゆくものを深い愛惜とともに凝視した短篇集。
978-4-06-295507-2　（ワ）こA1